Teología Propia

Un enfoque sobre la

Revelación y el Ser de Dios

"AL DIOS NO CONOCIDO.
Al que vosotros adoráis, pues, sin conocerle,
es a quien yo os anuncio."
Hechos 17:23

Carlos A. Mariaca

ÍNDICE

DEDICATORIA

A mi padre Cnel. Luis Mariaca Sánchez (1933 – 2003) porque su vida nos dejó huellas indelebles de integridad, responsabilidad y honradez, ese es el patrimonio que heredamos.

A mi madre Doña Carmen Rosa Hoyos, porque su fe y testimonio me inspiraron a conocer al Señor Jesucristo y han sido un farol para guiarnos hasta Él siempre.

A mis alumnos de Teología en todo el mundo, de las diversas denominaciones eclesiásticas, porque su hambre por el conocimiento de Dios ha sido una inspiración para mi vida y ministerio.

"Señor, es tiempo de actuar,

pues la gente está olvidando tus enseñanzas."
Salmo 119:126

PREFACIO DEL AUTOR

En las páginas que siguen, nos aventuramos en un viaje intelectual y espiritual para explorar las profundidades de la teología y el conocimiento de Dios por medio de Su Palabra. Este libro surge de la convicción de que la búsqueda de comprender lo divino es una de las empresas más nobles y fascinantes del ser humano.

En nuestras indagaciones, abordaremos cuestiones fundamentales como la existencia misma de Dios, explorando las evidencias racionales que invitan a la reflexión y a la búsqueda de una verdad más profunda. Del mismo modo, nos sumergiremos en las distintas formas en que Dios se ha revelado.

En nuestro estudio, nos sumergiremos en la esencia misma de Dios, tratando de comprender Su ser infinito y eterno. Nos aventuraremos en la exploración de los nombres y atributos divinos, buscando descubrir cómo estos revelan la naturaleza y el carácter de Aquel que es la fuente de toda existencia.

Además, nos adentraremos en la misteriosa doctrina de la Trinidad, un pilar central de la fe cristiana, intentando abordar con humildad y reverencia el enigma que rodea la naturaleza trinitaria de Dios.

A medida que nos embarcamos en este viaje teológico, invito al lector a abrazar la mente inquisitiva y el corazón apasionado en la búsqueda del conocimiento de Dios. Este libro no pretende agotar los misterios divinos, sino más bien servir como guía en el camino, estimulando el pensamiento, alimentando la devoción y fomentando un encuentro genuino con Aquel que es la fuente de toda verdad.

Que este viaje te conduzca a nuevas alturas en tu comprensión y comunión con lo divino, y que ese conocimiento cambie tu vida.

Carlos A. Mariaca

SÍNTESIS DEL LIBRO

La Teología Propia es un viaje apasionante que explora las complejidades de la relación entre Dios y la humanidad a través de diversas formas de revelación.

Desde la contemplación de la naturaleza hasta la conciencia humana, desde la revelación escrita hasta la persona de Cristo, este libro enfatiza en la comprensión de cómo Dios ha elegido manifestarse a sí mismo. Se examinan detalladamente las Escrituras como la revelación divina central, revelando verdades fundamentales sobre la esencia divina.

La obra se sumerge en el ser de Dios, explorando los nombres y atributos divinos que revelan su naturaleza infinita y perfecta. Desde la omnipotencia hasta el amor divino, cada atributo se examina con cuidado, proporcionando una visión más clara de la grandeza de Dios.

Uno de los aspectos más intrigantes de este viaje teológico es la exploración de la Doctrina de la Trinidad. Se intenta explicar de forma clara los misterios de la Trinidad a lo largo de la historia eclesiástica, destacando cómo la unidad en la diversidad revela la riqueza de la relación intradivina y su impacto en la experiencia humana.

"Teología Propia" invita al lector a reflexionar sobre la riqueza de la revelación divina en todas sus formas, desde la creación hasta la encarnación de Jesucristo. A través de un análisis accesible, este libro busca fortalecer la comprensión personal de Dios y nutrir una relación más íntima con el Creador.

Con una base sólida en las Escrituras y la tradición teológica, esta obra es una guía esencial para aquellos que buscan profundizar en su comprensión de la teología propia y, en última instancia, crecer en su relación con el Dios revelado en la naturaleza, la conciencia humana, las Escrituras y a través de Jesucristo.

INTRODUCCIÓN

La teología, como disciplina milenaria, se erige como la búsqueda apasionada del conocimiento divino, la exploración profunda de las verdades fundamentales que dan forma a nuestra comprensión de la existencia de Dios. En estas páginas, nos sumergiremos en las aguas de la teología propia, explorando temas que constituyen los cimientos de nuestra fe y reflexión espiritual.

En el estudio de la teología propia, nos concentramos en la esencia misma de lo divino, examinando cómo Dios ha elegido revelarse a la humanidad. Desde las señales en la naturaleza que claman Su gloria hasta la íntima voz de la conciencia humana que nos guía, exploraremos los distintos caminos que Dios ha trazado para comunicarse con el hombre como la corona de Su creación.

Las Escrituras sagradas se erigen como la piedra angular de nuestra comprensión teológica. A través de su estudio, escudriñaremos los misterios que encierran y nos sumergiremos en la palabra revelada que ha guiado a generaciones a lo largo de la historia. Descubriremos cómo Dios se revela de manera única a través de su Hijo, Jesucristo, quien encarna la plenitud de la divinidad y nos conduce hacia la redención.

Nos aventuraremos en la naturaleza misma del ser de Dios, explorando los nombres que resuenan con significado y los atributos que definen Su grandeza. Profundizaremos en la teología de los nombres divinos y contemplaremos la riqueza de los atributos que revelan Su naturaleza infinita y perfecta.

Finalmente, nos sumergiremos en uno de los misterios más profundos de la fe: la Doctrina de la Trinidad. Exploraremos cómo la unidad divina se revela en la Trinidad, comprendiendo la relación eterna entre el Padre, el Hijo y el Espíritu Santo.

Este tratado teológico nos invita a explorar las verdades fundamentales que dan forma a nuestra comprensión de lo Divino. A medida que avanzamos, que la luz de la verdad ilumine nuestro camino y nos acerque más a la comprensión de la majestuosidad de Dios en toda Su plenitud. Y que este conocimiento cambie nuestras vidas.

CAPITULO I
TEOLOGÍA: ESTUDIANDO PARA CONOCER A DIOS

En este volumen, nos proponemos abordar en mayor profundidad el campo de la Teología Sistemática. Inicialmente, podemos esbozar la Teología como la disciplina que se encarga del examen sistemático de la revelación divina. La Teología, en su esencia más elemental, se define como el estudio de Dios y Su vínculo con Sus criaturas. La empresa teológica implica una exploración rigurosa de la revelación divina con el propósito de alcanzar un mayor conocimiento y comprensión del Ser Supremo. En consecuencia, el estudio teológico persigue el objetivo de profundizar en la comprensión de la naturaleza divina, tal como lo expresó el profeta Oseas en su libro, instando a una búsqueda continua del conocimiento de Dios: *"Conozcamos, y prosigamos en conocer al Señor"* (Oseas 6:3). Este mandato profético resalta la importancia y la continua búsqueda del conocimiento teológico como un medio para alcanzar una mayor cercanía y comprensión de la divinidad.

En los círculos de la Iglesia cristiana contemporánea, se observa una tendencia a rechazar el término "Teología", no tanto por la raíz "Teo", derivada del griego "Theos", que significa "Dios", aspecto en el cual existe consenso, sino más bien por la terminación "logía", la cual se asocia comúnmente con el estudio secular, vinculado a la ciencia, y a menudo es considerada como una empresa exclusivamente humana. Se percibe que cualquier disciplina que incluya el sufijo "logía" es automáticamente etiquetada como secular o mundana. No obstante, es esencial destacar que el sufijo "logía" tiene sus raíces en la palabra griega "Logos", que aparece en el Evangelio de Juan, donde se declara: "*En el principio era el Verbo* (Logos), *y el Verbo* (Logos) *estaba con Dios, y el Verbo* (Logos) *era Dios*" (Juan 1:1). El término "Logos" puede ser interpretado como "palabra", "idea" o "concepto", y de él se deriva también la palabra "lógica".

Por ende, al estudiar disciplinas como la

"Arqueología", proveniente del griego "Archaios" que significa "viejo" o "antiguo", combinado con "logía" que denota "estudio", "palabra" o "lógica", nos adentramos en la exploración de "la lógica de las cosas antiguas". De manera similar, al analizar la "Biología", que se origina en "bio" que indica "vida", y "logía" que connota "estudio", "palabra" o "lógica", nos sumergimos en el estudio de "la lógica de la vida". De este modo, al examinar la "Teología", compuesta por "Teo", que representa "Dios", y "logía", que refleja "estudio", "palabra" o "lógica", estamos esencialmente abordando el estudio, la idea, el concepto o la lógica misma de Dios. Por consiguiente, el estudio teológico implica adentrarse en la "lógica de Dios", es decir, en comprender cómo actúa Dios o lo que Dios ha revelado acerca de Sí mismo.

En el marco conceptual de este tratado teológico, nos adentraremos en un análisis minucioso de la naturaleza divina. Dado que Dios es un ente infinito, nuestra empresa no se limitará meramente a la exploración de la persona divina, sino que también se extenderá al estudio de Su revelación y esencia.

Por ende, no deberíamos desestimar el estudio de la teología, sino más bien abrazarlo con vigor, ya que nuestro propósito es profundizar en el conocimiento de Dios, amarlo más plenamente y permitir que este conocimiento transforme nuestras vidas.

Como bien establece el versículo bíblico en 1 Juan 4:8, *"El que no ama, no ha conocido a Dios; porque Dios es amor"*, resalta la íntima conexión entre el conocimiento de Dios y el amor, enfatizando así la importancia de este estudio teológico en nuestra relación con lo divino. En esta línea, es imperativo desplegar una dedicación exhaustiva hacia la exploración de la teología, para así nutrir nuestro entendimiento y afecto hacia Dios.

Estudiar Teología no es Estudiar Religión

El estudio de la teología se distingue de la investigación religiosa, al centrarse más en la dinámica de la relación entre el ser humano y lo divino. La religión, derivada del latín "religare", que denota la noción de "reunir" o "agrupar", a menudo se interpreta en algunos contextos eclesiásticos como el vínculo que une al hombre con Dios.

Desde una perspectiva académica, la religión es comúnmente analizada en el marco de la sociología y la antropología, en tanto que constituye un estudio del comportamiento humano en sus prácticas de culto. En términos generales, la religión puede ser concebida como un sistema integrado por creencias, rituales y valores, con el propósito de conferir significado y orientación a la experiencia humana.

Sin embargo, la teología se adentra más profundamente en la naturaleza de esta relación, explorando no solo las prácticas y estructuras religiosas, sino también los aspectos doctrinales, espirituales y filosóficos que configuran la comprensión del ser humano respecto a lo divino. De este modo, el estudio teológico trasciende el mero análisis de las manifestaciones externas de la religión, para adentrarse en la reflexión sistemática sobre la fe, la revelación, la moral y otros aspectos fundamentales de la experiencia con Dios.

La naturaleza multifacética de la religión se manifiesta en su complejidad y en su influencia sobre diversos aspectos centralizados en la existencia humana. Entre las áreas de estudio destacadas que se ocupan de la religión, se incluyen:

1. Ciencias de la Religión (Religiología): Este campo se dedica al examen académico y comparativo de las religiones desde una perspectiva interdisciplinaria. Las ciencias de la religión investigan las creencias, prácticas, rituales, mitos, textos sagrados, instituciones y fenómenos religiosos en distintas culturas y contextos históricos.

2. Antropología de la Religión: La antropología religiosa explora las creencias, prácticas y sistemas simbólicos de diversas culturas y sociedades humanas. Su enfoque reside en comprender cómo la religión se entrelaza con la estructura social, la identidad cultural, los sistemas de parentesco, la economía y otros aspectos de la vida humana.

3. Sociología de la Religión: Desde una perspectiva sociológica, este campo investiga cómo las creencias, instituciones y prácticas religiosas afectan y son afectadas por la estructura social, las relaciones de poder, la movilidad social, la cohesión y otros fenómenos sociales.

4. Psicología de la Religión: Esta disciplina se enfoca en comprender las experiencias religiosas, actitudes, motivaciones y efectos psicológicos de la religión en la mente y el comportamiento humanos. Examina temas como el sentido de la vida y la salud mental.

5. Filosofía de la Religión: Aborda cuestiones filosóficas relacionadas con la religión, como el problema del mal, la relación entre la religión y la razón, y otros temas metafísicos, epistemológicos y éticos.

Por esa razón, es fundamental distinguir entre el estudio de las inquietudes humanas respecto a Dios, que caracteriza a la religión, y el estudio de la naturaleza y el carácter de Dios mismo, que define a la teología. Mientras la religión conduce al encuentro con la búsqueda humana de lo divino, la teología conduce al encuentro con la esencia divina misma. Además, mientras la religión se sitúa en el ámbito natural, la teología se adentra en lo sobrenatural y espiritual. Por lo tanto, es necesario precisar que estudiar teología NO es sinónimo de estudiar religión.

La Teología Sistemática

En esta obra nos adentramos en lo que conocemos como "Teología Sistemática", un enfoque que reconoce la revelación divina como un todo coherente, unificado y consistente. La coherencia intrínseca de Dios se manifiesta en Su revelación contenida en las Escrituras, donde cada elemento se entrelaza de manera armoniosa, como las piezas de un rompecabezas, para proporcionar una visión completa y panorámica de la figura que conforman en su conjunto.

Del mismo modo, a través de la Teología Sistemática, se lleva a cabo un estudio exhaustivo de cada doctrina presente en las Escrituras, con el fin de obtener una comprensión global del conjunto doctrinal.

Es esencial comprender que al estudiar teología no imponemos un sistema preconcebido a las Escrituras para ajustarlas a nuestro propio pensamiento. Más bien, nos sumergimos en el estudio de la Teología Sistemática para comprender el sistema intrínseco que ya poseen las Escrituras y para discernir cómo cada parte encaja dentro de ese sistema.

En ocasiones, nos enfrentamos a dificultades para alcanzar una comprensión amplia y panorámica de la revelación divina. Sin embargo, en lugar de desanimarnos o intentar forzar interpretaciones, debemos perseverar en el estudio, reconociendo que a menudo necesitamos dejar atrás conceptos preconcebidos para ajustar nuestra comprensión a la perspectiva teológica que emana de las Escrituras.

En esos momentos de desafío, nos vemos compelidos a exclamar con el apóstol Pablo: *"¡Oh profundidad de las riquezas de la sabiduría y de la ciencia de Dios! ¡Cuán insondables son sus juicios e inescrutables sus* caminos! Porque ¿quién entendió la mente del Señor? ¿O quién fue su consejero? ¿O quién le dio a él primero, para que le fuese recompensado? Porque de él, y por él, y para él, son todas las cosas. A él sea la gloria por los siglos. Amén." (Romanos 11:33-36).

La Biblia enfatiza la importancia del estudio sistemático de la Revelación de Dios para nuestras vidas. Textos como Romanos 15:4, que nos insta a encontrar esperanza y consuelo a través de las Escrituras: *"Porque las cosas que se escribieron antes, para nuestra enseñanza se escribieron, a fin de que, por la paciencia y la consolación de las Escrituras, tengamos esperanza."*

Y 2 Pedro 1:19, que compara la Palabra de Dios con una antorcha que ilumina las tinieblas, resaltan la relevancia de este estudio continuo: *"Tenemos también la Palabra profética más segura, a la cual hacéis bien en estar atentos como una antorcha que alumbra en lugar oscuro, hasta que el día esclarezca y el lucero de la mañana salga en vuestros corazones."*

Asimismo, Hebreos 6:1-3 nos exhorta a

avanzar más allá de los rudimentos de la doctrina hacia la madurez espiritual: *"Por tanto, dejando ya los rudimentos de la doctrina de Cristo, vamos adelante a la perfección; no echando otra vez el fundamento del arrepentimiento de obras muertas, de la fe en Dios, de la doctrina de bautismos, de la imposición de manos, de la resurrección de los muertos y del juicio eterno. Y esto haremos, si Dios en verdad lo permite."*

Mientras que Juan 5:39 nos insta a examinar las Escrituras diligentemente en busca de la vida eterna que testifican: *"Escudriñad las Escrituras; porque a vosotros os parece que en ellas tenéis la vida eterna; y ellas son las que dan testimonio de* Además, 2 Timoteo 2:15 nos anima a presentarnos aprobados delante de Dios mediante el estudio y la correcta aplicación de Su Palabra: *"Procura con diligencia presentarte a Dios aprobado, como obrero que no tiene de qué avergonzarse, que usa bien la palabra de verdad."*

Y Salmo 119:15-16, 27 y Esdras 7:10 subrayan la importancia de meditar y enseñar los mandamientos de Dios: *"En tus mandamientos meditaré; Consideraré tus caminos. Me regocijaré en tus estatutos; No me olvidaré de tus palabras... Hazme entender el camino de tus mandamientos, para que medite en tus maravillas."*

"Porque Esdras había preparado su corazón para inquirir la ley de Jehová y para cumplirla, y para enseñar en Israel sus estatutos y decretos." Todos estos pasajes bíblicos subrayan la necesidad de un compromiso serio y diligente con el estudio teológico, que nos conduzca a una comprensión más profunda de la revelación divina y fortalezca nuestra fe y práctica espiritual.

El Propósito de la Teología

Para comprender el propósito de la teología, es crucial discernir las fuentes desde las cuales se nutre esta disciplina. Entre estas fuentes se destacan:

1. La Teología Bíblica:

Como disciplina, se dedica al análisis y la

interpretación de los conceptos teológicos presentes en las Escrituras Sagradas. Su objetivo es desentrañar y comprender en profundidad las doctrinas y temas fundamentales que emergen de la revelación divina contenida en la Biblia.

Por ejemplo, consideremos el concepto de la salvación. La Teología Bíblica se adentra en un estudio exhaustivo de todas las referencias bíblicas relacionadas con la salvación, tanto en el Antiguo como en el Nuevo Testamento. Cada versículo que aborda este tema es examinado minuciosamente para discernir su significado y su contribución al entendimiento global de la salvación.

A través de este proceso, la Teología Bíblica busca sintetizar y unificar las enseñanzas dispersas en las Escrituras, generando así un concepto integral y holístico de la salvación. Este enfoque panorámico permite obtener una visión amplia y completa de la salvación tal como se presenta a lo largo de toda la Biblia, lo que enriquece nuestra comprensión teológica y nutre nuestra fe.

2. La Teología Histórica:

La Teología Histórica, como disciplina contextual, se dedica al análisis exhaustivo de los conceptos teológicos a lo largo de toda la historia de la Iglesia Cristiana. Utilizando el mismo ejemplo de la "salvación", esta rama de la teología se adentra en el estudio de cómo ha sido entendido y desarrollado este tema a lo largo de los diferentes períodos históricos, desde la iglesia primitiva hasta la actualidad.

Este análisis histórico implica investigar cómo se conceptualizó la "salvación" en la iglesia primitiva, la iglesia apostólica, la iglesia patrística, la iglesia antigua, la iglesia medieval, la Reforma Protestante y hasta nuestros días. Se examinan los diversos enfoques teológicos y doctrinales que surgieron en cada época, incluyendo incluso las herejías que surgieron y cómo fueron abordadas y corregidas por teólogos, concilios y escritos de la época.

La Teología Histórica reconoce que la Iglesia tiene una historia rica y compleja, y se esfuerza por comprender y analizar el desarrollo de la doctrina a lo largo de los siglos. Además, se ocupa de estudiar y evaluar las contribuciones teológicas de figuras destacadas en la historia de la Iglesia, como Agustín de Hipona, Tomás de Aquino, Lutero, Calvino, Jonathan Edwards, entre otros. Aunque estos teólogos no poseen la autoridad apostólica, su labor investigativa y su profundo entendimiento teológico continúan beneficiando a la Iglesia en todas las épocas.

La Teología Histórica examina detalladamente las obras de los grandes teólogos del pasado, los credos y confesiones de fe de la Iglesia, así como las ideas y enseñanzas de los maestros prominentes. Este análisis se basa en la información bíblica e histórica disponible, con el fin de sistematizar y comprender de manera más completa la evolución del pensamiento teológico a lo largo de la historia cristiana.

3. La Teología Sistemática:

La Teología Sistemática, como actividad intelectual rigurosa, se basa en la recopilación y el análisis detallado de los estudios teológicos previos, así como en la exhaustiva revisión de la información disponible. Su objetivo primordial no radica en la creación de nuevas ideas, sino en la construcción de un sistema doctrinal coherente, cronológico, organizado y sistematizado. Este proceso tiene como finalidad promover una comprensión más profunda y precisa de los temas doctrinales fundamentales.

Sin embargo, uno de los desafíos más significativos que enfrenta la iglesia contemporánea es la tendencia hacia la búsqueda de nuevas revelaciones o ideas teológicas innovadoras. Esta urgencia por encontrar novedades ha llevado en ocasiones a la tentación de resucitar antiguas doctrinas que ya fueron debatidas y refutadas en épocas pasadas de la historia eclesiástica e incluso declaradas como herejías por la Iglesia.

Surge entonces la interrogante: ¿Por qué estas doctrinas, previamente condenadas como herejías por la Iglesia, no serían consideradas herejías en la actualidad? ¿Ha cambiado Dios de opinión? ¿Se ha modificado la Biblia? La respuesta a estas preguntas retóricas es un contundente ¡NO! Nada ha cambiado; lo que fue considerado herejía en siglos pasados continúa siéndolo en la actualidad. Tomemos como ejemplo la doctrina del Sabelianismo, con su enseñanza de un único Espíritu divino, una única persona divina que se manifiesta de diferentes modos al hombre. Esta herejía fue condenada en el Concilio de Nicea en el año 325 d.C. y nuevamente en el siglo XIX cuando surgió nuevamente y donde se conoció bajo el término acuñado de Modalismo, para describir una posición, según sus seguidores, estrictamente monoteísta, donde Dios es definido como un Espíritu único e indivisible, que se manifiesta al hombre de diversos modos.

A pesar de esta doble condena histórica por parte de la Iglesia, aún se encuentran expresiones contemporáneas que reflejan estas ideas heréticas. La pregunta es simple: ¿Si ya fueron condenadas y rechazadas repetidamente, por qué quieren reintroducir otra vez las mismas doctrinas en la Iglesia actual?

Aparte de eso, el Concilio de Nicea también

estableció el famoso Credo de Nicea, donde se expresa la afirmación fundamental de la consustancialidad del Padre y el Hijo, declarando que, aunque son distintas personas, son de la misma sustancia (hipostasis), naturaleza y divinidad.

"el cual, siendo el resplandor de su gloria, y la imagen misma de su sustancia (υποστασις = hipóstasis)*, y quien sustenta todas las cosas con la palabra de su poder, habiendo efectuado la purificación de nuestros pecados por medio de sí mismo, se sentó a la diestra de la Majestad en las alturas". Hebreos 1:3.*

En conclusión, debemos recalcar que el teólogo contemporáneo NO debe buscar la innovación doctrinal, sino más bien debe mantenerse arraigado en la tradición teológica, reconociendo que las doctrinas bíblicas ya han sido examinadas y discutidas por teólogos anteriores mucho más brillantes que nosotros. Es vital reconocer que el legado de la teología cristiana ofrece una riqueza de conocimiento que debe ser respetada y valorada en el desarrollo de la comprensión teológica moderna.

En la actualidad, se observa la presencia de personas dentro de las iglesias, a quienes yo denomino "teólogos atenienses de los últimos tiempos", haciendo eco de la advertencia bíblica presente en Hechos 17:20-21: *"Pues traes a nuestros oídos cosas extrañas. Queremos, pues, saber qué quiere decir esto. (Porque todos los atenienses y los extranjeros residentes allí, en ninguna otra cosa se interesaban sino en decir o en oír algo nuevo)."*

Estos individuos exhiben un anhelo constante por lo novedoso y lo innovador. Son "teólogos" modernos que muestran poco interés en aferrarse a la sana doctrina ya establecida por la Iglesia y preservada por medio de los Credos, Catecismos y Confesiones, sino que tienen comezón de oír cosas nuevas.

Tal como describe el apóstol Pablo en 2 Timoteo 4:3-4, se vislumbra un tiempo en el que muchos no tolerarán la sana doctrina, sino que buscarán ansiosamente enseñanzas que satisfagan sus propios deseos, desviándose así de la verdad y sumergiéndose en fábulas y conjeturas. Este fenómeno evidencia una tendencia contemporánea hacia la búsqueda de la novedad y la originalidad en detrimento de la ortodoxia doctrinal.

Sin embargo, es imperativo recordar el llamado de Pablo a Timoteo en el versículo 5 de ese mismo pasaje: *"Pero tú sé sobrio en todo"*. Esta exhortación a la sobriedad implica un llamado a la moderación y la mesura en el ejercicio de la fe y el pensamiento teológico. Además, en el versículo 2, Pablo insta a Timoteo a predicar la Palabra en todo momento, reprendiendo, exhortando y enseñando con paciencia y doctrina.

Por lo tanto, en un contexto donde la búsqueda de lo nuevo puede eclipsar la importancia de la sana doctrina, se nos recuerda la necesidad de mantenernos firmes en la enseñanza bíblica, siendo diligentes en predicarla y defenderla, tanto en momentos oportunos como en tiempos de desafío. Este llamado a la fidelidad doctrinal y a la constancia en la enseñanza de la Palabra de Dios resuena como una guía relevante para la iglesia contemporánea en su compromiso con la verdad y la ortodoxia teológica.

Así, entendemos que el objetivo primordial de la teología consiste en la búsqueda y comprensión de la verdad divina revelada por Dios, con la finalidad de aplicarla de manera efectiva en la vida cotidiana y transmitirla con claridad a otros. Dios, en Su infinita misericordia, ha desplegado grandes esfuerzos para manifestarse a Su pueblo a lo largo de la historia. Este acto de revelación divina se materializa principalmente a través de las Sagradas Escrituras, las cuales han sido otorgadas para su estudio y comprensión.

La Biblia, como fuente primordial de conocimiento teológico, destaca la importancia y los beneficios de la investigación teológica mediante la revelación escrita. En 2 Timoteo 3:16-17 se dice: *"Toda la Escritura es inspirada por Dios, y útil para enseñar, para redargüir, para corregir, para instruir en justicia, a fin de que el hombre de Dios sea perfecto, enteramente preparado para toda buena obra.*" Este versículo subraya que, aparte de ser inspirada por Dios, la Escritura posee una utilidad multifacética: sirve para enseñar, redargüir, corregir e instruir en justicia. Este pasaje enfatiza que el estudio diligente de las Escrituras capacita al hombre de Dios para la realización de toda obra buena y lo prepara de manera integral.

Así, la teología, en su esfuerzo por comprender la verdad divina revelada, se apoya en el fundamento sólido de las Escrituras, reconociendo su carácter inspirado y su capacidad transformadora. Este enfoque teológico, enraizado en la revelación divina, ofrece una guía fundamental para la vida cristiana y constituye un recurso invaluable para el crecimiento espiritual y la edificación del cuerpo de Cristo.

El estudio de la teología conlleva una transformación significativa en nuestras vidas al proporcionarnos una comprensión más profunda de la grandeza y la majestuosidad de Dios, así como de nuestra propia pequeñez y necesidad de crecimiento espiritual. La teología nos sumerge en la contemplación de la magnificencia divina en todos sus aspectos: su grandeza, su santidad, su gloria y su poderío supremo.

Este proceso de exploración teológica nos permite adquirir una visión más clara y vívida de la naturaleza de Dios, similar a la visión que experimentó el profeta Isaías en su encuentro divino. Isaías relata su experiencia de ver al Señor sentado en un trono alto y sublime, rodeado de serafines que proclaman su santidad y gloria. *nos dice: "En el año que murió el rey Uzías vi yo al Señor sentado sobre un trono alto y sublime, y sus faldas llenaban el templo. Por encima de él había serafines; cada uno tenía seis alas; con dos cubrían sus rostros, con dos cubrían sus pies, y con dos volaban. Y el uno al otro daba voces, diciendo: Santo, santo, santo, Jehová de los ejércitos; toda la tierra está llena de su gloria. Y los quiciales de las puertas se estremecieron con la voz del que clamaba, y la casa se llenó de humo. Entonces dije: ¡Ay de mí! que soy muerto; porque siendo hombre inmundo de labios, y habitando en medio de pueblo que tiene labios inmundos, han visto mis ojos al Rey, Jehová de los ejércitos."*

Esta visión revela varios aspectos de la naturaleza divina:

1. La exaltada posición de Dios, simbolizada por Su trono alto y sublime.

2. La magnitud de la presencia divina, evidente en el llenado del templo con Sus ropas.

3. La gloria omnipresente de Dios, que llena toda la tierra.

4. La trascendencia divina, representada por la ocultación de los rostros de los serafines ante Su santidad.

5. La santidad perfecta de Dios, proclamada repetidamente por los serafines: "Santo, Santo, Santo, Jehová de los ejércitos".

6. La respuesta humilde y reverente de Isaías ante la visión de la santidad de Dios, reconociendo su propia indignidad y pecaminosidad: *"¡Ay de mí! que soy muerto; porque siendo hombre inmundo de labios, y habitando en medio de pueblo que tiene*

labios inmundos, han visto mis ojos al Rey, Jehová de los ejércitos."

Este encuentro de Isaías con la gloria divina ilustra el impacto transformador que tiene el estudio teológico en nuestras vidas al permitirnos vislumbrar la grandeza y la trascendencia de Dios. Nos impulsa a reflexionar sobre nuestra posición ante Él y nos motiva a buscar una comunión más profunda y reverente con nuestro Creador. La teología, al revelarnos la magnitud y la santidad de Dios, nos desafía a crecer en nuestra relación con Él y a vivir de acuerdo con Sus preceptos divinos.

CAPITULO II
LA EXISTENCIA DE DIOS

El abordaje de la existencia y la revelación de Dios implica considerar dos proposiciones fundamentales:

1. La afirmación de que Dios existe.

2. La constatación de que Él se ha revelado al ser humano.

Al respecto, es crucial reconocer que la existencia de Dios no se limita a una mera idea abstracta o un concepto filosófico, sino que implica la aceptación de su realidad como un ser personal y trascendente, del cual emana toda la creación y que, al mismo tiempo, está presente en cada aspecto de ella.

La certeza de la existencia divina no puede ser establecida mediante una demostración lógica irrefutable que elimine toda duda, sino que requiere de un acto de fe basado en una fuente confiable de información, a saber, las Escrituras. En este sentido, la fe en la existencia de Dios encuentra su fundamento en la revelación divina registrada en las Sagradas Escrituras.

Además, es esencial reconocer los medios a través de los cuales Dios se ha revelado al ser humano. Esta revelación se manifiesta en varios niveles:

- A través de la naturaleza

- Por medio de la conciencia humana

- Mediante su Palabra

- En la persona de Jesucristo

En resumen, la existencia de Dios y su revelación al ser humano son conceptos intrínsecamente ligados, que requieren de una comprensión profunda y una reflexión cuidadosa basada en la fe informada por la revelación divina contenida en las Escrituras.

La premisa fundamental para el estudio teológico, que implica investigar sobre la naturaleza divina, se encuentra en la Epístola a los Hebreos, donde se establece que *"aquel que se acerca a Dios debe tener la convicción de su existencia y de su naturaleza galardonadora para quienes lo buscan"* (Hebreos 11:6).

La Biblia, como fuente primaria de la teología, no tiene como objetivo principal demostrar la existencia de Dios, sino que parte de la premisa de su realidad. Desde su apertura, la Biblia presupone la existencia divina al declarar: "*En el principio creó Dios los cielos y la tierra*" (Génesis 1:1). Esta afirmación inicial establece el marco para todo el relato bíblico, dando por sentado que Dios es el Creador y Sustentador del universo.

A lo largo de las Escrituras, se presenta a Dios no solo como el arquitecto de la creación, sino también como el gobernante soberano de todas las cosas, desde la dirección de los destinos individuales hasta el de las naciones. La revelación bíblica describe cómo Dios obra conforme a su voluntad soberana, manifestando gradualmente su propósito redentor a lo largo de la historia, desde la elección y guía del pueblo israelita en el antiguo pacto, hasta la consumación de su plan en la persona y obra de Jesucristo.

Así, la teología se fundamenta en la creencia en la existencia de Dios como una verdad básica y esencial, establecida no solo por la fe, sino también respaldada por el testimonio continuo de las Escrituras, que revelan la realidad de la divinidad y su interacción con la humanidad a lo largo de la historia.

La revelación divina, evidente a lo largo de las Sagradas Escrituras mediante palabras y acciones, constituye el fundamento de nuestra fe en la existencia de Dios, un fundamento que resulta plenamente justificable y razonable. Es imperativo comprender que nuestra aceptación de la revelación divina es un acto de fe, y es mediante esa misma fe que alcanzamos una verdadera comprensión de su significado y contenido.

Jesucristo mismo enfatizó este principio al declarar: "*El que quiera hacer la voluntad de Dios, conocerá si la doctrina es de Dios, o si yo hablo por mi propia cuenta*" (Juan 7:7). Esta afirmación resalta la estrecha relación entre la obediencia a Dios y el discernimiento de su verdad revelada.

El profeta Oseas, imbuido de una profunda comunión con Dios, expresó este deseo de conocimiento íntimo al afirmar: "*Y conoceremos, y proseguiremos en conocer a Jehová...*" (Oseas 6:3). Aquí se subraya la idea de un proceso continuo de búsqueda y comprensión de la naturaleza divina.

Sin embargo, aquellos que rechazan a Dios, no creyendo en Él, lo hacen porque carecen del verdadero entendimiento de su Palabra y buscan comprenderlo mediante la sabiduría humana. El apóstol Pablo aborda esta cuestión al señalar: "*¿Dónde está el sabio? ¿Dónde está el escriba? ¿Dónde está el disputador de este siglo? ¿No ha enloquecido Dios la sabiduría del mundo? Pues ya que, en la sabiduría de Dios, el mundo no conoció a Dios mediante la sabiduría, agradó a Dios salvar a los creyentes por la locura de la predicación*" (1 Corintios 1:20, 21).

La Iglesia reconoce la incomprehensibilidad de Dios y su naturaleza trascendente, como lo refleja el interrogante retórico de Job: "*¿Descubrirás tú los secretos de Dios?*

¿Llegarás tú a la perfección del Todopoderoso?" (Job 11:7). Esta comprensión humilde del misterio divino contrasta con la tendencia humana de intentar comprender a Dios mediante comparaciones y analogías, aunque se reconozca que Dios es incomparable e inigualable: *"¿A qué, pues, haréis semejante a Dios...?"* (Isaías 40:18).

No obstante, la Iglesia enfatiza que conocer a Dios es un requisito indispensable para la salvación, como lo afirma Jesucristo mismo: *"Y esta es la vida eterna: que te conozcan a ti, el único Dios verdadero, y a Jesucristo, a quien has enviado"* (Juan 17:3). En este sentido, la llegada de Jesucristo ha traído consigo un entendimiento renovado, permitiéndonos conocer al Dios verdadero y experimentar la vida eterna en comunión con Él. *"...el Hijo de Dios ha venido, y nos ha dado entendimiento para conocer al que es verdadero; y estamos en el verdadero, en su Hijo Jesucristo. Este es el verdadero Dios, y la vida eterna"* (1 Juan 5:20).

"Deus Absconditus y Deus Revelatus"

Los padres de la Iglesia primitiva, en su reflexión teológica, emplearon términos como "invisible", "inefable", "eterno" e "incomprensible" para describir la naturaleza divina. Sin embargo, simultáneamente reconocieron que Dios se revela en el Logos, lo que implica que puede ser conocido para la salvación.

Martin Lutero, en consonancia con esta perspectiva, hizo hincapié en la dicotomía entre el "Deus absconditus" y el "Deus revelatus", es decir, el "Dios escondido" y el "Dios revelado". Según Lutero, aunque Dios se ha revelado, permanece en cierto sentido oculto debido a la limitación de nuestra comprensión, incluso a través de su revelación especial.

Durante la época de la Reforma, Juan Calvino planteó la noción de la imposibilidad del hombre para indagar las profundidades del ser divino. Según él, la esencia de Dios es tan intrínseca que escapa completamente a la comprensión humana. Los reformadores, en consonancia, reconocieron que aunque el hombre pueda discernir aspectos de la naturaleza divina a través de la observación de la creación, un verdadero entendimiento de Dios solo se alcanza mediante una revelación especial, mediada por la iluminación del Espíritu Santo.

Esta perspectiva teológica recalca que, si bien es factible para el ser humano obtener un conocimiento relativo de Dios, una comprensión exhaustiva y perfecta de su ser se mantiene fuera de su alcance. Esta limitación se manifiesta en la célebre frase "Finitum non capax Infinitum" —"Lo finito no puede contener lo infinito".

Así, la teología reformada sostiene que el hombre puede acceder a un conocimiento adecuado de Dios para cumplir con el propósito divino de la salvación en su vida. No obstante, este entendimiento genuino se logra exclusivamente a través de la revelación especial que Dios mismo ha provisto, y solo aquellos que aceptan esta revelación mediante la fe pueden alcanzarlo.

El cristianismo se basa en un conocimiento que establece una relación sagrada entre el ser humano y su Dios, una relación en la que se reconoce la grandeza y majestuosidad absolutas de Dios como ser supremo, junto con la propia insignificancia humana y la dependencia del único, supremo y santo Dios.

El Dios revelado se manifiesta a través de sus acciones. Aunque aprendemos a conocerlo mediante sus obras, no alcanzamos un conocimiento íntimo de su ser esencial. Un ejemplo notable es la doctrina de la Trinidad, que solo se revela en las acciones divinas, resultando difícil de comprender. Esta dificultad subraya la importancia de la gracia divina en la revelación, ya que solo a través de ella la criatura puede concebir lo que es posible. Lo que conocemos de la Trinidad por la revelación divina, primero en las Escrituras y luego a través del testimonio de la Iglesia, es lo que podemos comprender. En este sentido, nuestro conocimiento de la Trinidad, mediado por la obra de Dios en nosotros, es auténtico.

El Conocimiento que el hombre posee de Dios, es el resultado de la Comunicación Divina hacia él mismo.

En contraste con otras disciplinas científicas donde el sujeto investigador se sitúa por encima de su objeto de estudio y obtiene activamente conocimiento a través de diversos métodos, en el ámbito teológico, el hombre se coloca en una posición de subordinación respecto al objeto de su conocimiento. Es decir, el hombre solo puede conocer a Dios en la medida en que Dios mismo se revela.

La revelación es crucial, ya que sin ella, el hombre nunca podría haber alcanzado ni el más mínimo entendimiento de la divinidad. No es la razón humana la que descubre a Dios, sino que es Dios quien se revela ante aquellos que tienen fe. A través de la revelación escrita y bajo la guía del Espíritu Santo, el hombre puede progresivamente adquirir un conocimiento más profundo de Dios.

Es importante destacar que la teología no sería viable sin la revelación directa proveniente de Dios mismo. Al hablar de revelación, nos referimos a un acto activo y no meramente pasivo, donde Dios se da a conocer de manera sobrenatural. Este proceso no implica un descubrimiento gradual de Dios por parte del hombre, sino más bien un acto sobrenatural donde Dios se manifiesta por su propia voluntad.

Es comprensible entonces que el conocimiento de Dios esté sujeto a la voluntad divina, revelándose en la medida y la forma que Él lo dispone. Esta idea está respaldada por las palabras del apóstol Pablo, quien afirmó que solo el Espíritu de Dios puede revelar verdaderamente las cosas de Dios, tal como se expresa en 1 Corintios 2:1, *"Porque ¿quién de los hombres sabe las cosas del hombre, sino el espíritu del hombre que está en él? Así tampoco nadie conoció las cosas de Dios, sino el Espíritu de Dios."*

CAPITULO III
LA REVELACION GENERAL

A lo largo de la historia y las diferentes culturas, los seres humanos han expresado consistentemente la convicción de que debe existir una realidad más allá del mundo físico que percibimos. Esta percepción se fundamenta en la observación del orden presente en la naturaleza y en la conciencia moral innata que experimentamos.

Esta comprensión nos lleva a reconocer que Dios se ha revelado tanto en el mundo exterior como en el interior de cada ser humano, y esta revelación no excluye a nadie, pues es inherente y universal. La Revelación General, como se denomina, es el conocimiento que Dios ofrece a toda la humanidad, sin distinción. Esta revelación está al alcance de todos, no requiere de condiciones especiales o una espiritualidad particular para ser comprendida. No se limita a ciertas personas privilegiadas; es accesible para cada ser humano en cualquier lugar del mundo.

Este concepto de Revelación General se sustenta en la idea de que Dios ha dejado evidencias de su existencia y carácter en la creación misma y en la conciencia moral de todos los hombres. Esta revelación no se restringe a un grupo selecto de individuos, sino que está disponible para toda la humanidad como una manifestación universal de la presencia y voluntad divinas.

Este entendimiento resalta la idea de que la Revelación General es una expresión de la gracia divina hacia toda la humanidad, ofreciendo la oportunidad de conocer a Dios independientemente de su trasfondo cultural o nivel de conocimiento religioso.

La concepción de la Revelación General se fundamenta en la idea de que la mera observación de la creación es suficiente para que todo ser humano reconozca la existencia de un Creador. Esta noción se respalda en textos bíblicos como Isaías 40:26, que exhorta a levantar los ojos y contemplar la obra creadora de Dios, destacando la grandeza de su poder y dominio. *"Levantad en alto vuestros ojos, y mirad quién creó estas cosas; él saca y cuenta su ejército; a todas llama por sus nombres; ninguna faltará; tal es la grandeza de su fuerza, y el poder de su dominio".*

Asimismo, la Revelación General abarca la revelación natural, manifestada a través de la naturaleza circundante. Esto se expresa en Salmos 19:1-2, donde se afirma que los cielos y el firmamento proclaman a Dios y su sabiduría que se manifiesta día tras día. *"Los cielos cuentan la gloria de Dios, Y el firmamento anuncia la obra de sus manos. Un día emite palabra a otro día, Y una noche a otra noche declara sabiduría."*

También se menciona en Hechos 14:17, donde se reconoce que Dios provee abundancia y alegría a través de la naturaleza: *"si bien no se dejó a sí mismo sin testimonio, haciendo bien, dándonos lluvias del cielo y tiempos fructíferos, llenando de sustento y de alegría nuestros corazones."*

La Revelación General se entiende como la comunicación de Dios con la humanidad mediante medios naturales, especialmente a través de la creación visible y sus leyes y poderes ordinarios. Esta revelación tiene como objetivo principal que el ser humano, utilizando su razón, comprenda la finalidad de la creación: conocer a Dios e iniciar un conocimiento acerca de Él.

Es importante señalar que la revelación no opera en un plano horizontal, sino que desciende verticalmente desde lo alto. Es Dios mismo quien actúa, quien habla, revelando algo nuevo para el hombre, algo que no podría haber conocido previamente y que se convierte en una verdadera revelación solo para aquellos que aceptan su propósito mediante una fe que proviene de Dios. Esta dinámica se manifiesta como un acto continuo de revelación divina hacia la humanidad, siempre enriqueciendo y profundizando el entendimiento de la relación entre Dios y el hombre.

Revelación General por Medio de la Naturaleza - Revelación Mediata

En la tradición cristiana antigua, la contemplación de la naturaleza era considerada el primer paso esencial en el camino hacia la interioridad espiritual. Según San Ireneo de Lyon, la contemplación representa el primer paso del alma hacia el conocimiento de Dios, siendo el camino que conduce hacia la inmanencia divina dentro de la experiencia humana.

Este enfoque se ve respaldado por diversos pasajes bíblicos que destacan la grandeza y la sabiduría manifestadas en la creación. Isaías 40:26 llama a levantar la mirada y reconocer al Creador: *"Levantad en alto vuestros ojos, y mirad quién creó estas cosas; Él saca y cuenta su ejército; a todas llama por sus nombres; ninguna faltará; tal es la grandeza de su fuerza, y el poder de su dominio."*

Job 9:9 también refleja esta perspectiva al mencionar las constelaciones y la vastedad del universo, atribuyendo toda esa grandeza a la obra de Dios: *"Él hizo la Osa, el Orión y las Pléyades, y los lugares secretos del sur; Él hace cosas grandes e incomprensibles, y maravillosas, sin número."* Job, en particular, reflexiona sobre la complejidad y la belleza del cosmos, lo cual sugiere una profunda contemplación de la creación como medio para reconocer la grandeza divina.

Este mismo sentido de maravilla y asombro se refleja en Salmos 19:1-2, donde se describe cómo los cielos y el firmamento proclaman la gloria de Dios de manera constante: *"Los cielos cuentan la gloria de Dios, y el firmamento anuncia la obra de sus manos. Un día emite palabra a otro día, y una noche a otra noche declara sabiduría."*

El reconocimiento de Dios a través de su creación es un tema recurrente en la Escritura, como se ve en Nehemías 9:6, donde se exalta la obra creadora de Dios y se reconoce la relación estrecha entre el Creador y su creación. Los levitas en esta época reconocieron la autoridad y el poder de Dios sobre todas las cosas, incluyendo los cielos, la tierra y los mares: *"Tú solo eres Jehová; tú hiciste los cielos, y los cielos de los cielos, con todo su ejército, la tierra y todo lo que está en ella, los mares y todo lo que hay en ellos; y tú vivificas todas estas cosas, y los ejércitos de los cielos te adoran."*

En resumen, la contemplación de la naturaleza y la reflexión sobre la creación son elementos fundamentales en la tradición antigua, representando el punto de partida para el conocimiento y la comprensión de Dios a través de su obra en el mundo: *"buscad al que hace las Pléyades y el Orión, y vuelve las tinieblas en mañana, y hace oscurecer el día como noche; el que llama a las aguas del mar, y las derrama sobre la faz de la tierra; Jehová es su nombre;"* (Amós 5:8).

El Salmo 104:1-31 presenta una exaltación poética de la creación y la acción divina en el mundo natural. El salmista inicia el salmo con una bendición a Jehová, reconociendo su grandeza y majestuosidad como Creador. Se destaca la imagen de Dios envuelto en luz y extendiendo los cielos como una cortina, estableciendo sus moradas entre las aguas y dirigiendo las nubes como su carroza, mientras camina sobre el viento.

La visión del salmista sobre la naturaleza refleja una profunda admiración y reverencia hacia el Creador, reconociendo la complejidad y la belleza de la creación como manifestación de la sabiduría divina. La contemplación de la naturaleza se presenta como una vía para comprender y conectar con Dios, revelando su grandeza y bondad a través de sus obras.

Contemplemos la creación junto con el salmista en el Salmo 104:1-31:

1 *Bendice, alma mía, a Jehová. Jehová Dios mío, mucho te has engrandecido; Te has vestido de gloria y de magnificencia.*

2 *El que se cubre de luz como de vestidura, Que extiende los cielos como una cortina,*

3 *Que establece sus aposentos entre las aguas, El que pone las nubes por su carroza, El que anda sobre las alas del viento;*

4 *El que hace a los vientos sus mensajeros, Y a las flamas de fuego sus ministros.*

5 *Él fundó la tierra sobre sus cimientos; No será jamás removida.*

6 *Con el abismo, como con vestido, la cubriste; Sobre los montes estaban las*

aguas.

7 *A tu reprensión huyeron; Al sonido de tu trueno se apresuraron;*

8 *Subieron los montes, descendieron los valles, Al lugar que tú les fundaste.*

9 *Les pusiste término, el cual no traspasarán, Ni volverán a cubrir la tierra.*

10 *Tú eres el que envía las fuentes por los arroyos; Van entre los montes;*

11 *Dan de beber a todas las bestias del campo; Mitigan su sed los asnos monteses.*

12 *A sus orillas habitan las aves de los cielos; Cantan entre las ramas.*

13 *Él riega los montes desde sus aposentos; Del fruto de sus obras se sacia la tierra.*

14 *Él hace producir el heno para las bestias, Y la hierba para el servicio del hombre, Sacando el pan de la tierra,*

15 *Y el vino que alegra el corazón del hombre, El aceite que hace brillar el rostro, Y el pan que sustenta la vida del hombre.*

16 *Se llenan de savia los árboles de Jehová,*
Los cedros del Líbano que él plantó.

17 *Allí anidan las aves; En las hayas hace su*
casa la cigüeña.

18 *Los montes altos para las cabras monteses;*
Las peñas, madrigueras para los conejos.

19 *Hizo la luna para los tiempos; El sol conoce*
su ocaso.

20 *Pones las tinieblas, y es la noche; En ella*
corretean todas las bestias de la selva.

21 *Los leoncillos rugen tras la presa, Y para*
buscar de Dios su comida.

22 *Sale el sol, se recogen, Y se echan en sus*
cuevas.

23 *Sale el hombre a su labor, Y a su labranza*
hasta la tarde.

24 *¡Cuán innumerables son tus obras, oh,*
Jehová! Hiciste todas ellas con sabiduría;
La tierra está llena de tus beneficios.

25 *He allí el grande y anchuroso mar, En*
donde se mueven seres innumerables, Seres

pequeños y grandes.

26 *Allí andan las naves; Allí este leviatán que hiciste para que jugase en él.*

27 *Todos ellos esperan en ti, Para que les des su comida a su tiempo.*

28 *Les das, recogen; Abres tu mano, se sacian de bien.*

29 *Escondes tu rostro, se turban; Les quitas el hálito, dejan de ser, Y vuelven al polvo.*

30 *Envías tu Espíritu, son creados, Y renuevas la faz de la tierra.*

31 *Sea la gloria de Jehová para siempre; Alégrese Jehová en sus obras.*

En resumen, el Salmo 104 refleja la importancia de la contemplación de la naturaleza como una forma de reconocer la presencia y la acción de Dios en el mundo, invitando a la reflexión y alabanza por las maravillas de la creación.

La Revelación General también es denominada así debido a su carácter generalizado en su contenido, que se distingue por no ofrecer un relato detallado sobre la persona o la obra de Dios, como por ejemplo la expiación y la resurrección de Cristo, entre otras doctrinas cristianas fundamentales.

A diferencia de la Revelación Especial contenida en la Biblia, la Revelación General no aborda aspectos específicos de la redención. Esta distinción es crucial, ya que contemplar fenómenos naturales como una puesta de sol o la majestuosidad del firmamento no nos brinda un entendimiento detallado del plan divino de redención.

La Revelación General, a través de la naturaleza, comunica principalmente la existencia de Dios y revela Su poder eterno y deidad a través del orden que observamos en la creación. Este mensaje central se ilustra en Romanos 1:19, donde se afirma que el eterno poder y deidad de Dios se hacen visibles, *"porque lo que de Dios se conoce les es manifiesto, pues Dios se lo manifestó."*

Es importante destacar que, si bien la naturaleza revela de manera evidente la existencia, el poder y la divinidad de Dios, no ofrece un conocimiento exhaustivo o completo sobre Él. Más bien, se puede decir que la revelación a través de la naturaleza proporciona una comprensión generalizada de la realidad divina.

Desde una perspectiva teológica más amplia, esta forma de revelación se conoce como "Revelación Mediata", ya que Dios utiliza un medio, en este caso, la naturaleza misma, para comunicarse y manifestar Su presencia y atributos. Esto se expresa en Romanos 1:20, donde se destaca que Su poder eterno y deidad son claramente percibidos a través de la creación, de modo que nadie puede alegar ignorancia, *"Porque las cosas invisibles de él, su eterno poder y deidad, se hacen claramente visibles desde la creación del mundo, siendo entendidas por medio de las cosas hechas, de modo que no tienen excusa."*

En resumen, la Revelación General por medio de la naturaleza revela aspectos fundamentales sobre la existencia y naturaleza de Dios, aunque su alcance es limitado en comparación con la Revelación Especial contenida en las Escrituras.

Revelación General por Medio de la Conciencia Humana - Revelación Inmediata

La Revelación General de Dios trasciende el ámbito físico de la naturaleza para manifestarse también en el interior del ser humano, de manera invisible pero significativa. Este aspecto de la revelación, conocido en teología como "Revelación Inmediata", implica que Dios revela directamente Su carácter moral al corazón de todo individuo, prescindiendo de cualquier medio externo.

Este concepto se encuentra respaldado en Romanos 2:14-15, donde se aborda la conducta de los gentiles que actúan de acuerdo con los principios morales intrínsecos que reflejan la obra de la ley en sus corazones. Aquí se destaca la función de la conciencia humana como un testimonio interno que acusa o defiende las acciones de las personas, lo cual evidencia una revelación directa de Dios en la esfera moral de cada individuo. *"Porque cuando los gentiles que no tienen ley hacen por naturaleza lo que es de la ley, estos, aunque no tengan ley, son ley para sí mismos, mostrando la obra de la ley escrita en sus corazones, dando testimonio su conciencia, y acusándoles o defendiéndoles sus razonamientos, en el día en que Dios juzgará por Jesucristo los secretos de los hombres, conforme a mi evangelio."*

La Revelación Inmediata revela la presencia activa de Dios en la conciencia humana, influenciando la percepción moral y el discernimiento ético de manera innata en todo ser humano. Este aspecto de la revelación general resalta la universalidad y la profundidad de la comunicación divina, que trasciende las barreras culturales y religiosas para llegar al núcleo mismo de la humanidad.

La Revelación Inmediata de Dios en el corazón humano constituye un aspecto esencial de la revelación general, donde se manifiesta el carácter moral divino de manera directa e intrínseca en la conciencia y el razonamiento de cada individuo. Juan Calvino, al abordar la

Revelación Inmediata la llama "sensus divinitatis", señalando la presencia intrínseca de un "sentido de la divinidad" en la mente humana. Para Calvino, este sentido es inherente y natural en el ser humano, constituyendo una conciencia básica de la existencia divina que está arraigada en la mente y conciencia de todos los individuos. Esta idea refleja la noción de que el hombre posee un conocimiento básico de la existencia de Dios sin necesidad de ser convencido externamente de ello. Un predicador ilustró este concepto al describir que "el hombre lleva consigo un vacío en forma de Dios que solo Dios puede llenar."

La presencia del "sensus divinitatis" en la naturaleza humana es innegable, aunque el hombre pueda intentar rechazar este conocimiento intrínseco. Esto se refleja en Romanos 1:21, donde se menciona que los hombres han conocido a Dios, pero algunos no lo glorificaron ni le dieron gracias: *"Pues habiendo conocido a Dios, no le glorificaron como a Dios, ni le dieron gracias, sino que se envanecieron en sus razonamientos, y su necio corazón fue entenebrecido."*

El libro de Eclesiastés también aborda este proceso de revelación divina al hombre. *Eclesiastés 3:10-11* muestra cómo Dios ha dotado a los seres humanos con la capacidad de discernir a Dios en la belleza de Su creación. Además, se menciona que Dios ha colocado la eternidad en el corazón humano, lo que sugiere una conciencia interna de la existencia de algo más allá de lo material y temporal. Sin embargo, se reconoce que el hombre no puede comprender completamente la obra de Dios: *"Yo he visto el trabajo que Dios ha dado a los hijos de los hombres para que se ocupen en él. Todo lo hizo hermoso en su tiempo;* (revelación por la naturaleza) *y ha puesto eternidad en el corazón de ellos,* (revelación por la conciencia humana) *sin que alcance el hombre a entender la obra que ha hecho Dios desde el principio hasta el fin."* (solo la alcanza con la revelación especial por medio de las Escrituras y de Jesucristo).

En síntesis, el concepto de "sensus divinitatis" expuesto por Juan Calvino resalta la presencia innata de la conciencia divina en el ser humano, y que constituye un conocimiento básico de la existencia de Dios. Este conocimiento de Dios es tan evidente en la naturaleza creada como en la conciencia humana, que solo un necio podría persistir en negarlo. Quizás por eso el salmista decía: *"Dice el necio en su corazón: No hay Dios" (Salmos 14:1).*

La Teología Natural

La revelación general engloba un concepto crucial conocido como Teología Natural, que se adentra en la comunicación divina a través de la naturaleza misma. Esta manifestación de Dios por medio de la naturaleza suscita cuestionamientos profundos sobre el conocimiento que podemos obtener de Dios a partir de la observación del mundo que nos rodea.

Al contemplar el entorno, surgen interrogantes que nos llevan a reflexionar sobre la naturaleza esencial de lo que percibimos. Este proceso nos conduce a reconocer que la revelación natural no solo nos brinda una comprensión superficial, sino que también nos invita a adentrarnos en un conocimiento más profundo y trascendente que va más allá de nuestras percepciones sensoriales.

Podemos considerar a la naturaleza como un sistema de señales que apuntan hacia una realidad más amplia y significativa, una realidad que supera los límites de lo tangible y nos guía hacia una comprensión más completa de la existencia y la esencia de Dios. En este sentido, la teología natural nos orienta desde la contemplación de la creación natural hacia la comprensión de la presencia y la grandeza de Dios en el universo.

El capítulo 1 de la Epístola a los Romanos representa un recurso fundamental para abordar el concepto de Teología Natural, especialmente en las palabras expresadas en los versículos 19 y 20: *"Porque lo que de Dios se conoce les es manifiesto, pues Dios se lo manifestó. Porque las cosas invisibles de él, su eterno poder y deidad, se hacen claramente visibles desde la creación del mundo, siendo entendidas por medio de las cosas hechas, de modo que no tienen excusa."*

La expresión *"lo que de Dios se conoce les es manifiesto"* utiliza el término griego "γνωστός" (gnostos), que significa "conocido", "sabido", es decir, lo que puede ser conocido. Asimismo, el término griego "φανερός" (fanerós) empleado en "manifiesto" sugiere que esta revelación es evidente, visible, notoria, y se traduce al latín como "manifestum", que connota lo obvio, evidente, señal notable que no se puede negar, o dejar claro.

De manera que, la teología natural manifestada en la revelación de Dios en la creación es clara y accesible para todos los seres humanos. No se trata de una revelación complicada reservada únicamente para algunos iluminados, sino que es una revelación "manifestum," o sea, que se presenta de manera clara y evidente a todos los hombres.

El propósito de la Teología Natural, según lo expuesto en los pasajes bíblicos, es inequívoco:

"Porque habiendo conocido a Dios, no le glorificaron como a Dios, ni le dieron

gracias..." (Romanos 1:21).

"...quienes, habiendo entendido el juicio de Dios, que los que practican tales cosas son dignos de muerte, no solo las hacen, sino que también se complacen con los que las practican" (Romanos 1:32).

"...de modo que no tienen excusa" (Romanos 1:20).

Estos versículos enfatizan que nadie puede alegar ignorancia respecto a la existencia de Dios, pues su revelación en la naturaleza y en la conciencia humana es clara y evidente. Es como si Dios hubiera enseñado de forma simple y efectiva sobre Su propia existencia y divinidad, dejando sin excusa a quienes rechazan este conocimiento.

La Teología Natural se erige, entonces, como una herramienta que desempeña un papel crucial al revelar la existencia de Dios a los seres humanos. Su función trasciende lo meramente teórico, preparando al individuo para un encuentro más cercano con Dios y para la revelación especial que se da a través de las

Escrituras y la persona de Jesucristo. En última instancia, busca eliminar cualquier argumento de ignorancia que pueda ser esgrimido en el día del juicio, donde cada individuo será responsable delante de la revelación divina.

CAPITULO IV
LA REVELACION ESPECIAL

La noción de revelación especial implica la utilización, por parte de Dios, de medios distintivos para transmitir su mensaje. Se trata de una revelación que se centra en la autorrevelación de Dios, siendo la principal vía las Sagradas Escrituras y la manifestación de Su Hijo Jesucristo.

En contraste con la revelación general, esta revelación especial aborda temas que trascienden las capacidades de la naturaleza. Contiene aspectos fundamentales, como por ejemplo el plan redentor de Dios, la encarnación de Su Hijo, la crucifixión, la resurrección, entre otros.

Es esencial comprender que la revelación especial muestra aspectos que no son accesibles mediante el estudio de la revelación general en la naturaleza. Esta forma de revelación es de naturaleza sobrenatural, donde Dios se comunica con la humanidad de manera superior y extraordinaria, ya sea hablando directamente o a través de sus enviados de forma sobrenatural, inspirándolos en la redacción de las Escrituras.

La revelación especial de Dios, como se evidencia abundantemente en las Escrituras tanto del Antiguo como del Nuevo Testamento, constituye un pilar fundamental en el cristianismo. A través de esta revelación, Dios no solo instruyó y amonestó a su pueblo, como se registra en 2 Reyes 17:13, sino que también transmitió conocimiento directo que es la base de la verdad que profesamos, superando así cualquier conocimiento que podamos adquirir por la simple observación del mundo. *"Jehová amonestó entonces a Israel y a Judá por medio de todos los profetas y de todos los videntes, diciendo: Volveos de vuestros malos caminos, y guardad mis mandamientos y mis ordenanzas, conforme a todas las leyes que yo prescribí a vuestros padres, y que os he enviado por medio de mis siervos los profetas."*

Las Escrituras dan testimonio de cómo Dios se reveló de manera especial en tiempos pasados y cómo continúa haciéndolo en la actualidad. El pasaje de Hebreos 1:1-2 destaca la comunicación distintiva de Dios directamente a través de Su Hijo, siendo esta revelación una fuente de conocimiento primordial: *"Dios, habiendo hablado muchas veces y de muchas maneras en otro tiempo a los padres por los profetas, en estos postreros días nos ha hablado por el Hijo, a quien constituyó heredero de todo, y por quien asimismo hizo el universo..."*

Epistemológicamente hablando, este pasaje nos lleva a considerar los métodos utilizados por Dios para transmitir este conocimiento. La epistemología se enfoca en los principios y métodos de adquirir conocimiento; este texto de Hebreos nos ofrece un punto de partida para comprender cómo Dios ha hablado de diversas maneras y en múltiples ocasiones, revelando así la diversidad y profundidad de Su mensaje.

¿Cuáles son las formas a través de las cuales Dios se ha revelado en otro tiempo, muchas veces y de muchas maneras? Algunas de ellas son:

- A Adán y Eva en el jardín del Edén:

"Y oyeron la voz de Jehová Dios que se paseaba en el huerto, al aire del día; y el hombre y su mujer se escondieron de la presencia de Jehová Dios entre los árboles del huerto. Mas Jehová Dios llamó al hombre, y le dijo: ¿Dónde estás tú?..."

Génesis 3:8

- Con voz audible a Abraham:

"Pero Jehová había dicho a Abram: Vete de tu tierra y de tu parentela, y de la casa de tu padre, a la tierra que te mostraré. Y haré de ti una nación grande, y te bendeciré, y engrandeceré tu nombre, y serás bendición. Bendeciré a los que te bendijeren, y a los que te maldijeren maldeciré; y serán benditas en ti todas las familias de la tierra..."

Génesis 12:1-3.

- Por medio de sueños, como a José:

"He aquí que atábamos manojos en medio del campo, y he aquí que mi manojo se levantaba y estaba derecho, y que vuestros manojos

estaban alrededor y se inclinaban al mío. Le respondieron sus hermanos:

¿Reinarás tú sobre nosotros, o señorearás sobre nosotros? Y le aborrecieron aún más a causa de sus sueños y sus palabras. Soñó aun otro sueño, y lo contó a sus hermanos, diciendo: He aquí que he soñado otro sueño, y he aquí que el sol y la luna y once estrellas se inclinaban a mí. Y lo contó a su padre y a sus hermanos; y su padre le reprendió, y le dijo: ¿Qué sueño es este que soñaste? ¿Acaso vendremos yo y tu madre y tus hermanos a postrarnos en tierra ante ti?"

Génesis *37:7-10*

- En la zarza ardiente a Moisés:

"...Y se le apareció el Ángel de Jehová en una llama de fuego en medio de una zarza; y él miró, y vio que la zarza ardía en fuego, y la zarza no se consumía. Entonces Moisés dijo: Iré yo ahora y veré esta grande visión, por qué causa la zarza no se quema. Viendo Jehová que él iba a ver, lo llamó Dios de en medio de la zarza, y dijo: ¡Moisés, Moisés! Y él

respondió: Heme aquí. Y dijo: No te acerques; quita tu calzado de tus pies, porque el lugar en que tú estás, tierra santa es. Y dijo: Yo soy el Dios de tu padre, Dios de Abraham, Dios de Isaac, y Dios de Jacob. Entonces Moisés cubrió su rostro, porque tuvo miedo de mirar a Dios."

Éxodo 3:2-6

- A Moisés directamente:

"Y hablaba Jehová a Moisés cara a cara, como habla cualquiera a su compañero... Y dijo Moisés a Jehová: Mira, tú me dices a mí: Saca este pueblo; y tú no me has declarado a quién enviarás conmigo. Sin embargo, tú dices: Yo te he conocido por tu nombre, y has hallado también gracia en mis ojos. Ahora, pues, si he hallado gracia en tus ojos, te ruego que me muestres ahora tu camino, para que te conozca, y halle gracia en tus ojos; y mira que esta gente es pueblo tuyo. Y Él dijo: Mi presencia irá contigo, y te daré descanso. Y Moisés respondió: Si tu presencia no ha de ir conmigo, no nos saques de aquí."

Éxodo 33:12-15

- Por medio de la columna de humo y fuego en el desierto:

"...Mas hizo Dios que el pueblo rodease por el camino del desierto del Mar Rojo. Y subieron los hijos de Israel de Egipto armados. Y Jehová iba delante de ellos de día en una columna de nube para guiarlos por el camino, y de noche en una columna de fuego para alumbrarles, a fin de que anduviesen de día y de noche. Nunca se apartó de delante del pueblo la columna de nube de día, ni de noche la columna de fuego..."

Éxodo 13:18, 21-22

- Por medio del Urim y Tumim: "Luces y perfecciones"

"Y pondrás en el pectoral del juicio Urim y Tumim, para que estén sobre el corazón de Aarón cuando entre delante de Jehová; y llevará siempre Aarón el juicio de los hijos de Israel sobre su corazón delante de Jehová."

Éxodo 28:30

"Y Jehová dijo a Moisés: Toma a Josué hijo de

Nun, varón en el cual hay espíritu, y pondrás tu mano sobre él; y lo pondrás delante del sacerdote Eleazar, y delante de toda la congregación; y le darás el cargo en presencia de ellos. Y pondrás de tu dignidad sobre él, para que toda la congregación de los hijos de Israel le obedezca. Él se pondrá delante del sacerdote Eleazar, y le consultará por el juicio del Urim delante de Jehová; por el dicho de él saldrán, y por el dicho de él entrarán, él y todos los hijos de Israel con él, y toda la congregación. Y Moisés hizo como Jehová le había mandado, pues tomó a Josué y lo puso delante del sacerdote Eleazar, y de toda la congregación; y puso sobre él sus manos, y le dio el cargo, como Jehová había mandado por mano de Moisés."*

Números 27:18-23

- Por medio de las teofanías:

El concepto de teofanía procede del vocablo del latín *"theophanīa"*, a su vez derivado del griego *"theopháneia"*. Este término está formado por los vocablos "theós" que significa "Dios" y "pháneia" que quiere decir "manifestación".

Una teofanía es una aparición de Dios, es una manifestación intensa de la presencia de Dios que es acompañada de una extraordinaria demostración visual, como por ejemplo una zarza ardiente, o una aparición con figura humana, etc.

"Así se quedó Jacob solo; y luchó con él un varón hasta que rayaba el alba. Y cuando el varón vio que no podía con él, tocó en el sitio del encaje de su muslo, y se descoyuntó el muslo de Jacob mientras con él luchaba. Y dijo: Déjame, porque raya el alba. Y Jacob le respondió: No te dejaré, si no me bendices. Y el varón le dijo: ¿Cuál es tu nombre? Y él respondió: Jacob. Y el varón le dijo: No se dirá más tu nombre Jacob, sino Israel; porque has luchado con Dios y con los hombres, y has vencido. Entonces Jacob le preguntó, y dijo: Declárame ahora tu nombre. Y el varón respondió: ¿Por qué me preguntas por mi nombre? Y lo bendijo allí. Y llamó Jacob el nombre de aquel lugar, Peniel; porque dijo: Vi a Dios cara a cara, y fue librada mi alma".

Génesis 32:34-30

"Después le apareció Jehová en el encinar de Mamre, estando él sentado a la puerta de su tienda en el calor del día. Y alzó sus ojos y miró, y he aquí tres varones que estaban junto a él; y cuando los vio, salió corriendo de la puerta de su tienda a recibirlos, y se postró en tierra, y dijo: Señor, si ahora he hallado gracia en tus ojos, te ruego que no pases de tu siervo".

Génesis *18:1-3* (ver el pasaje hasta 19:2).

La Revelación Especial por Medio de las Escrituras

Uno de los aspectos fundamentales de la Revelación Especial se encuentra en la intermediación divina a través de agentes reveladores que Dios utilizó para registrar tanto el Antiguo como el Nuevo Testamento. Este proceso se caracteriza por la relación entre los profetas, seres humanos como nosotros, y la divinidad, donde la comunicación de verdades trascendentales se llevaba a cabo mediante la recepción directa de información por parte de los profetas desde Dios.

El rol de los profetas se manifestaba como receptores de esta revelación, siendo canalizadores a través de los cuales fluía el mensaje divino. Esto se evidencia en la fórmula característica empleada por los profetas al transmitir sus mensajes: *"Así dice el Señor..."*. Estas declaraciones, al transformarse en palabras escritas, conformaron los libros que hoy reconocemos como la Palabra de Dios. De esta manera, el Antiguo Testamento surge como resultado del acto divino de revelación a través de individuos específicos seleccionados por Dios para transmitir Su mensaje.

Este proceso revelador, documentado en las Escrituras, revela la naturaleza profunda de la Revelación Especial, donde la relación entre lo humano y lo divino se entrelaza para ofrecer una visión única y significativa del propósito y la voluntad de Dios en la historia y la salvación humana.

El papel crucial de los profetas en el Antiguo Testamento se manifiesta en la necesidad de discernir entre los verdaderos y los falsos, dado que la función profética era de gran relevancia para el pueblo y, por ende, sus mensajes tenían un impacto significativo en la comunidad, muchos falsos profetas emergían sin el llamado divino y comunicaban lo que el pueblo deseaba escuchar en lugar de transmitir la auténtica revelación de Dios. Esta distorsión de la verdad provocaba que sus predicciones no se cumplieran, lo que los llevaba a ser identificados como falsos profetas por no cumplir con el criterio esencial de enseñar exclusivamente lo que provenía de la voluntad divina.

En este contexto, surge la necesidad de establecer criterios para distinguir a los verdaderos profetas de aquellos que se atribuían falsamente esa vocación. Estos criterios incluían, en primer lugar, el ser llamado directamente por Dios para ejercer el ministerio profético. Muchos de los profetas del Antiguo Testamento y los apóstoles en el Nuevo Testamento relatan en sus escritos las circunstancias y el contexto de su llamado divino, lo cual respalda y legitima su autoridad como mensajeros de Dios.

Por ejemplo, el profeta Amós revela en sus palabras el momento y las circunstancias de su llamado: *"Las palabras de Amós, que fue uno de los pastores de Tecoa, que profetizó acerca de Israel en días de Uzías rey de Judá y en días de Jeroboam hijo de Joás, rey de Israel, dos años antes del terremoto"* (Amós 1:1). Además, Amós declara la intervención directa de Dios en su vida y vocación: *"No soy profeta, ni soy hijo de profeta, sino que soy boyero, y recojo higos silvestres. Y Jehová me tomó de detrás del ganado, y me dijo: Ve y profetiza a mi pueblo Israel"* (Amós 7:14,15).

De manera similar, el profeta Jeremías detalla el momento en que recibió el llamado divino: *"Vino, pues, palabra de Jehová a mí, diciendo: Antes que te formase en el vientre te conocí, y antes que nacieses te santifiqué, te di por profeta a las naciones"* (Jeremías 1:5).

Es necesario notar que Jeremías expresa las circunstancias de su llamado profético con detalles como, quién era y de dónde venía: *"Las palabras de Jeremías hijo de Hilcías, de los sacerdotes que estuvieron en Anatot, en tierra* de Benjamín" (Jeremías 1:1), en qué fecha y en qué circunstancias profetizó: *"Palabra de Jehová que le vino en los días de Josías hijo de Amón, rey de Judá, en el año decimotercero de su reinado. Le vino también en días de Joacim hijo de Josías, rey de Judá, hasta el fin del año undécimo de Sedequías hijo de Josías, rey de Judá, hasta la cautividad de Jerusalén en el mes quinto"*, también expresa su sorpresa y dudas ante esta designación, lo cual refuerza la autenticidad de su llamado y su entrega total a la voluntad divina: *"Y yo dije: ¡Ah! ¡ah, Señor Jehová! He aquí, no sé hablar, porque soy niño. Y me dijo Jehová: No digas: Soy un niño; porque a todo lo que te envíe irás tú, y dirás todo lo que te mande. No temas delante de ellos, porque contigo estoy para librarte, dice Jehová. Y extendió Jehová su mano y tocó mi boca, y me dijo Jehová: He aquí he puesto mis palabras en tu boca"* (Jeremías 1:6-9).

Asimismo, Isaías narra su experiencia de llamado en una visión donde Dios busca a quién enviar, y él responde: *"Heme aquí, envíame a mí"* (Isaías 6:8). Esta escena revela la iniciativa divina en la selección de sus mensajeros y la disposición del profeta para cumplir con su misión. Isaías también narra la época en que Dios lo llamó como profeta: *"Visión de Isaías hijo de Amoz, la cual vio acerca de Judá y Jerusalén en días de Uzías, Jotam, Acaz y Ezequías, reyes de Judá"* (Isaías 1:1).

Del mismo modo, el profeta Ezequiel relata cómo Dios le comisiona y le capacita para su ministerio profético: *"Hijo de hombre, come lo que hallas; come este rollo, y ve y habla a la casa de Israel"* (Ezequiel 3:1). Esta experiencia simbólica de comer el rollo representa la asimilación y transmisión de las palabras divinas, demostrando la autoridad y la legitimidad del mensaje profético: *"Luego me dijo: Hijo de hombre, ve y entra a la casa de Israel, y habla a ellos con mis palabras... Y me dijo: Hijo de hombre, toma en tu corazón todas mis palabras que yo te hablaré, y oye con tus oídos... Me levantó, pues, el Espíritu, y me tomó; y fui en amargura, en la indignación de mi espíritu, pero la mano de Jehová era fuerte sobre mí"* (Ezequiel 1:4,10,12,14).

Así, la autenticidad de los profetas se fundamentaba en su llamado divino, evidenciado a través de experiencias personales y revelaciones directas de Dios que los capacitaban y legitimaban como portavoces de Su voluntad y revelación.

El Nuevo Testamento relata el llamado directo de Jesucristo a los apóstoles, lo cual queda registrado en los evangelios, en el libro de los Hechos de los Apóstoles y en varias epístolas. Estos relatos proporcionan una base sólida para comprender la naturaleza divina y la legitimidad de la vocación apostólica.

En los evangelios, se describe cómo Jesús seleccionó a sus discípulos, escogiendo a doce de entre ellos para ser llamados apóstoles. El evangelio según Lucas narra este evento: *"En aquellos días él fue al monte a orar, y pasó la noche orando a Dios. Y cuando era de día, llamó a sus discípulos, y escogió a doce de ellos, a los cuales también llamó apóstoles: a Simón, a quien también llamó Pedro, a Andrés su hermano, Jacobo y Juan, Felipe y Bartolomé, Mateo, Tomás, Jacobo hijo de*

Alfeo, Simón llamado Zelote, Judas hermano de Jacobo, y Judas Iscariote, que llegó a ser el traidor" (Lucas 6:12-16). Este acto de selección por parte de Jesús confirma la importancia y la autoridad otorgada a los apóstoles como testigos y mensajeros de su enseñanza.

Asimismo, el libro de los Hechos de los Apóstoles relata la elección de Matías para ocupar el lugar vacante dejado por Judas Iscariote. Este pasaje muestra cómo la comunidad apostólica reconoció la necesidad de mantener el número de apóstoles completo y cómo buscaron la guía divina en este proceso. *"Es necesario, pues, que de estos hombres que han estado juntos con nosotros todo el tiempo que el Señor Jesús entraba y salía entre nosotros... uno sea hecho testigo con nosotros, de su resurrección"* (Hechos 1:21-26).

El llamado del apóstol Pablo, aunque singular en su experiencia, es otro ejemplo significativo de un encuentro directo con Jesucristo que lo habilitó como apóstol. Pablo relata este evento en su carta a los Corintios: *"y al último de todos, como a un abortivo, me apareció a mí"*

(1 Corintios 15:8). Su encuentro en el camino a Damasco, donde experimentó una visión de Jesús y recibió una comisión divina a través de Ananías, confirma la autenticidad de su llamado apostólico: *"...Y él dijo: El Dios de nuestros padres te ha escogido para que conozcas su voluntad, y veas al Justo, y oigas la voz de su boca. Porque serás testigo suyo a todos los hombres, de lo que has visto y oído"* (Hechos 22:14,15).

Además, tanto Pedro como Pablo se identifican claramente como apóstoles en sus epístolas. Pedro comienza su carta con la declaración *"Pedro, apóstol de Jesucristo"*, confirmando así su posición y autoridad como uno de los apóstoles de Jesús (1 Pedro 1:1). Del mismo modo, Pablo se identifica como *"apóstol (no de hombres ni por hombre)... por Jesucristo y por Dios el Padre"* en su carta a los Gálatas, enfatizando la naturaleza divina y la autoridad de su llamado apostólico (Gálatas 1:1).

En conclusión, podemos decir que el llamado para ser profeta o apóstol en el contexto bíblico siempre proviene directamente de Dios o de

Jesucristo, lo cual se evidencia en los relatos detallados en los libros proféticos, en los evangelios, Hechos de los Apóstoles y las epístolas.

Estos relatos ofrecen una base sólida para comprender la autenticidad y la autoridad de los profetas y apóstoles en el contexto bíblico.

La autenticidad de los profetas y apóstoles se ve respaldada no solo por su llamado divino, sino también por la autoridad otorgada para llevar a cabo señales, milagros y maravillas, manifestaciones que evidencian la intervención divina y confirman su legitimidad como mensajeros de Dios.

Un ejemplo significativo se encuentra en el relato del profeta Elías en el libro de 1 Reyes. Elías proclamó que no habría lluvia ni rocío en la tierra, y este pronóstico se cumplió, demostrando así su conexión directa con la voluntad de Dios. *"Entonces Elías tisbita, que era de los moradores de Galaad, dijo a Acab: Vive Jehová Dios de Israel, en cuya presencia estoy, que no habrá lluvia ni rocío en estos años, sino por mi palabra... Pasados algunos* días, se secó el arroyo, porque no había llovido sobre la tierra" (1 Reyes 17:1,7).

Además, el milagro de la resurrección del hijo de la viuda, realizado por Elías, confirma su autoridad divina y la veracidad de su mensaje. *"Él le dijo: Dame acá tu hijo. Entonces él lo tomó de su regazo, y lo llevó al aposento donde él estaba, y lo puso sobre su cama. Y clamando a Jehová, dijo: Jehová Dios mío, ¿aun a la viuda en cuya casa estoy hospedado has afligido, haciéndole morir su hijo? Y se tendió sobre el niño tres veces, y clamó a Jehová y dijo: Jehová Dios mío, te ruego que hagas volver el alma de este niño a él. Y Jehová oyó la voz de Elías, y el alma del niño volvió a él, y revivió. Tomando luego Elías al niño, lo trajo del aposento a la casa, y lo dio a su madre, y le dijo Elías: Mira, tu hijo vive. Entonces la mujer dijo a Elías: Ahora conozco que tú eres varón de Dios, y que la palabra de Jehová es verdad en tu boca"* (1 Reyes 17:19-24).

En el libro de los Hechos de los Apóstoles, se relatan diversas señales y milagros realizados también por los apóstoles que corroboran su autoridad divina. El caso de Ananías y Safira ilustra cómo el Espíritu Santo llevó a cabo el juicio divino sobre la mentira y la manipulación, evidenciando la autoridad y el temor reverente que acompañaba a las acciones de los apóstoles. *"...¿Por qué pusiste esto en tu corazón? No has mentido a los hombres, sino a Dios. Al oír Ananías estas palabras, cayó y expiró. Y vino un gran temor sobre todos los que lo oyeron... Pasado un lapso como de tres horas, sucedió que entró su mujer, no sabiendo lo que había acontecido... Y Pedro le dijo: ¿Por qué convinisteis en tentar al Espíritu del Señor? He aquí a la puerta los pies de los que han sepultado a tu marido, y te sacarán a ti. Al instante ella cayó a los pies de él, y expiró; y cuando entraron los jóvenes, la hallaron muerta; y la sacaron, y la sepultaron junto a su marido. Y vino gran temor sobre toda la iglesia, y sobre todos los que oyeron estas cosas"* (Hechos 5:4-11).

Otro ejemplo notable es el milagro realizado por el apóstol Pablo en el caso de Eutico, quien cayó del tercer piso y fue levantado de entre los muertos por la intervención de Pablo. Este suceso, además de ser un milagro de resurrección, fortaleció la fe de la comunidad cristiana y confirmó la autoridad divina concedida a los apóstoles. *"Y un joven llamado Eutico, que estaba sentado en la ventana, rendido de un sueño profundo, por cuanto Pablo disertaba largamente, vencido del sueño cayó del tercer piso abajo, y fue levantado muerto. Entonces descendió Pablo y se echó sobre él, y abrazándole, dijo: No os alarméis, pues está vivo. Después de haber subido, y partido el pan y comido, habló largamente hasta el alba; y así salió. Y llevaron al joven vivo, y fueron grandemente consolados"* (Hechos 20:9-12).

Estos relatos bíblicos subrayan la importancia de las señales y milagros como medios para autenticar la autoridad divina de los profetas y apóstoles. Estos eventos extraordinarios no solo respaldan sus enseñanzas y predicaciones, sino que también fortalecen la fe de aquellos que presencian tales manifestaciones, estableciendo así la legitimidad y la veracidad de su llamado y ministerio.

Otra manera en la que se autenticaba la veracidad de los profetas y apóstoles se manifiesta en la cumplimentación de las palabras que proclamaban, un criterio esencial que confirma la legitimidad de su mensaje divino y su conexión directa con la voluntad de Dios.

El libro del Deuteronomio establece claramente este principio, advirtiendo sobre la presunción de hablar en nombre de Dios sin ser autorizado por Él. Se señala que si las palabras de un profeta no se cumplen, no provienen de la voluntad divina, sino que son producto de una presunción humana. Esto subraya la importancia de la verificación de las profecías como un indicador de su autenticidad. *"El profeta que tuviere la presunción de hablar palabra en mi nombre, a quien yo no le haya mandado hablar, o que hablare en nombre de dioses ajenos, el tal profeta morirá. Y si dijeres en tu corazón: ¿Cómo conoceremos la palabra que Jehová no ha hablado?; si el profeta hablare en nombre de Jehová, y no se cumpliere lo que dijo, ni aconteciere, es palabra que Jehová no ha hablado; con presunción la habló el tal profeta; no tengas temor de él"* (Deuteronomio 18:20-22).

En el libro de los Hechos de los Apóstoles, se presenta un ejemplo concreto de cómo la manifestación del poder divino confirmaba la autoridad de los mensajeros de Dios. Pablo y Bernabé, llenos del Espíritu Santo, confrontaron a un falso profeta llamado Elimas, quien buscaba apartar al procónsul de la fe. La intervención divina, que resultó en la ceguera temporal de Elimas, llevó al procónsul a creer en la doctrina del Señor, validando así la autoridad de los apóstoles como portadores del mensaje divino. Leamos el relato bíblico. *"Ellos, entonces, enviados por el Espíritu Santo, descendieron a Seleucia, y de allí navegaron a Chipre. Y llegados a Salamina, anunciaban la palabra de Dios en las sinagogas de los judíos. Tenían también a Juan de ayudante. Y habiendo atravesado toda la isla hasta Pafos, hallaron a cierto mago, falso profeta, judío, llamado Barjesús, que estaba con el procónsul Sergio Paulo, varón prudente. Éste, llamando a Bernabé y a Saulo, deseaba oír la palabra de Dios. Pero les resistía Elimas, el mago (pues así se traduce su nombre), procurando apartar de la fe al procónsul. Entonces Saulo, que también es Pablo, lleno del Espíritu Santo, fijando en él los ojos, dijo: ¡Oh, lleno de todo engaño y de toda maldad, hijo del diablo, enemigo de toda justicia! ¿No cesarás de trastornar los caminos rectos del Señor? Ahora, pues, he aquí la mano del Señor está contra ti, y serás ciego, y no verás el sol por algún tiempo. E inmediatamente cayeron sobre él oscuridad y tinieblas; y andando alrededor, buscaba quien le condujese de la mano. Entonces el procónsul, viendo lo que había sucedido, creyó, maravillado de la doctrina del Señor"* (Hechos 13:4-12).

En consecuencia, se comprende que Dios escogió la vía de la revelación especial escrita a través de profetas y apóstoles, quienes fueron enviados por Él para transmitir Su Palabra con autoridad.

Este concepto se refleja claramente en el llamado de los mensajeros de Dios en el Nuevo Testamento, identificados como "Apóstoles", término derivado del griego "apóstolos" que significa "mensajeros" o "enviados", y denota que son "enviados con la misma autoridad del que los envía". Así como un embajador de un país está respaldado por toda la autoridad y soberanía del país que lo envía, los apóstoles actuaban como una especie de "embajadores" de la revelación y del reino de Dios, respaldados por la autoridad y soberanía divinas. Jesús mismo reafirmó esta autoridad delegada a Sus apóstoles al expresar que aquellos que los recibían a ellos, lo recibían a Él y, por ende, al que lo envió, señalando así la conexión directa entre la autoridad divina y la misión de los apóstoles como mensajeros del reino de Dios. *"El que a vosotros recibe, a mí me recibe, y el que me recibe a mí, recibe al que me envió"* (Mateo 10:40). Esta declaración subraya la importancia de reconocer y recibir la autoridad divina presente en aquellos que son enviados por Dios para transmitir Su mensaje y Su voluntad. La Iglesia cristiana encuentra su cimiento y fundamento en la revelación especial proporcionada por los apóstoles y profetas, lo cual constituye el núcleo doctrinal fundamental de nuestra fe.

El apóstol Pablo, en su carta a los Corintios, enfatiza la centralidad de Jesucristo como el único fundamento sobre el cual se puede edificar la fe cristiana. *"Porque nadie puede poner otro fundamento que el que está puesto, el cual es Jesucristo"* (1 Corintios 3:11). Esta afirmación resalta la exclusividad de Jesucristo como el pilar esencial sobre el cual se construye toda la doctrina y práctica cristiana.

Asimismo, en la carta a los Efesios, se destaca la importancia del fundamento establecido por los apóstoles y profetas, con Jesucristo como la piedra angular. *"...edificados sobre el fundamento de los apóstoles y profetas, siendo la principal piedra del ángulo Jesucristo mismo, en quien todo el edificio, bien coordinado, va creciendo para ser un templo santo en el Señor"* (Efesios 2:20-21). Aquí se subraya la idea de que la revelación transmitida por los apóstoles y profetas, con Jesucristo como el elemento central, constituye la base sólida sobre la cual la comunidad cristiana se desarrolla y se fortalece espiritualmente.

Estos pasajes bíblicos resaltan la importancia crucial de la revelación especial entregada por Dios a través de los apóstoles y profetas como el fundamento esencial sobre el cual se construye la fe cristiana. Jesucristo ocupa un lugar primordial en este fundamento, siendo la piedra angular que sostiene todo el edificio doctrinal y espiritual de la Iglesia.

La Revelación Especial por Medio de la Persona de Cristo

La culminación de la revelación especial de Dios se manifiesta en la persona de Jesucristo, quien representa el acercamiento más profundo y personal de Dios hacia la humanidad, permitiendo así una relación íntima y directa entre el hombre y Dios.

Este proceso de acercamiento progresivo de Dios al hombre se evidencia en las Escrituras, comenzando desde el Antiguo Testamento:

En un santuario o tabernáculo: El mandato divino de construir un santuario para que Dios pueda habitar entre su pueblo se encuentra en Éxodo 25:8, estableciendo un lugar físico donde la presencia de Dios pueda manifestarse y relacionarse con Su pueblo. *"Y háganme un santuario, y yo habitaré entre ellos"*.

En medio del pueblo mismo: La profecía de Zacarías 2:10 anuncia la venida de Dios para morar en medio de Su pueblo, simbolizando un acercamiento más directo y palpable de la presencia divina entre los seres humanos, *"Canta y alégrate, hija de Sión: porque he aquí vengo, y moraré en medio de* ti, *ha dicho Jehová"*.

Dentro de ellos mismos: El Nuevo Testamento amplía esta idea al revelar que los creyentes son templos del Dios viviente, siendo habitados por Dios mismo, como se expresa en 2 Corintios 6:16: *"...porque vosotros sois el templo del Dios viviente, como Dios dijo: Habitaré y andaré en ellos; y seré el Dios de ellos, y ellos serán mi pueblo."*

La palabra griega *enoikéo* utilizada para "habitar" significa también "morar en", "habitar en uno e influir en él". Esta palabra proviene de la palabra *"oikos"* "morada" que viene de *"oikía"* que significa "casa".

Implica una morada interna, influencia y relación cercana, indicando la intención divina de establecer Su morada dentro de la persona, no solo entre ellos o en medio de ellos, sino "en ellos" mismos. Este proceso revela la voluntad de Dios de acercarse íntimamente al ser humano, buscando una relación más estrecha y personal. La progresión desde un lugar físico externo hasta una morada interna en el corazón humano refleja la intención divina de establecer una conexión profunda con la humanidad, permitiendo así un conocimiento más íntimo y cercano de Él mismo.

La revelación divina se desenvuelve en una progresión que abarca diversos niveles: inicialmente a través de la naturaleza, luego mediante la conciencia humana, seguido por las Escrituras, y finalmente, se manifiesta plenamente en la encarnación de Jesucristo como el Verbo hecho carne.

El evangelio de Juan proclama esta manifestación suprema de la revelación en Jesucristo. *"Y aquel Verbo fue hecho carne, y habitó entre nosotros (y vimos su gloria,*

gloria como del unigénito del Padre), lleno de gracia y de verdad" (Juan 1:14). Aquí se presenta la encarnación de la Palabra divina como la culminación y la plenitud de la revelación de Dios a la humanidad.

Jesucristo mismo enfatizó que las Escrituras apuntan a Él como la esencia y el cumplimiento de la revelación divina. *"Escudriñad las Escrituras; porque a vosotros os parece que en ellas tenéis la vida eterna; y ellas son las que dan testimonio de mí"* (Juan 5:39). Este pasaje subraya la conexión esencial entre las Escrituras y la revelación de Cristo como su cumplimiento y propósito último.

Los profetas del Antiguo Testamento, como Isaías, anticiparon la llegada del Mesías y su significado trascendental, identificándolo como "Emanuel", que significa *"Dios con nosotros"* (Isaías 7:14). Este anuncio profético encuentra su cumplimiento en el relato de Mateo, donde se afirma que Jesucristo es el cumplimiento de la profecía, encarnando la presencia divina entre la humanidad. *"Todo esto aconteció para que se cumpliese lo dicho* por el Señor por medio del profeta, cuando dijo: *He aquí, una virgen concebirá y dará a luz un hijo, Y llamarás su nombre Emanuel, que traducido es: Dios con nosotros"* (Mateo 1:22,23).

El reconocimiento de Jesucristo como la revelación de Dios a los hombres se manifiesta también en la experiencia de Simeón en el templo de Jerusalén. Al ver al niño Jesús, Simeón declara que Él es la luz para la revelación a los gentiles y la gloria de Israel, revelando así la misión y el propósito de Jesucristo como el revelador de Dios a la humanidad, *"Ahora, Señor, despides a tu siervo en paz, Conforme a tu palabra; Porque han visto mis ojos tu salvación, La cual has preparado en presencia de todos los pueblos; Luz para revelación a los gentiles, y gloria de tu pueblo Israel"* (Lucas 2:25-32).

La encarnación del Verbo está claramente enseñada en el primer capítulo de Juan y muestra a Jesús revelando la gloria del Padre en sí mismo:

"En el principio era el Verbo, y el Verbo era

con Dios, y el Verbo era Dios. Éste era en el principio con Dios. Todas las cosas por él fueron hechas, y sin él nada de lo que ha sido hecho fue hecho. En él estaba la vida, y la vida era la luz de los hombres. La luz en las tinieblas resplandece, y las tinieblas no prevalecieron contra ella... Y aquel Verbo fue hecho carne, y habitó entre nosotros (y vimos su gloria, gloria como del unigénito del Padre), lleno de gracia y de verdad" (Juan 1:1-5,14).

El Evangelio de Juan presenta una declaración explícita de Jesucristo sobre su papel como revelador del Padre: *"A Dios nadie le vio jamás; el unigénito Hijo, que está en el seno del Padre, él le ha dado a conocer"* (Juan 1:18). Esta afirmación es fundamental para comprender el propósito de la venida de Jesús, que era revelar y dar a conocer al Padre de una manera más profunda y clara.

Cuando se menciona que Jesús viene del "*seno del Padre*" en el griego original "Kolpon to Patrós", "kolpón" hace referencia a una expresión que denota la relación íntima y filial entre un hijo y su padre. Denota la relación íntima de dos personas en la familia. Esta expresión no implica que Jesús sea el Padre mismo, sino que proviene directamente de Él, siendo parte de su familia divina. Si Jesús fuera el mismo Padre, como dicen los unicitarios, no podría, por el lenguaje original, estar en su propio seno, sino que tenía que estar en el seno de otra persona que hace parte de su familia, en este caso Su Padre *"to Patros"*.

El verbo griego utilizado, "Exegetazo", traducido como "ha dado a conocer", implica una acción de explicar, relatar los hechos, y revelar secretos divinos. Es similar al término "exégesis", que se refiere a la explicación y revelación de aspectos ocultos o desconocidos. En este sentido, Jesús realizó una "exégesis" de Dios al revelar y explicar de manera más clara la naturaleza y la voluntad del Padre.

Jesucristo es la encarnación de la revelación divina, siendo el Verbo hecho carne y Dios con nosotros por su naturaleza divina. Esto resalta la distinción entre las personas divinas, donde Jesús no es el Padre (Jehová), sino que es el

Hijo de Dios revelando al Padre a través de su propia vida y enseñanzas. Su origen directo del Padre le otorga la autoridad y capacidad para revelar al Padre de manera precisa y auténtica.

El apóstol Pablo abordó la revelación del Padre a través de la divinidad del Hijo en su carta a los Filipenses:

En Filipenses 2:5-6, *"Haya, pues, en vosotros este sentir que hubo también en Cristo Jesús, el cual, siendo en forma de Dios, no estimó el ser igual a Dios como cosa a que aferrarse..."* Pablo insta a tener el mismo pensamiento que tuvo Cristo Jesús. Este pasaje se analiza desde su contexto griego, donde se emplean términos específicos para resaltar la naturaleza divina de Jesús y cómo Él tenía las condiciones de ser la revelación más perfecta del Padre:

"Siendo en forma de Dios" se traduce del griego "hypárkhon" "tener ya", "estar actualmente en posesión de algo". Este término implica tener un derecho preexistente y una autorización para actuar en conformidad con la divinidad. Jesús tenía el derecho de hacer uso de su naturaleza divina, pero optó por no hacerlo

para cumplir con el propósito eterno de su misión.

"*Forma de Dios*" se expresa como "morfe Theu". Aquí, "morfe" denota que la forma externa corresponde a una esencia interna, en este caso, la esencia divina de Cristo. Esta forma está en completa armonía con la esencia interior, revelando así la naturaleza divina en la persona de Jesús.

"*No estimó el ser igual a Dios como cosa a que aferrarse*" se analiza a partir de "harpagmón" "estimó" "tomar por usurpación" o "acto de incautación". Significa también "agarrar, especialmente mediante una demostración abierta de fuerza." "harpázō" de la misma raíz, significa "una cosa incautada o botín, una cosa que se debe agarrar o mantener sujeta, retenida." También "isa Theu" "ser igual a Dios" se refiere a la igualdad con Dios en sustancia y calidad. Jesús, a pesar de ser igual a Dios en esencia, decidió no aferrarse a esa igualdad como un derecho a ser usado para su beneficio, sino que optó por la humildad y la obediencia a Su propósito divino.

Este pasaje enfatiza que Jesucristo, aunque era de la misma naturaleza divina del Padre, eligió no hacer alarde de Su divinidad para cumplir Su obra redentora. Así, Jesús, al encarnarse como hombre, se convirtió en la más perfecta revelación de Dios Padre, revelando Su naturaleza divina a través de Su humanidad sin hacer uso de Su igualdad con Dios de manera egoísta o para Su propio beneficio.

Las Sagradas Escrituras revelan que, a lo largo de la historia humana, Dios se ha manifestado de diversas maneras, tanto a través de una revelación general observable en la naturaleza como a través de una revelación especial contenida en las Escrituras. Sin embargo, la culminación de esta revelación se produjo de manera más clara y definitiva a través de Su Hijo, Jesucristo:

El libro de Hebreos 1:1-3 expone este concepto, indicando que Dios ha hablado en múltiples ocasiones y de diversas formas en el pasado mediante los profetas. Pero en los últimos tiempos, nos ha hablado por medio de Su Hijo. *"Dios, habiendo hablado muchas veces y de* muchas maneras en otro tiempo a los padres por los profetas, en estos postreros días nos ha hablado por el Hijo, a quien constituyó heredero de todo, y por quien asimismo hizo el universo; el cual, siendo el resplandor de su gloria, y la imagen misma de su sustancia, y quien sustenta todas las cosas con la palabra de su poder, habiendo efectuado la purificación de nuestros pecados por medio de sí mismo, se sentó a la diestra de la Majestad en las alturas."

En cuanto a "siendo el resplandor de su gloria", la palabra griega "apaugasma" implica una "irradiación" o "resplandor" activo de la gloria del Padre en su Hijo Jesucristo, reflejando así la brillante luz de la presencia divina, comparada con la gloria Shekinah de Dios.

La expresión "la imagen misma de su sustancia", traducida del término griego "hypostaseōs" "esencia", "substancia", "naturaleza", sugiere que Jesucristo proyecta la imagen exacta de la esencia y la naturaleza del Padre. Esto implica que Jesús refleja los atributos distintivos y característicos del Padre en su ser.

La declaración de Jesús en Juan 14:9, *"...el que me ha visto a mí ha visto al* Padre..." adquiere una profunda significancia cuando consideramos que como Hijo, representa plenamente la gloria, majestuosidad y esencia misma del Padre.

Es crucial notar que Jesús no proclamó ser el Padre, sino que, en el contexto bíblico, indica que son de la misma naturaleza y sustancia. Esta afirmación se entrelaza con su declaración en Juan 10:30, donde expresa *"Yo y el Padre somos* uno", haciendo referencia a la igualdad de sustancia y naturaleza con el Padre.

La razón fundamental por la cual Jesús constituye la perfecta revelación de Dios radica en varios aspectos clave. En primer lugar, debido a que Jesús poseía un conocimiento íntimo del Padre, lo cual le permitía revelarlo de manera completa y precisa. En segundo lugar, porque su origen se remonta al Padre mismo, lo que lo sitúa como portador de la esencia divina en su máxima expresión. Y por último, debido a que comparte la misma sustancia y naturaleza que Dios Padre, lo cual lo convierte en la revelación suprema y definitiva de la divinidad.

CAPITULO V
PRUEBAS RACIONALES DE LA EXISTENCIA DE DIOS

En un encuentro previo, un interlocutor me expresó su escepticismo hacia la autoridad y validez de la Biblia como Palabra de Dios, desafiando la noción misma de la existencia divina con el requerimiento de pruebas que no dependieran de fuentes bíblicas. Este escenario planteó la necesidad de presentarle argumentos que no se apoyaran en la autoridad Escriturística, sino que se fundamentaran en la razón y la observación de la realidad.

En el ámbito filosófico, se han desarrollado una serie de argumentos que buscan demostrar la existencia de un Ser divino de manera racional y fundamentada en la observación del mundo natural. Estas pruebas racionales se derivan de lo que se conoce como la "revelación general" de Dios, es decir, la manifestación de Su existencia y atributos a través de la naturaleza y la razón humana, en contraposición a la "revelación especial" que se encuentra en textos sagrados como la Biblia.

Algunos de estos argumentos tienen raíces antiguas y han sido propuestos por filósofos clásicos como Platón y Aristóteles. Otros, más contemporáneos, han surgido de la reflexión filosófica y teológica en tiempos modernos. Estos argumentos representan intentos de comprender y explicar la realidad desde una perspectiva que trasciende lo meramente material, buscando evidencia de un fundamento último y trascendente que sustente la existencia de Dios y el orden del universo.

Les presentamos un compendio de los argumentos más frecuentemente discutidos en la filosofía acerca de la existencia de Dios:

1. El Argumento Ontológico

El término "ontológico" deriva del griego "ontos", que significa "ser" o "ente", y "logos", que se traduce como "estudio", "discurso" o "teoría". El argumento ontológico postula que, dado que el ser humano posee la idea de un ser absolutamente perfecto, y la existencia se considera un atributo de la perfección, necesariamente debe existir un ser absolutamente perfecto. En esencia, este argumento se fundamenta en la premisa de que la idea de Dios existe en la mente humana y que su origen más plausible sería la existencia misma de Dios. Es decir, al sostener la idea de un ser divino perfecto, se infiere su existencia como una necesidad inherente a dicha perfección.

Este razonamiento se puede sintetizar en la afirmación: "Puesto que poseo la idea de Dios, es imperativo que Dios exista". La lógica subyacente sugiere que una idea tan compleja y perfecta como la de Dios no podría originarse sino de una fuente que posee esas mismas cualidades. Este argumento invita a considerar la existencia de Dios como un hecho lógico y necesario, basado en la naturaleza intrínseca de la idea divina en la mente humana.

2. El Argumento Cosmológico

"Cosmológico" deriva del griego "cosmos" que se refiere al mundo, universo u orden, y "logos" que se traduce como estudio, discurso, tratado o teoría. De este modo, el término "cosmológico" implica el estudio o la teorización acerca del universo.

En términos generales, este argumento sostiene que todo lo que tiene un principio debe tener una causa, y dado que el universo tiene un inicio, también debe tener una causa. Sin embargo, esta causa debe estar más allá de las realidades espaciotemporales y materiales del universo, y debe poseer características como ser personal, poderosa, eterna, inmaterial y no tener causa. Estas cualidades son atributos que solo Dios puede tener según la tradición teológica.

B. P. Bowne expresó una idea similar al afirmar que el universo material exhibe un sistema de interdependencia en el que su unidad surge de varias partes. Esta interdependencia implica la existencia de un Agente Único que equilibra las relaciones recíprocas entre estas partes o que constituye la razón dinámica de su existencia.

En esencia, el Argumento Cosmológico busca identificar una causa primordial y trascendente que explique la existencia del universo y su orden, postulando que esta causa debe ser Dios debido a sus atributos únicos y la complejidad inherente de la creación cósmica.

3. El Argumento Teleológico

"Teleológico" derivado del griego "teleos" que significa fin o propósito, y "logos" que se traduce como estudio, discurso o teoría, se centra en la observación de la finalidad o propósito en objetos o seres. Este enfoque argumentativo sostiene que al contemplar el mundo, se revela una inteligencia intrínseca, un orden, una armonía y un designio discernible, lo cual sugiere la existencia de un ser inteligente con propósitos definidos, tal como lo requeriría la creación de un mundo de tal complejidad y orden.

La percepción de inteligencia, orden y propósito en el mundo conduce a la conclusión de que existe un ser consciente, inteligente y con propósitos invariables, que está detrás de la creación y el funcionamiento del universo. Esta idea se refuerza con la observación de que el mundo exhibe evidencias de diseño y planificación, lo que implica la existencia de una mente responsable del control de los procesos cósmicos, lo cual justifica la suma teleológica que se puede discernir en el cosmos.

El Argumento Teleológico, en resumen, subraya la presencia de inteligencia, orden y propósito en el mundo, lo que sugiere la existencia de un ser consciente y con designios claros detrás de la creación y el funcionamiento del universo.

4. El Argumento Moral

Se fundamenta en la observación del hombre sobre la existencia de un bien supremo y su constante búsqueda del ideal moral. Esta reflexión filosófica sostiene que, la existencia de un Ser que sirva como paradigma moral es necesaria, para que el hombre pueda aspirar y hacer realidad dicho ideal. Según este argumento, este Ser que ejemplifica la moralidad en su máxima expresión solo puede ser Dios.

La idea central del Argumento Moral radica en la necesidad de un fundamento trascendental que justifique la existencia de principios morales objetivos y universales. Los seres humanos, a lo largo de la historia, han mostrado una inclinación innata hacia la búsqueda de la bondad y la justicia, lo cual sugiere la existencia de un estándar moral absoluto que trasciende las opiniones y las culturas individuales.

En la tradición cristiana, se encuentra apoyo para este argumento en textos bíblicos que presentan a Dios como el supremo ejemplo de moralidad y justicia. Por ejemplo, en pasajes como Salmos 145:17, que dice *"Justo es Jehová en todos sus caminos, y misericordioso en todas sus obras"*, se resalta la naturaleza justa y compasiva de Dios como el modelo perfecto de moralidad.

El Argumento Moral, entonces, postula que la existencia de un Ser divino que personifica el ideal moral es esencial para la comprensión y la realización de la moralidad humana, y esta idea se encuentra respaldada en la concepción religiosa de Dios como la máxima expresión de la bondad y la rectitud moral.

5. El Argumento Etnológico

El Argumento Etnológico se basa en el reconocimiento de un sentimiento de lo divino, que se observa entre diversos pueblos y tribus de la tierra, manifestado a través de prácticas religiosas y cultos externos. Al ser este fenómeno universal y presente en la naturaleza humana, se argumenta que debe ser inherente a la esencia misma del ser humano. Este impulso hacia la adoración religiosa y la búsqueda de lo trascendente encuentra su explicación más plausible en la existencia de un Ser superior, que ha dotado al hombre de una naturaleza religiosa. Según este razonamiento, ese Ser supremo solo puede ser Dios.

El Argumento Etnológico también resalta la diversidad cultural y religiosa de la humanidad como evidencia de una inclinación innata hacia lo divino y lo espiritual. A lo largo de la historia y en diversas culturas, se ha observado la presencia de creencias religiosas y prácticas rituales que buscan conectar con una realidad más allá de lo material.

En la tradición bíblica, se encuentra apoyo para

este argumento en textos que destacan la universalidad del impulso religioso en la humanidad. Por ejemplo, en Hechos 17:27 se dice: *"para que busquen a Dios, si en alguna manera, palpando, puedan hallarle, aunque ciertamente no está lejos de cada uno de nosotros"*, lo cual sugiere una inclinación natural del ser humano hacia la búsqueda de lo divino.

El Argumento Etnológico, pues, postula que la presencia generalizada de prácticas religiosas y la inclinación hacia lo divino én la diversidad cultural humana respalda la idea de una naturaleza religiosa inherente al ser humano, lo cual encuentra su explicación en la existencia de un Ser superior que ha instaurado esta inclinación en la humanidad, y ese Ser es concebido como Dios según este argumento.

6. El Argumento del Diseño Matemático

Se centra en la observación de la utilidad y aplicabilidad de las matemáticas en la comprensión y descripción de fenómenos naturales y científicos. Esta utilidad matemática es considerada como algo descubierto por los seres humanos, no inventado, ya que la naturaleza parece estar intrínsecamente vinculada a principios matemáticos que trascienden la influencia humana. La existencia de un lenguaje matemático inherente en la naturaleza plantea la pregunta sobre su origen y explicación, que según este argumento, proviene de una mente trascendente, que se identifica como Dios.

El razonamiento se puede resumir de la siguiente manera: si no existiera Dios, el uso de las matemáticas en el mundo físico sería simplemente una coincidencia fortuita. Sin embargo, la realidad es que el uso efectivo de las matemáticas para describir y entender el mundo físico va más allá de ser una simple coincidencia. Por lo tanto, se concluye que la existencia de un diseño matemático en la naturaleza apunta hacia la existencia de un Ser trascendente, es decir, Dios.

Este argumento se apoya también en la idea de que las leyes matemáticas y los patrones numéricos que se encuentran en la naturaleza, no pueden ser meros accidentes o coincidencias, sino que reflejan una estructura ordenada y coherente que sugiere un diseño inteligente detrás del universo observable. Esta perspectiva encuentra respaldo en textos bíblicos que hablan de la sabiduría y el conocimiento de Dios, como en Proverbios 3:19-20, que dice: *"Jehová con sabiduría fundó la tierra; afirmó los cielos con inteligencia. Con su ciencia se partieron las fuentes del abismo, y destilan rocío los cielos".*

El Argumento del Diseño Matemático, entonces, señala la presencia de un orden matemático intrínseco en la naturaleza, lo cual sugiere un diseño inteligente que trasciende la casualidad, y este diseño es interpretado como evidencia de la existencia de Dios.

Las Cinco Vías de Tomás de Aquino

Las Cinco Vías de Tomás de Aquino representan una serie de argumentos racionales y filosóficos utilizados por él para demostrar la existencia de Dios.

1. El Argumento del Movimiento

Este argumento se basa en la observación de

que todo lo que experimenta movimiento es impulsado por algo externo. Por ejemplo, una hoja se mueve debido a la fuerza del viento. A su vez, el viento se mueve porque ha sido provocado por un soplido. En esta cadena de causa y efecto, debe existir una causa primordial que haya iniciado el movimiento inicial. Aquí es donde entra en juego la noción de Dios como el origen de ese primer impulso. Este argumento apunta hacia la necesidad de un motor inmóvil y primer motor, que es Dios según la concepción de Aquino.

Este razonamiento se apoya en la premisa de que todo movimiento requiere una causa, y esa causa no puede ser infinita en una sucesión regresiva, sino que debe llegar a un punto inicial que sea inmóvil y que sea capaz de iniciar todo movimiento en el universo. Esta idea encuentra paralelismos en textos bíblicos que hablan de la omnipotencia y la actividad creadora de Dios, como en Génesis 1:1-2, que relata la acción de Dios al crear el universo: *"En el principio creó Dios los cielos y la tierra. Y la tierra estaba desordenada y vacía, y las tinieblas estaban sobre la faz del abismo, y el*

Espíritu de Dios se movía sobre la faz de las aguas".

2. El Argumento de las Causas Eficientes

Formulado por Tomás de Aquino, se fundamenta en la premisa de que en la naturaleza nada es causa de sí mismo, lo cual implica que todo lo que existe tiene una causa externa que lo ha generado. Esta línea de razonamiento lleva a la conclusión de que debe existir una causa primera e incausada que explique todas las demás causas en el universo. Esta causa primera es identificada como Dios en el contexto de este argumento.

Al hablar de "causa eficiente", se hace referencia a aquello que origina o produce algo, como, por ejemplo, los padres son la causa eficiente de la generación de sus hijos. En este sentido, el argumento busca identificar la causa primordial y no derivada de ninguna otra causa, es decir, la causa no causada que inicia toda la cadena de causas y efectos en el universo.

Este razonamiento se basa en la lógica de que

una cadena infinita de causas eficientes no puede ser sostenida, ya que en última instancia debe haber una causa inicial que sea la fuente de todas las demás causas. Esta idea encuentra respaldo en textos bíblicos que atribuyen a Dios la condición de ser el origen y la causa de todo lo que existe, como en Colosenses 1:16-17, que dice: *"Porque en él fueron creadas todas las cosas, las que hay en los cielos y las que hay en la tierra, visibles e invisibles; sean tronos, sean dominios, sean principados, sean potestades; todo fue creado por medio de él y para él. Y él es antes de todas las cosas, y todas las cosas en él subsisten"*.

3. El Argumento de Contingencia y Necesidad

Formulado por Tomás de Aquino, se fundamenta en la distinción entre lo contingente y lo necesario en la naturaleza. Lo contingente se refiere a todo aquello que existe pero que podría no existir o ser diferente en su forma o naturaleza. Por otro lado, lo necesario se refiere a aquello que existe de manera inevitable y no puede dejar de existir. Según este argumento, al observar la contingencia en el mundo, es necesario postular la existencia de un ser necesario que garantice la existencia de lo contingente.

La noción de contingencia implica la posibilidad de no existir o de ser diferente, lo cual se manifiesta en todos los aspectos de la realidad observada. Esta condición contingente lleva a la conclusión de que algo debe garantizar la existencia de lo contingente, ya que, de lo contrario, podría simplemente no existir. Aquino argumenta que este ser necesario que garantiza la existencia de lo contingente es Dios, el cual posee la esencia de la existencia en sí mismo y no depende de ninguna otra causa para su propia existencia.

Este razonamiento encuentra eco en textos bíblicos que hablan de la necesidad de Dios como el fundamento de la existencia y la fuente de toda realidad. Por ejemplo, en Hebreos 11:3 se dice: *"Por la fe entendemos haber sido constituido el universo por la palabra de Dios, de modo que lo que se ve fue hecho de lo que no se veía"*, resaltando la idea de que la existencia misma del universo es sostenida por una causa necesaria que es Dios. El Argumento de Contingencia y Necesidad, en resumen, postula que la existencia contingente en la naturaleza requiere la existencia de un ser necesario que garantice esa existencia, y este ser necesario es identificado como Dios, basándose en la observación de la realidad contingente y la necesidad de una causa primordial y no derivada.

4. El Argumento de la Causa Final

También conocido como el Argumento Teleológico, se fundamenta en la observación de un orden y una finalidad intrínsecos en la naturaleza. Este argumento sostiene que todo en la naturaleza sigue un patrón ordenado y se dirige hacia un propósito o un fin determinado. Esta organización y dirección hacia un fin implican la existencia de una inteligencia suprema que ha diseñado y ordenado todo de manera intencional.

La noción de causa final se refiere a la idea de que hay un propósito o una meta detrás de la existencia y el funcionamiento de las cosas en la naturaleza. La presencia de un orden y una finalidad en el universo sugiere una planificación y una dirección inteligente que va más allá de meras casualidades o procesos aleatorios. Aquino argumenta que esta inteligencia suprema, que ha dispuesto todo de manera ordenada y con un propósito definido, es Dios.

Este argumento se apoya en la idea de que la presencia de un diseño y un propósito en la naturaleza no puede ser el resultado de fuerzas ciegas o accidentes fortuitos, sino que requiere la acción de una mente inteligente y consciente. Este concepto encuentra respaldo en textos bíblicos que hablan de la sabiduría y el diseño divino en la creación, como en Job 12:7-9, que dice: *"Pregunta ahora a las bestias, y ellas te enseñarán; a las aves de los cielos, y ellas te lo mostrarán; o habla a la tierra, y ella te enseñará; los peces del mar te lo declararán también. ¿Quién no entiende, por todas estas cosas, que la mano de Jehová hizo esto?"*

El Argumento de la Causa Final, entonces, postula que la presencia de un orden y una finalidad en la naturaleza indica la existencia de una inteligencia suprema que ha diseñado y ordenado todo con un propósito definido, y esta inteligencia suprema es identificada como Dios según este argumento.

5. El Argumento de los Grados de Perfección

Se fundamenta en la observación de que en la naturaleza existen cosas que poseen distintos niveles de perfección. Este argumento plantea que la medida de perfección o imperfección de un objeto depende de su grado de cercanía o alejamiento con respecto a una perfección máxima, la cual se postula como existente.

La idea de grados de perfección implica que hay una escala o jerarquía en la cual los seres y objetos pueden ubicarse según su nivel de excelencia o completitud. Aquellos que se acercan más a la perfección máxima son considerados más perfectos, mientras que aquellos que se alejan de ella son menos perfectos o más imperfectos. Según este razonamiento, la existencia de una perfección máxima sugiere la existencia de un ser supremo que encarna esa perfección en su máxima expresión, y este ser es identificado como Dios.

Este argumento se apoya en la idea de que la perfección es una cualidad objetiva que puede ser medida en función de una norma o estándar máximo. Esta norma máxima de perfección, representada por Dios, sirve como referencia para evaluar y entender la gradación de perfección en el mundo natural. Esta perspectiva encuentra respaldo en textos bíblicos que hablan de la perfección de Dios y su papel como la medida última de excelencia, como en Mateo 5:48, que dice: "Sed, pues, vosotros perfectos, como vuestro Padre que está en los cielos es perfecto". El Argumento de los Grados de Perfección, en resumen, sugiere que la existencia de niveles de perfección en la naturaleza indica la existencia de una perfección máxima representada por Dios, quien es la medida última de excelencia y completitud.

En resumen, todos estos argumentos racionales ofrecen herramientas valiosas para la apologética, particularmente al enfrentarse a individuos incrédulos. Su utilidad radica en la capacidad de formularse en términos que sugieran firmemente la existencia de Dios, lo cual puede iniciar un diálogo argumentativo efectivo y, potencialmente, contrarrestar las objeciones de los incrédulos.

Al presentar estos argumentos, se establece una base sólida para discutir la existencia de Dios desde una perspectiva racional y lógica. Esto es importante en contextos donde la fe y la razón se entrecruzan, ya que proporciona un marco de referencia coherente para abordar cuestiones de creencia y espiritualidad.

El objetivo principal de utilizar estos argumentos en la apologética es proporcionar un punto de partida convincente que pueda llevar a una comprensión más profunda y a una aceptación de la realidad de la existencia de Dios. Esto implica la capacidad de articular de manera persuasiva las razones detrás de la creencia en Dios, utilizando tanto la lógica y la razón como los recursos proporcionados por la fe y la revelación.

En términos bíblicos, esta aproximación se alinea con el llamado a *"dar razón de nuestra esperanza"* (1 Pedro 3:15), lo que implica la habilidad de presentar argumentos sólidos y racionales que respalden nuestras creencias fundamentales. Este enfoque busca no solo establecer una defensa efectiva de la fe, sino también promover un diálogo constructivo y respetuoso con aquellos que puedan tener dudas o incredulidad.

CAPITULO VI
ENTENDIENDO EL SER DE DIOS

La comprensión del Ser de Dios presenta un desafío intrínseco, dado que su esencia trasciende los límites de cualquier definición exhaustiva. La tentativa de definir lógicamente a Dios se enfrenta a la dificultad de encapsular su magnitud en un concepto que pueda ser completamente comprendido por la mente humana. Esta empresa resulta aún más compleja al considerar que Dios no es simplemente un ser dentro de una categoría de dioses, sino que es la entidad suprema que se sitúa más allá de cualquier clasificación terrenal.

Una aproximación más viable sería adoptar una perspectiva analítica-descriptiva para abordar el Ser de Dios. Este enfoque consiste en enumerar las características conocidas de Dios, aunque con la consciencia de que tales atributos no agotan por completo su esencia infinita. De esta manera, se presenta una lista parcial de atributos divinos que, si bien ofrecen una visión limitada, reflejan la grandeza y complejidad de su Ser.

Este proceso de definición analítica-descriptiva se encuentra respaldado por el reconocimiento de la dificultad inherente en comprender la naturaleza divina. Como se menciona en Isaías 55:8-9: *"Porque mis pensamientos no son vuestros pensamientos, ni vuestros caminos mis caminos, dijo Jehová. Como son más altos los cielos que la tierra, así son mis caminos más altos que vuestros caminos, y mis pensamientos más que vuestros pensamientos"*, se reconoce la superioridad y trascendencia de Dios sobre la comprensión humana.

En resumen, la comprensión del Ser de Dios se aborda mejor desde una perspectiva analítica-descriptiva, reconociendo la limitación intrínseca de nuestra capacidad para comprender la totalidad de su grandeza y complejidad. En la teología, se emplean tres formas predominantes para hablar y describir a Dios, con el fin de comprenderlo mejor. Estas son:

La Vía Negationis

La Vía Negationis, o "camino de la negación", constituye una de las modalidades fundamentales empleadas en la teología para abordar y describir la naturaleza de Dios. Esta metodología toma su nombre de la palabra "vía", que alude a un camino o ruta, como por ejemplo la "Vía Apia" de Italia, construida por el emperador Apio Claudio, y la "Vía Dolorosa" en Jerusalén, vinculada al sufrimiento experimentado por Jesucristo. Por otra parte, "negationis" denota la acción de negar o excluir ciertas cualidades.

Cuando nos referimos a la Vía Negationis en el contexto teológico, estamos señalando una forma de describir a Dios mediante la negación de características específicas. Utilizamos el prefijo "in", que indica negación, para contrastar la naturaleza divina con atributos que son inherentes a la realidad finita y limitada del ser humano. Por ejemplo, al afirmar que Dios es infinito, estamos indicando que Él no es finito y no está sujeto a las limitaciones de espacio y tiempo que caracterizan la finitud humana.

La noción de finitud implica una condición de limitación y temporalidad que es intrínseca a la experiencia humana. Todos los seres humanos están sujetos a estas limitaciones y, por tanto, son considerados finitos en su naturaleza. En contraste, al hablar de Dios como infinito, estamos destacando su trascendencia y su naturaleza ilimitada en términos de espacio y tiempo.

Este enfoque encuentra respaldo en la comprensión teológica de que Dios es un ser supremo y trascendente cuya naturaleza va más allá de los límites y categorías de la realidad terrenal. Al utilizar la Vía Negationis, enfatizamos la grandeza y la incomparabilidad de Dios, al tiempo que reconocemos la limitación de nuestro entendimiento humano para comprender plenamente su naturaleza infinita.

Otro ejemplo que ilustra el uso de la Vía Negationis es cuando nos referimos a la característica de la inmutabilidad de Dios. La inmutabilidad implica la ausencia de cambio en la naturaleza de Dios, es decir, que Él no muta, sino que permanece constante y no está sujeto a variaciones.

En contraposición, todas las criaturas en este mundo están sujetas al cambio temporal. Experimentamos procesos de envejecimiento y transformación debido a nuestra naturaleza mutable. Esta mutabilidad se manifiesta en cambios físicos, alteraciones en nuestra percepción y experiencias, así como en la evolución de nuestras capacidades y conocimientos a lo largo del tiempo.

Al describir a Dios como inmutable, estamos negando la posibilidad de que Él esté sujeto a estos procesos de cambio y alteración. Esta afirmación resalta la eterna estabilidad y perfección de Dios, que se encuentra más allá de las limitaciones temporales y la contingencia inherente a la realidad material.

Este concepto de inmutabilidad se encuentra respaldado en la doctrina teológica, que reconoce a Dios como el Ser supremo cuya naturaleza es perfecta e inalterable. Como se menciona en Malaquías 3:6, *"Porque yo*

Jehová no cambio; por esto, hijos de Jacob, no habéis sido consumidos", se enfatiza la constancia y la fidelidad de Dios, quien permanece constante en medio de los cambios y desafíos del mundo.

La Vía Eminentiae

La Vía Eminentiae, también conocida como "el camino de la eminencia", se refiere a un método utilizado para describir atributos divinos elevando conceptos humanos conocidos al grado más elevado. Este enfoque implica tomar términos o referencias humanas familiares y llevarlos a su máxima expresión, como ocurre con los términos "omnipotencia" y "omnisciencia" al hablar de Dios.

La comprensión humana del conocimiento o la ciencia tiene sus límites, ya que los seres humanos poseen cierto grado de conocimiento, pero no pueden alcanzar la omnisciencia. Por tanto, si consideramos el término "conocimiento" o "ciencia" en su forma más elevada, aplicándolo a Dios, obtenemos el concepto de un conocimiento supremo o eminente. Esta idea se refleja en el término

"Omnisciente", que se refiere a la capacidad de Dios para conocer todas las cosas.

El uso de la Vía Eminentiae se fundamenta en la idea de que Dios posee atributos en un grado superior al de los seres humanos, lo cual se refleja en términos que, al ser aplicados a Dios, resaltan su grandeza y supremacía por encima de cualquier entidad o realidad en el universo.

Este enfoque encuentra respaldo en pasajes bíblicos que destacan la grandeza y el poder de Dios, como en Jeremías 32:17, donde se dice: *"¡Ah, Señor Jehová! He aquí que tú hiciste el cielo y la tierra con tu gran poder y con tu brazo extendido; nada hay que sea difícil para ti"*, resaltando la capacidad de Dios para realizar cualquier cosa debido a su eminencia y poder supremo.

También afirmamos que Dios es "omnipresente", lo cual implica que su presencia abarca todos los lugares simultáneamente. En contraste, el ser humano está limitado a una presencia localizada, es decir, está presente únicamente en un lugar específico a la vez. Sin embargo, Dios, al ser omnipresente, trasciende las limitaciones de la localidad y está presente en todos los lugares al mismo tiempo.

De igual manera, al referirnos a Dios como todopoderoso, utilizamos el término "omnipotente". Esta atribución señala la capacidad de Dios para ejercer un poder absoluto y sin límites sobre todas las cosas. Al aplicar esta visión intensificada y proyectarla al grado más elevado, estamos empleando la Vía Eminentiae para describir a Dios en su grandeza y supremacía.

Esta metodología refleja la comprensión teológica de la eminencia divina y su superioridad sobre cualquier entidad o realidad en el universo, como se enfatiza en textos bíblicos como Salmos 139:7-10: donde se expresa la omnipresencia de Dios: *"¿A dónde me iré de tu Espíritu? ¿Y a dónde huiré de tu presencia? Si subiere a los cielos, allí estás tú; Y si en el Seol hiciere mi estrado, he aquí, allí tú estás. Si tomare las alas del alba y habitare en el extremo del mar, aun allí me guiará tu mano, y me asirá tu diestra".*

La Vía Affirmatos

La Vía Affirmatos, cuyo significado es "el camino de la afirmación", se refiere a la práctica de realizar declaraciones específicas sobre el carácter de Dios. Esto implica atribuir positivamente ciertas características a Dios y afirmar que estas son verdaderas en Él. Por ejemplo, al afirmar que "Dios es uno", se reconoce la unidad y singularidad de Dios como el Ser supremo. De igual manera, al decir que "Dios es santo", se destaca su pureza, perfección moral y separación absoluta del pecado. Además, al afirmar que "Dios es soberano", se reconoce su autoridad suprema y su capacidad para gobernar sobre todas las cosas.

La Biblia constantemente presenta a Dios como el "Dios Viviente" que se relaciona activamente con sus criaturas. Estas relaciones revelan diversos atributos de Dios, como su amor, misericordia, justicia, sabiduría, omnipresencia y omnipotencia. Cada una de estas características comunica aspectos fundamentales del carácter divino y su relación con el mundo creado.

Un ejemplo de esto se encuentra en Proverbios 8:14, donde se personifica a la sabiduría como una entidad que habla de su esencia y propiedades divinas. *"Conmigo está el consejo y el buen juicio; yo soy la inteligencia; mío es el poder"*. Este pasaje resalta la sabiduría de Dios como parte integral de su Ser y su capacidad para guiar y dirigir todas las cosas con sabiduría y poder.

2 Pedro 1:4: *"por medio de las cuales nos ha dado preciosas y grandísimas promesas, para que por ellas llegaseis a ser participantes de la naturaleza divina, habiendo huido de la corrupción que hay en el mundo a causa de la concupiscencia"*, menciona la participación en la "naturaleza divina", pero no se refiere a la esencia de Dios en sí misma, sino a la adopción de sus atributos comunicables. Esto implica que los creyentes buscan reflejar las cualidades divinas en sus vidas a través de la transformación espiritual y la conformidad con la voluntad de Dios.

En resumen, la Vía Affirmatos nos permite

comprender y afirmar las características esenciales de Dios según se revelan en las Escrituras, estableciendo así una base sólida para el entendimiento teológico y la adoración de Dios como el Ser supremo y soberano.

Una revelación significativa sobre la verdadera esencia de Dios se encuentra en el nombre Jehová, según la interpretación proporcionada por Dios mismo, que significa "Yo Soy el que Soy". Este pasaje fundamental sugiere que la esencia de Dios reside en su existencia misma, es decir, en la condición de ser autónomo, permanecer en sí mismo y disfrutar de una independencia absoluta, conceptos que en teología se conocen como la Aseidad de Dios.

Otro pasaje bíblico que frecuentemente se cita y que proporciona una indicación crucial sobre la esencia de Dios es: *"Dios es Espíritu, y los que lo adoran necesitan adorarlo en espíritu y en verdad"* (Juan 4:24). Esta afirmación, pronunciada por Jesús, resalta claramente la naturaleza espiritual de Dios y establece una pauta fundamental para la adoración verdadera y auténtica.

Las ideas derivadas de estos pasajes bíblicos son recurrentes en la teología, ya que ayudan a definir la esencia misma del Ser de Dios. La noción de la Aseidad de Dios, centrada en su existencia autónoma y su espiritualidad, proporciona una base sólida para comprender su naturaleza y su relación con el universo creado.

En términos generales, la Escritura no destaca un atributo de Dios en detrimento de los demás, sino que presenta una visión en la que estos atributos coexisten en perfecta armonía dentro del Ser divino. Aunque en ocasiones, para medios didácticos, se enfatiza un atributo particular y en otras se resalta otro, la Escritura busca equilibrar adecuadamente cada uno de los atributos divinos.

El Ser de Dios se caracteriza por una profundidad, plenitud, variedad y gloria que superan nuestra capacidad de comprensión. La Biblia lo presenta como un todo armonioso y glorioso, sin contradicciones inherentes entre sus atributos. Esta plenitud de vida y de Ser no puede ser expresada de otra manera que a través de las perfecciones de Dios.

Esta visión integral de Dios implica que sus atributos, como su amor, justicia, santidad, misericordia, omnipotencia y omnisciencia, entre otros, no compiten entre sí ni entran en conflicto, sino que se complementan y enriquecen mutuamente en la descripción del Ser divino. La Escritura, al revelar estos atributos divinos de manera equilibrada, busca proporcionar una comprensión más completa y profunda de la naturaleza y la esencia de Dios para aquellos que buscan conocerlo y adorarlo.

En el contexto de la teología histórica, se observa que algunos de los Padres de la Iglesia Primitiva fueron notoriamente influenciados por la filosofía griega en lo concerniente a la doctrina de Dios. Durante un extenso período, los teólogos tendieron a enfocarse en la trascendencia de Dios y reconocieron la imposibilidad de alcanzar un conocimiento completo o una definición precisa de la esencia divina. Esta perspectiva reflejaba la dificultad inherente de los seres humanos para comprender la naturaleza esencial de Dios en su totalidad.

Durante la era de Agustín, Gregorio Nacianceno y otros teólogos de la Edad Media, se planteaba la cuestión de si el ser humano podía acceder a un conocimiento completo de la esencia de Dios o si dicho conocimiento debía ser limitado en gran medida. Algunos teólogos argumentaban que la capacidad humana para comprender la esencia divina era extremadamente limitada o incluso inexistente. En algunos casos, se enfatizaba un atributo divino en particular como el más significativo de la esencia de Dios.

Tomás de Aquino abordó la cuestión de la Aseidad, que se refiere a la existencia de Dios por sí mismo, mientras que Duns Escoto se centró en la Infinidad como atributo divino. Ambos enfoques se convirtieron en temas comunes en la discusión teológica de la época. Además, la noción de Dios como "actus purus" o acto puro, siendo considerado como algo simple y sin composición, también fue ampliamente discutida y adoptada por muchos pensadores.

Durante la Reforma y en las generaciones posteriores, se continuó hablando de la esencia de Dios como algo incomprensible, pero no se consideró del todo imposible conocerlo. Aunque Martín Lutero expresó fuertemente la dificultad de comprender la esencia divina, no se descartó completamente la posibilidad de un conocimiento limitado de Dios.

La insistencia en la unidad, simplicidad y espiritualidad de Dios fue una característica destacada en el pensamiento teológico y filosófico. La Confesión Belga ejemplifica esta postura al afirmar que: "Todos creemos con el corazón y confesamos con la boca que hay un Ser, único, simple y espiritual, al que llamamos Dios".

En desarrollos posteriores, algunos filósofos y teólogos exploraron diversas formas de conceptualizar la esencia de Dios. Se consideró que esta esencia residía en su ser abstracto, en la sustancia universal, en el pensamiento puro, en la absoluta causalidad, en el amor, en la personalidad y en la majestuosa santidad. Cada una de estas perspectivas ofreció una comprensión particular de la naturaleza divina y contribuyó al amplio espectro de interpretaciones teológicas y filosóficas sobre Dios.

CAPITULO VII
LOS NOMBRES DE DIOS

El Nombre de Dios

La Biblia revela múltiples nombres de Dios, pero también hace hincapié en la singularidad de "el nombre de Dios" en varias declaraciones significativas:

En Éxodo 20:7, se nos insta a no tomar el nombre del Señor nuestro Dios en vano, destacando así la importancia y la sacralidad del nombre divino: *"No tomarás el nombre del Señor tu Dios en vano"*.

El Salmo 8:1 celebra la grandeza del nombre de Dios en toda la tierra, enfatizando su magnificencia y alcance universal: *"Cuán grande es tu nombre en toda la tierra"*.

En Salmo 48:10, se relaciona el nombre de Dios con la alabanza y la adoración, mostrando cómo su nombre está asociado con su gloriosa reputación: *"Conforme a tu nombre, oh Dios, así es tu loor"*.

Salmo 76:1 enfatiza la grandeza del nombre de Dios en Israel, destacando su preeminencia y su poder sobre su pueblo: *"Su nombre es grande en Israel"*.

En Proverbios 18:10, se describe el nombre de Jehová como una torre fuerte, que ofrece protección y seguridad al justo que confía en Él: *"Torre fuerte es el nombre de Jehová*; a Él *correrá el justo y será levantado"*.

Estos versículos revelan que el "nombre" de Dios no se limita a un mero término, sino que representa la plena manifestación de su ser en relación con su pueblo o individuos específicos. En la antigüedad oriental, el nombre no era simplemente una palabra, sino que expresaba la esencia y la naturaleza de la cosa o persona designada por ese nombre. De esta manera, el nombre de Dios se convierte en un símbolo poderoso de su presencia, su carácter y su relación con la humanidad.

En un sentido amplio, el nombre de Dios constituye su propia manifestación y revelación. Desde la perspectiva cristiana, el único nombre general de Dios se desdobla en una diversidad de nombres que expresan las múltiples facetas de su ser. Estos nombres no son invenciones humanas, sino que provienen directamente de la divinidad, aunque se utilicen términos del lenguaje humano que derivan de relaciones y contextos terrenales. Estos nombres, al ser antropomórficos, representan un acercamiento de Dios hacia la humanidad.

Aunque Dios es incomprensible y está infinitamente por encima de lo temporal, sus nombres reflejan su disposición a descender y relacionarse con lo finito. En este sentido, nos encontramos en una paradoja: por un lado, es imposible comprender plenamente a Dios y nombrarlo adecuadamente, pero por otro lado, existen muchos nombres que le atribuimos. ¿Cómo se fundamenta el uso de estos nombres para describir al Dios infinito e incomprensible? Fueron otorgados por Dios mismo, con la convicción de que proporcionan una revelación parcial de su ser. Esta concesión de nombres antropomórficos por parte de Dios permite al hombre, limitado en su comprensión, aproximarse a la divinidad y comunicarse con Él en un lenguaje humano.

Algunas perspectivas sugieren que, al asignarle nombres antropomórficos a Dios, estamos limitándolo. Sin embargo, considerar que estos nombres restringen a Dios implicaría ignorar la vasta cantidad de conocimiento que hemos obtenido sobre Él a través de los nombres con los cuales Él mismo se ha revelado y que se encuentran registrados en las Escrituras sagradas. Entendiendo el nombre de Dios en un sentido amplio, abarcamos no solo los nombres específicos que señalan a Dios como un ser personal e independiente, los cuales usamos para invocarlo, sino también los atributos que caracterizan a Dios. Estos atributos no solo describen al Ser divino en su totalidad, sino que también individualizan y distinguen a cada una de las Personas de la Trinidad.

El Dr. Bavinck fundamenta su clasificación de los nombres de Dios en esta concepción amplia, diferenciando entre "nomina propria" (nombres propios), "nomina essentialia" (nombres esenciales o atributos), y "nomina personalia" (nombres personales, como Padre, Hijo y Espíritu Santo).

Los Nombres de Dios en el Antiguo Testamento

"EL" El término más elemental con el que Dios es designado en el Antiguo Testamento es "El", el cual posiblemente se deriva de "ul", con el significado de "ser primero", "ser Señor", o también denotando fuerza y poder.

En Génesis 14:20, encontramos la referencia: *"...y bendito sea el Dios* (אל= El) *Altísimo, que entregó tus enemigos en tu mano..."* (Génesis 14:20).

"ELOHIM" El nombre "Elohim" se encuentra en plural y presenta a Dios como el Fuerte y Poderoso, o como Aquel que debe ser temido. Aunque la forma singular "Eloah" es rara en las Escrituras y aparece principalmente en poesía, la forma plural "Elohim" se considera intensiva, indicando así una plenitud de poder.

En Génesis 1:1, encontramos la referencia: *"En*

el *principio creó Dios* (אלהים = Elohim) *los cielos y la tierra...*" (Génesis 1:1).

"ELYON" El nombre "Elyon" deriva de la raíz hebrea "alah", que denota la acción de subir o ser elevado, y se refiere a Dios como el "Altísimo" y el "Glorioso".

En Génesis 14:19, encontramos la referencia: "...y le bendijo, diciendo: Bendito sea Abram del Dios Altísimo (עליון = Elyon), creador de los cielos y de la tierra..." (Génesis 14:19).

"ADONAY" El nombre "Adonay" tiene sus raíces en "dun" (pronunciado din), que significa "juzgar" o "gobernar", y se utiliza para referirse a Dios como el Soberano Todopoderoso, el Regente Supremo ante quien todas las cosas están sujetas y ante quien el hombre se posiciona como siervo. Este nombre se emplea en relación con Dios.

En tiempos antiguos, este era el nombre que el pueblo de Israel usaba para dirigirse a Dios, hasta que posteriormente fue reemplazado por el nombre Yahveh o Jehová.

En Isaías 1:6 encontramos una referencia: *"En*

el año que murió el rey Uzías vi yo al Señor (אדני = Adonay) *sentado sobre un trono alto y sublime, y sus faldas llenaban el templo..."* (Isaías 1:6).

Los nombres mencionados hasta este punto describen a Dios como "el Altísimo y Sublime", el Ser trascendente. Los nombres siguientes indican cómo este Ser sublime se involucra y establece relaciones con sus criaturas.

"EL-SHADDAY" El nombre "El Shaddai" tiene su origen en "shadad", que denota "ser poderoso", y se emplea para referirse a Dios como el poseedor de toda potencia tanto en el cielo como en la tierra. Algunos, no obstante, lo vinculan con "shad", que significa "Señor".

Este nombre nos muestra a Dios como aquel que sujeta todos los poderes de la naturaleza y los subordina a Su divina gracia. Aunque enfatiza la grandeza de Dios, no lo presenta como alguien a quien se deba temer y tener terror, sino como la fuente de bendición y consuelo. Es el nombre con el cual Dios se reveló a Abraham, el patriarca de la fe.

En Génesis 6:3 encontramos la referencia: *"Y aparecí a Abraham, a Isaac y a Jacob como Dios Omnipotente* (שׁדּי = Shadday)..." (Génesis 6:3).

"JEHOVA – YAHWEH"

El nombre Yahveh, o Jehová, gradualmente desplazó a otros nombres anteriores debido a que en él Dios se reveló como el Dios de gracia de manera consistente.

Este nombre es considerado el más sagrado y característico de los nombres de Dios, a menudo percibido como incomunicable. Los judíos, por superstición, evitaban pronunciarlo, basándose en Levítico 24:16, que, en español, advierte que el que *"blasfemare* (שׁם - "shem" = "nombrar infamemente", "sin honor") *el nombre de Jehová ha de ser muerto".* Por esta razón, al leer la Escritura, los judíos sustituían "Jehová" por "Adonay" o "Elohim". Los masoretas, al escribir el texto, mantuvieron las consonantes intactas, pero les asignaron las vocales de estos otros nombres.

La verdadera pronunciación original y el significado exacto de Jehová se han perdido. El llamado tetragrámaton YHWH es revelado a Moisés en la zarza ardiente, por eso en el Pentateuco se relaciona este nombre con "hayah", que significa "ser", "que es" o "que existe".

En Éxodo 3:13-14, Moisés pregunta a Dios cuál es Su nombre, y Dios responde: "*Yo Soy el que Soy*" (hayah asher hayah en hebreo). Esto puede entenderse también como "Yo Soy porque Soy" o "Existo porque existo". Este nombre implica la inmutabilidad de la relación de Dios con Su pueblo a lo largo de la historia. Dios sería para el pueblo en tiempos de Moisés lo que fue para sus ancestros Abraham, Isaac y Jacob.

"JEHOVÁ TSEBHAOTH"

El nombre Jehová, o Yahveh, se complementa frecuentemente con "tsebhaoth", que significa "los ejércitos". Este término se encuentra tanto en referencia a los ejércitos de Israel como a los ángeles como el ejército celestial. El plural de "tsebhaoth" se emplea para los ejércitos de la nación israelita.

En Isaías 37:16, vemos la referencia a "Jehová de los ejércitos" como el Dios de Israel que mora entre los querubines, destacando su soberanía sobre todos los reinos de la tierra: *"...Jehová de los ejércitos (יהוה צבאות = Jehová de los ejércitos), Dios de Israel, que moras entre los querubines, solo tú eres Dios de todos los reinos de la tierra..."*

Además, en 2 Reyes 19:31, se menciona que el celo de "Jehová de los ejércitos" traerá salvación y protección desde Jerusalén: *"Porque saldrá de Jerusalén remanente, y del monte de Sion los que se salven. El celo de Jehová de los ejércitos hará esto..."*

Este nombre implica a Jehová como el Dios Rey de Gloria, rodeado por huestes de ángeles, quien gobierna el cosmos en beneficio de su pueblo y recibe adoración y honor de todas sus criaturas.

Los Nombres de Dios en el Nuevo Testamento

"THEOS"

En el Nuevo Testamento, encontramos los equivalentes griegos de los nombres divinos del Antiguo Testamento. Para "El", "Elohim" y "Elyon", el término griego utilizado es "Theos", que es el nombre más comúnmente aplicado a "Dios" en el Nuevo Testamento.

Similar a "Elohim", "Theos" también puede combinarse con otros términos para expresar atributos específicos, como vemos en la expresión "Theos to hupsistos", que se traduce como "Altísimo" o "Supremo". Esto se encuentra en Marcos 5:7, cuando un demonio reconoce a Jesús como el Hijo del Dios Altísimo: *"Y clamando a gran voz, dijo: ¿Qué tienes conmigo, Jesús, Hijo del Dios Altísimo?* (Theos to hupsistos = "Altísimo", "Supremo") *Te conjuro por Dios que no me atormentes"*.

El nombre "El Shaddai" se traduce en el Nuevo Testamento como "Theos Pantokrator", que se refiere a Dios como Todopoderoso. En Apocalipsis 4:8, se escucha la repetida alabanza de "Santo, santo, santo es el Señor Dios Todopoderoso", utilizando esta expresión que enfatiza la omnipotencia de Dios: *"...y no cesaban día y noche de decir: Santo, santo, santo es el Señor Dios Todopoderoso* (theos pantokrator)*, el que era, el que es, y el que ha de venir..."*

"KURIOS"

El nombre Jehová se explica en varias ocasiones mediante descripciones que enfatizan su carácter divino y su eternidad, como "El Alfa y la Omega", "el que es, el que era y el que ha de venir", "el principio y fin", "el primero y el último".

En Apocalipsis 1:8, encontramos la expresión *"Yo soy el Alfa y la Omega, principio y fin, dice el Señor, el que es y que era y que ha de venir, el Todopoderoso"*, destacando así la eternidad, omnipresencia y soberanía de Dios.

Sin embargo, en otras partes del Nuevo Testamento, se adopta la traducción de la Septuaginta, donde "Jehová" fue reemplazado por "Adonaí", y esta última se tradujo como "Kurios" en griego. "Kurios" proviene de "kuros", que significa "poder" o "señorío".

Aunque "Kurios" no transmite exactamente la misma connotación que "Jehová", sí denota a Dios como "el Poderoso", "el Señor", "el Poseedor" y "el Regente", atribuyéndole autoridad y poder legítimo. Este término no se aplica solo a Dios, sino también a Cristo, reconociéndolo como poseedor de autoridad divina.

"PATER"

El Nuevo Testamento introdujo un nuevo nombre para Dios, Páter (Padre), que se utiliza para referirse a la Deidad. Este término tiene una rica historia y significado que se remonta al Antiguo Testamento, donde se emplea repetidamente para describir la relación de Dios con Israel como Padre e hijo.

Por ejemplo, en Deuteronomio 32:6 se menciona: *"¿Así pagáis a Jehová, Pueblo loco e ignorante? ¿No es él tu padre que te creó? Él te hizo y te estableció"*, destacando la conexión filial entre Dios y su pueblo Israel.

Asimismo, en otros pasajes como Éxodo 4:22, Deuteronomio 14:1, 32:19, Isaías 1:2, Jeremías

31:20, Oseas 1:10 y 11:1, se alude a Israel como el hijo de Dios, expresando la relación teocrática especial que Dios mantiene con Israel.

En el contexto del Nuevo Testamento, el nombre "Páter" se utiliza para expresar tanto la relación de la primera Persona de la Trinidad con Cristo como Hijo de Dios, como la relación ética en la que Dios se sitúa con todos los creyentes como sus hijos espirituales.

Un ejemplo de esto se encuentra en 1 Corintios 8:6: *"...para nosotros, sin embargo, solo hay un Dios, el Padre (Pater), del cual proceden todas las cosas, y nosotros somos para él; y un Señor, Jesucristo, por medio del cual son todas las cosas, y nosotros por medio de él"*. Aquí se enfatiza la relación paterna de Dios como origen y sustento de todo, así como la conexión espiritual que los creyentes tienen con Él a través de Jesucristo.

CAPITULO VIII
LOS ATRIBUTOS DE DIOS

El camino hacia la comprensión de Dios es una empresa que trasciende las limitaciones humanas. A lo largo de la historia teológica y filosófica, los pensadores han reconocido la inmensidad y la profundidad del ser divino. A. W. Tozer, con su afirmación "Sea lo que fuera que pienses acerca de Dios es lo más importante acerca de ti", muestra que nuestra percepción de Dios es fundamental para nuestra identidad y nos lleva a reflexionar sobre cómo nuestras creencias y entendimientos sobre lo trascendente moldean no solo nuestras acciones, sino también nuestra visión del mundo y de nosotros mismos.

El estudio de Dios no es solo una cuestión intelectual; es un viaje espiritual y existencial que nos desafía a confrontar nuestras concepciones más profundas y a expandir nuestros horizontes más allá de lo meramente material. A medida que nos adentramos en el conocimiento de la divinidad, nos encontramos con un misterio que trasciende las palabras y las categorías humanas. Es un proceso continuo de búsqueda y descubrimiento, donde cada revelación nos lleva más cerca de la verdad esencial sobre la naturaleza de Dios y nuestra relación con Él.

Este viaje no solo nos transforma como individuos, sino que también moldea nuestra forma de ver y relacionarnos con el mundo que nos rodea. Nuestra cosmovisión, entendida como el conjunto de creencias y valores que determinan nuestra percepción de la realidad, se ve influenciada de manera significativa por nuestro conocimiento y comprensión de Dios. Esto abarca no solo aspectos espirituales y religiosos, sino también éticos, morales y filosóficos que guían nuestras decisiones y acciones en la vida diaria.

En resumen, el estudio de Dios es un proceso vital y en constante evolución que nos desafía a crecer, aprender y ampliar nuestros horizontes tanto intelectuales como espirituales. Es un viaje que nos invita a explorar lo infinito y eterno, y a descubrir nuestra propia verdad en relación con el Ser supremo.

Atributos, Propiedades o Virtudes de Dios

La palabra atributo viene del latín attribūtum, y se refiere a "cada una de las cualidades o propiedades de un ser". Los atributos, propiedades o virtudes de Dios representan las cualidades esenciales que definen su ser y carácter. Estas perfecciones no son separadas de la esencia divina; más bien, son manifestaciones intrínsecas de su infinitud y sustancia insondable.

La concepción de los atributos divinos se funda en la comprensión de que Dios, como Ser supremo y trascendente, posee una naturaleza que se manifiesta a través de diversas características que revelan aspectos particulares de su ser infinito. Estos atributos no son simplemente rasgos o cualidades adicionales, sino que constituyen la esencia misma de Dios y son inseparables de su identidad divina.

En la literatura teológica, se enfatiza que los atributos de Dios no son entidades independientes, sino más bien aspectos integrados y coherentes de su ser absoluto. Cada atributo representa una dimensión única de la perfección divina y revela aspectos fundamentales de su naturaleza trascendente.

La comprensión de las virtudes divinas es crucial para entender quién es Dios y cómo se relaciona con su creación. Son la base de la teología y ofrecen un marco conceptual para abordar cuestiones fundamentales sobre la existencia, la moralidad y la relación entre lo finito y lo infinito.

A través de los atributos divinos, se despliega la riqueza y la profundidad de la realidad divina, permitiendo a los creyentes y estudiosos de la teología adentrarse en la comprensión de la magnitud y la majestuosidad de Dios en toda su plenitud y perfección.

Todas las propiedades de Dios representan cualidades fundamentales que lo identifican y lo distinguen como Ser supremo. Estas cualidades son reveladas en la Biblia y manifiestas a través de sus obras, siendo intrínsecas, esenciales y permanentes en su naturaleza divina. Los atributos divinos constituyen la esencia misma de Dios, denotando lo que Él es en su ser y carácter.

A pesar de que los atributos nos brindan un entendimiento parcial de la naturaleza de Dios, es importante tener en cuenta que la infinitud de Dios trasciende nuestra capacidad humana de comprensión. Incluso si pudiéramos enumerar y comprender todos los atributos divinos, aun así, seguiríamos sin abarcar completamente el conocimiento total de Dios. Esta realidad refleja la incomprensibilidad de Dios, lo cual significa que nunca alcanzaremos un conocimiento exhaustivo de Él.

La Biblia ofrece una amplia variedad de atributos divinos que nos permiten vislumbrar la grandeza y la profundidad de Dios. Estos atributos incluyen su omnipotencia, omnisciencia, omnipresencia, santidad, amor, misericordia, justicia y muchos más. Cada uno de estos atributos revela aspectos específicos de la naturaleza divina y nos ayuda a comprender mejor su carácter y su relación con la creación y la humanidad.

Los atributos de Dios son vitales para nuestra comprensión teológica y espiritual, ya que nos acercan a la comprensión de quién es Dios y cómo se relaciona con su creación. Aunque nuestra comprensión es limitada, la exploración de estos atributos nos lleva a una mayor reverencia y adoración hacia el Dios incomparable e insondable.

Los atributos de Dios constituyen la base esencial para las diversas formas en que Dios se manifiesta hacia sus criaturas. Estos atributos no son meramente una invención subjetiva humana, sino que representan aspectos objetivos inherentes a la esencia divina.

Thiessen afirma que "Cuando nos referimos a los atributos de Dios, estamos hablando de cualidades que son intrínsecas a su ser y que ofrecen una descripción analítica y aproximada de Él. Es importante destacar que los atributos no deben interpretarse como partes separadas de Dios, sino más bien como manifestaciones distintas de su esencia única e indivisible. Enfatiza que estos atributos son reales y objetivos, no simplemente productos de la imaginación humana".

El teólogo Charles Hodge explica que las perfecciones divinas, es decir, los atributos esenciales de Dios, son necesarios para nuestra comprensión de Él. Estas perfecciones son reveladas tanto en la naturaleza humana como en la Palabra de Dios, y están inherentemente ligadas a nuestra concepción de la divinidad.

Si nos adentramos en la comprensión de lo que nos expone Hodge, primero, podemos identificar diversos atributos que son atribuidos a Dios en función de su relación con la creación. Estos atributos son aquellos que se derivan de su naturaleza divina y se manifiestan en su carácter justo, misericordioso, omnipotente, omnipresente, omnisciente y soberano, entre otros, los cuales son fundamentales para entender su relación con el universo y sus criaturas.

En segundo lugar, encontramos atributos que distinguen a cada persona de la Trinidad divina. Por ejemplo, el Hijo se distingue como la cabeza de la iglesia, mientras que el Espíritu Santo puede ser considerado como el vicario de Cristo. Estos atributos específicos resaltan las funciones y relaciones distintivas dentro de la divinidad trinitaria.

En tercer lugar, existen atributos que pueden ser observados en ciertos seres creados, pero que se manifiestan en mayor plenitud y perfección en el Señor. Entre estos atributos se encuentran la santidad, la sabiduría, la fidelidad y el amor, los cuales reflejan la excelencia y perfección divinas en contraste con la limitación de las criaturas creadas.

Los antiguos teólogos también distinguían los atributos de Dios de diversas maneras. En primer lugar, identificaban aquellos predicados que se refieren a Dios en lo concreto, indicando su relación con sus criaturas, como creador, preservador, gobernante, entre otros aspectos. En segundo lugar, diferenciaban las propiedades, que son técnicamente las características distintivas de las diversas personas de la Trinidad. Cada una de estas personas tiene actividades o relaciones peculiares y propias: el Padre, el Hijo y el Espíritu Santo. En tercer lugar, mencionaban los accidentes o cualidades que pueden o no pertenecer a una sustancia, pudiendo ser adquiridos o perdidos.

Existen diferentes perspectivas sobre la denominación de estos atributos. Algunos estudiosos consideran que el término "Atributos" puede llevar a la idea de añadir o asignar algo a Dios, lo cual no sería apropiado. En este sentido, prefieren usar el término "propiedades", ya que señala algo que es propio de Dios exclusivamente. Por otro lado, hay quienes prefieren hablar de las "perfecciones" o "virtudes" de Dios, entendiendo que el término "virtudes" no se limita a un sentido ético, sino que se refiere a las excelencias inherentes a la naturaleza divina.

El uso del término "virtudes" encuentra respaldo en la Escritura, como se muestra en 1 Pedro 2:9, donde se emplea el vocablo griego "ἀρετας" (aretas), derivado de "arete", traducido como "virtudes" o "excelencias".

"Mas vosotros sois linaje escogido, real sacerdocio, nación santa, pueblo adquirido por Dios, para que anunciéis las virtudes ("aretas") *de aquel que os llamó de las tinieblas a su luz admirable..."*

Divisiones o Clasificaciones de los Atributos Divinos

La clasificación de los atributos divinos ha sido tema de debate y estudio entre los teólogos a lo largo de la historia. Se han propuesto diversas clasificaciones, aunque la mayoría de ellas distinguen principalmente entre dos clases generales de atributos divinos. Estas clases, aunque pueden tener diferentes nombres y perspectivas, esencialmente representan una misma idea en las distintas clasificaciones.

Atributos Naturales y Morales

Una de las clasificaciones más significativas es la distinción entre los atributos naturales y morales de Dios. Los atributos naturales se refieren a aquellas características inherentes a la naturaleza constitucional de Dios, como su propia existencia, su simplicidad y su infinitud.

Estos atributos destacan aspectos esenciales de la naturaleza divina que son independientes de su voluntad.

Por otro lado, los atributos morales hacen referencia a cualidades que caracterizan a Dios como un ser moral. Entre estos atributos se encuentran la verdad, la bondad, la misericordia, la justicia y la santidad. Estas cualidades reflejan la naturaleza ética y moral de Dios, mostrando aspectos de su carácter relacionados con su interacción con las criaturas y su voluntad moral.

Sin embargo, cabe señalar una objeción a esta clasificación. Algunos argumentan que los atributos designados como morales son igualmente naturales, ya que también forman parte intrínseca de la naturaleza constitucional de Dios, al igual que los atributos naturales mencionados anteriormente. Esta objeción plantea la necesidad de una comprensión más profunda y matizada de los atributos divinos y su relación con la naturaleza y la voluntad de Dios.

Esta distinción entre atributos naturales y

morales nos brinda un marco conceptual para comprender la complejidad y diversidad de las cualidades divinas, revelando aspectos esenciales tanto de la naturaleza como de la moralidad de Dios.

Atributos Absolutos y Relativos

Los teólogos han propuesto una clasificación de los atributos divinos en absolutos y relativos, cada uno reflejando aspectos distintos de la naturaleza divina en relación consigo mismo y con su creación. Los atributos absolutos se centran en la esencia de Dios considerada en sí misma, sin referencia directa a su relación con la creación. Entre estos atributos se encuentran la existencia propia, la inmensidad y la eternidad, que son intrínsecos a la naturaleza divina y no dependen de factores externos.

Por otro lado, los atributos relativos se refieren a la esencia divina en relación con su creación y su interacción con el mundo. Estos atributos, como la omnipresencia y la omnisciencia, destacan la presencia activa y el conocimiento exhaustivo de Dios en todas las dimensiones de la realidad creada.

Sin embargo, es importante señalar que esta distinción plantea ciertas implicaciones filosóficas y epistemológicas. Algunos sostienen que la noción de atributos absolutos puede sugerir una comprensión de Dios independiente de su relación con la creación, lo cual es problemático dado que toda manifestación de Dios está intrínsecamente relacionada con su obra creadora.

En realidad, todas las perfecciones de Dios, tanto absolutas como relativas, son intrínsecamente relacionales y revelan aspectos de su ser en conexión con el mundo y con sus criaturas. Cada atributo, ya sea considerado en su aspecto absoluto o relativo, contribuye a nuestra comprensión de la naturaleza divina y su interacción con el universo creado.

Atributos Inmanentes o Intransitivos, y Emanentes o Transitivos

Los atributos inmanentes o intransitivos de Dios son aquellos que no se proyectan ni operan fuera de la esencia divina, sino que permanecen intrínsecos y no causan efectos externos. Estos atributos, como la inmensidad, la simplicidad y la eternidad, describen la naturaleza misma de Dios y su ser esencial, sin manifestarse necesariamente en la interacción con el mundo externo.

Por otro lado, los atributos emanentes o transitivos son aquellos que irradian y producen efectos externos de Dios, como su omnipotencia, benevolencia y justicia. Estos atributos se manifiestan en las acciones y relaciones de Dios con su creación, revelando su poder activo, su bondad y su equidad en sus tratos con la humanidad y el universo en general.

Sin embargo, algunos teólogos señalan que si los atributos divinos fueran estrictamente inmanentes, es decir, si no tuvieran manifestaciones o efectos fuera de la esencia divina, nuestro conocimiento de ellos sería limitado o incluso imposible. Esto sugiere que la comprensión de los atributos de Dios implica tanto su naturaleza esencial como sus manifestaciones en el mundo creado.

El equilibrio entre los atributos inmanentes y emanentes de Dios es crucial para comprender su relación con la creación y cómo se revela a sí mismo a través de sus acciones y obras. Es a través de estos atributos que podemos conocer y entender aspectos fundamentales de la naturaleza divina y su interacción con el cosmos.

Este enfoque ayuda a resaltar la complejidad y la profundidad del concepto de atributos divinos, ya que involucra tanto aspectos intrínsecos como manifestaciones externas, permitiendo así una comprensión más completa de la naturaleza de Dios y su influencia en el mundo.

La Distribución más Común de los Atributos es la que los Clasifica como Atributos Incomunicables y Atributos Comunicables de Dios Los teólogos han establecido una distinción fundamental entre los atributos de Dios como incomunicables y comunicables, reflejando así las características que son exclusivas de la divinidad y aquellas que, en cierto sentido, comparten alguna similitud con las propiedades del espíritu humano.

Los atributos incomunicables son aquellos que no tienen ninguna analogía o comparación posible con las criaturas. Estos atributos, como la aseidad, la simplicidad y la inmensidad, son inherentes a la naturaleza divina y resaltan la singularidad y trascendencia absoluta de Dios sobre toda la creación.

Por otro lado, los atributos comunicables son aquellos que muestran alguna similitud o correspondencia con las cualidades que pueden encontrarse en los seres humanos, como el poder, la bondad, la misericordia y la justicia. Aunque estos atributos divinos son incomparablemente superiores y perfectos en comparación con las cualidades humanas, permiten a los seres humanos entender aspectos de la naturaleza moral y ética de Dios.

Es importante señalar que esta distinción no es universalmente aceptada, especialmente entre los teólogos luteranos, quienes pueden argumentar que todas las cualidades de Dios, incluso aquellas que parecen comunicables, son en última instancia únicas y distintivas de la divinidad.

Sin embargo, desde una perspectiva reformada, esta distinción ha sido tradicionalmente favorecida y utilizada como una herramienta conceptual para comprender mejor la naturaleza de Dios y su relación con la humanidad. Aunque reconocemos la infinita distancia entre Dios como Creador y nosotros como criaturas, confiamos en las descripciones de Dios que nos han sido reveladas en las Escrituras, lo que nos permite tener un entendimiento limitado pero significativo de su identidad y propósitos divinos.

La Relación que Hay Entre los Atributos de Dios

Los atributos de Dios constituyen cualidades intrínsecas que reflejan la plenitud de la divinidad, manifestándose en las tres personas de la Trinidad: el Padre, el Hijo y el Espíritu Santo, quienes son coiguales en dichos atributos. Estas características divinas son esenciales, eternas, inmutables y permanentes, formando parte integral de la naturaleza divina desde la eternidad pasada hasta la eternidad futura.

Es fundamental comprender que los atributos de Dios no están sujetos a cambios o fluctuaciones. No pueden ser mejorados, empeorados, ganados ni perdidos, ya que siempre han sido inherentes a la esencia misma de Dios. Esta estabilidad en sus atributos es crucial al considerar las acciones y manifestaciones de Dios tanto en el Antiguo Testamento como en el Nuevo Testamento.

Por ejemplo, el amor de Dios en el Antiguo Testamento es igualmente presente y significativo como lo es en el Nuevo Testamento, al igual que su justicia, que se manifiesta de manera constante en ambos períodos. Dios no cambia en sus atributos esenciales; Él es siempre el mismo en su totalidad y plenitud, demostrando la perfección absoluta de su ser en todo momento y en todas las circunstancias.

Este entendimiento nos permite apreciar la coherencia y la continuidad en la revelación de Dios a lo largo de la historia bíblica, revelando así su carácter divino y sus atributos eternos que definen su ser y su accionar en el mundo.

Los atributos divinos están estrechamente vinculados entre sí, formando una unidad coherente e indivisible en la naturaleza de Dios. Ningún atributo puede considerarse de manera aislada, ya que cada uno es parte integral y complementaria de la totalidad de la divinidad. Esta interconexión entre los atributos divinos se ilustra claramente al considerar la santidad de Dios, que impregna y caracteriza todos los demás atributos.

Por ejemplo, la ira de Dios se manifiesta como una ira santa, el amor de Dios es un amor santo y su justicia es una justicia santa. La integridad divina, como uno de sus atributos, asegura que ningún atributo divino pueda separarse de Dios, ya que tal separación sería contraria a su naturaleza íntegra y completa.

El concepto de simplicidad en Dios no se refiere a una falta de complejidad, sino más bien a la unicidad e indivisibilidad de su ser. Dios no puede ser dividido en partes o fragmentos, ya que es un ser único y completo en sí mismo. No existen divisiones o compartimentos en la naturaleza divina; cada atributo de Dios opera en armonía y complementariedad, reflejando la unidad y la integridad absoluta de su ser.

Esta comprensión de los atributos divinos nos lleva a reconocer la unicidad y la plenitud de Dios, donde cada atributo contribuye a la totalidad y perfección de su ser. Es a través de esta reciprocidad de atributos que se revela la grandeza y la majestuosidad de la divinidad en su totalidad.

El Catecismo Menor de Westminster de 1647 y la Confesión de Fe de Westminster de 1646 presentan una detallada enumeración de los atributos divinos, proporcionando una visión completa de la naturaleza y la grandeza de Dios. Estas definiciones se basan en una comprensión teológica profunda, destacando la singularidad y perfección absoluta de la divinidad.

El Catecismo Menor de Westminster describe a Dios como un espíritu infinito, eterno e inmutable en sus características esenciales como ser, sabiduría, poder, santidad, justicia, bondad y verdad. Estos atributos reflejan la completa trascendencia y perfección de Dios, quien está más allá de la comprensión humana y es la fuente de toda sabiduría, poder y bondad.

La Confesión de Fe de Westminster profundiza aún más en la descripción de Dios como el único Dios vivo y verdadero, infinito en su ser y perfección. Se destaca su naturaleza espiritual purísima, su inmutabilidad, su eternidad y su omnipotencia. Además, se enfatiza su sabiduría, santidad, bondad, verdad y justicia perfectas. Se describe a Dios como amoroso, misericordioso y paciente, pero también como justo y temible en sus juicios.

Se reconoce a Dios como la fuente de toda vida, gloria y bienaventuranza, manifestando su propia gloria en todas las cosas. Se subraya su soberanía sobre toda la creación, su conocimiento infinito e infalible, así como su santidad en todos sus consejos y mandamientos. La confesión también proclama la unidad de la divinidad en tres personas coiguales y eternas: Dios Padre, Dios Hijo y Dios Espíritu Santo, cada uno con sus atributos divinos inherentes.

El versículo del Salmo 145:3 *"Grande es Jehová, y digno de suprema alabanza; Y su grandeza es inescrutable..."* enfatiza la grandeza incomparable de Jehová, quien es digno de la más alta alabanza y cuya grandeza es insondable e incomprensible para la mente humana. Este pasaje bíblico también subraya la majestuosidad y la excelencia absoluta de Dios, y corrobora los atributos divinos expuestos en las confesiones teológicas de Westminster.

CAPITULO IX
LOS ATRIBUTOS INCOMUNICABLES
DE DIOS

Los atributos incomunicables de Dios, según la teología, son aquellos aspectos de su naturaleza que son únicos e irreproducibles en las criaturas. Estos atributos resaltan la trascendencia y la supremacía absoluta de Dios sobre todas las cosas. Su singularidad radica en que no pueden ser compartidos o replicados por los seres humanos ni por ninguna otra forma de vida.

A continuación, se detallan algunos de estos atributos incomunicables:

La Aseidad de Dios

Nunca es sencillo adentrarse en la naturaleza de Dios, cuya divinidad excede nuestros límites, haciéndonos incapaces de abarcar las profundidades de su esencia o alcanzar las alturas de su ser. Nos enfrentamos a un tema imponente al considerar la aseidad de Dios, el atributo que lo distingue por excelencia como

Dios. Este concepto fundamental nos enseña la autonomía y autoexistencia divina, marcando un punto fundamental en nuestra comprensión de Dios.

La aseidad de Dios, en términos teológicos, se refiere a su autoexistencia y autosuficiencia, implicando que Dios no requiere de nada externo a su propio ser para existir.

Es un término que ha sido utilizado desde finales del siglo XVIII, siendo definido por el Diccionario Merriam-Webster como "la calidad o estado de ser, la autosuficiencia absoluta, la independencia y la autonomía absoluta de Dios". La Real Academia de la Lengua Española, por su parte, define la aseidad como un atributo de Dios mediante el cual Él existe por sí mismo o por necesidad de su propia naturaleza.

La etimología de "aseidad" proviene del latín, donde "a" denota "por", luego "se" indica "mismo", y por último "idad" sugiere "cualidad de". Por lo tanto, el término etimológico de "aseidad" se traduce como la "calidad de existencia por sí mismo".

En esencia, la aseidad representa la cualidad de un ser que existe en y por sí mismo, sin depender de otros para su existencia o independencia. Es un atributo que resalta la completa autonomía y la inmanente suficiencia de Dios, distinguiéndolo como el ser supremo que es.

La declaración de Jesús en Juan 5:26: *"Porque de Él y por Él y para Él son todas las cosas"*, revela un aspecto fundamental de la naturaleza divina, donde se expresa que tanto el Padre como el Hijo poseen vida en sí mismos, lo cual resalta la autoexistencia y la plenitud de Dios en su ser intrínseco. Esta afirmación también resuena con la enseñanza del Dr. R.C. Sproul, quien enfatiza la autoexistencia de Dios como un atributo esencial de su divinidad, manifestando que Dios posee el poder y la capacidad de existir en y por sí mismo, sin depender de ninguna otra entidad o fuerza para su existencia.

La autoexistencia de Dios implica que Él es autosuficiente y completamente independiente de cualquier otra realidad externa a su propio ser. Esta cualidad divina subraya que Dios es el sustentador omnipotente de su propia existencia y que dentro de sí mismo posee todo lo necesario para ser plenamente quien es. No carece de nada dentro de su ser y no requiere de ninguna fuente externa para mantener su ser completo y perfecto.

En este sentido, la autoexistencia de Dios marca un aspecto crucial en nuestra comprensión teológica, ya que nos lleva a reconocer la supremacía absoluta de Dios y su naturaleza única e inigualable. Esta enseñanza se fundamenta en la revelación bíblica y en las palabras de Jesús mismo, resaltando la profundidad y la majestuosidad de la naturaleza divina.

San Agustín plantea la idea de la "infinitud infinita" de Dios, lo cual implica que Dios posee todas las perfecciones en un grado infinito. La aseidad, como principio fundamental, es el origen de estas perfecciones divinas, ya que al ser un ser subsistente por sí mismo, Dios contiene en sí mismo la causa y el fundamento de todas ellas, sin depender de ningún otro ser que pudiera limitarlas.

La existencia de Dios es única en su naturaleza, ya que Él es el único ser sin principio y se mantiene por su propio poder autosuficiente. Se le reconoce como la primera causa no causada, el Creador que no fue creado, el Hacedor que no fue hecho y el Sustentador que no es sostenido. En este sentido, nadie ni nada sostiene a Dios, pues Él es independiente de todo y autónomo en todo sentido.

La autosuficiencia de Dios, encapsulada en el término de aseidad, denota su completa independencia y suficiencia absoluta en sí mismo para su existencia y perfección. Este atributo es corroborado por la declaración de Pablo en Romanos 11:36: *"Porque de Él y por Él y para Él son todas las cosas"*. En otras palabras, la aseidad de Dios indica que Él no debe su

existencia a ninguna otra entidad, ya que Él mismo es el origen y el sustento de todo lo que existe. Todo lo que constituye a Dios como Dios se encuentra dentro de su propio ser, lo que lo convierte en el fundamento último de toda realidad.

La independencia de Dios es un término que resalta su autonomía y su falta de dependencia en todos los aspectos: desde su existencia hasta sus atributos, decretos y obras. Esta cualidad recalca que Dios no necesita de nada ni de nadie; todo lo creado depende de Él. En un sentido absoluto, Él es el único que es capaz de afirmar "¡YO SOY!".

El nombre de Dios en el Pentateuco está vinculado al término hebreo "hayah", que se traduce como "ser", "que es" o "que existe". Un pasaje clave que revela esta noción es cuando Moisés pregunta a Dios por su nombre:

"Dijo Moisés a Dios: He aquí que llego yo a los hijos de Israel, y les digo: El Dios de vuestros padres me ha enviado a vosotros. Si ellos me preguntaren: ¿Cuál es su nombre?, ¿qué les responderé? Y respondió Dios a Moisés: YO SOY EL QUE SOY. Y dijo: Así dirás a los hijos de Israel: YO SOY me envió a vosotros..." (Éxodo 3:13-14).

"YO SOY EL QUE SOY" (אהיה רשא אהיה‎ = hayah

asher hayah)

El término "hayah" implica "ser" o "existir", mientras que "asher" puede entenderse como "porque". Por lo tanto, podríamos interpretar "Yo Soy porque Soy" o "Existo porque existo". Además, "asher" también sugiere una "existencia por sí mismo", lo que nos permite parafrasear esta frase como: "Existo porque existo por mí mismo", resaltando así la autoexistencia de Dios.

La aseidad de Dios es un atributo que lo caracteriza como un ser no creado y que posee vida en sí mismo. Esta cualidad resalta su independencia y autoexistencia, lo que significa que Él no depende de ninguna otra entidad para existir. Desde toda la eternidad, Dios ha existido por sí mismo. Es importante comprender que nosotros no creamos a Dios con nuestras mentes para que existiera; al contrario, Él nos creó a nosotros con un propósito que exalta Su gloria.

Dios es el único ser necesario, lo que implica que Él no puede dejar de ser. Toda la creación depende de Él como el ser necesario y preexistente. El universo entero tiene su origen en Él, y cada criatura continúa dependiendo de Él para su funcionamiento constante.

Aunque Dios no tenía la necesidad de crear el mundo o a nadie, lo hizo por Su beneplácito. Aunque no necesitaba nada de nosotros, ni nuestro amor ni nuestra alabanza, decidió manifestar Su amor al mundo perdido y nos dio el privilegio de relacionarnos con Él y alabarlo.

El atributo de aseidad o autoexistencia distingue a Dios de la humanidad, ya que Él tiene toda la vida en sí mismo y es completamente independiente. En contraste, nosotros como sus criaturas dependemos totalmente de Él. Nuestra vida, tanto física como espiritual, proviene de Él, ya que en Él vivimos, nos movemos y existimos, como dice Hechos 17:28: *"...Porque en Él vivimos, y nos movemos, y somos...".*

Ha habido debates y objeciones en torno a la aseidad de Dios, especialmente relacionadas con la noción de un ser autoexistente que podría ser percibido como auto originado. La idea de un ser auto originado sugiere una contradicción ontológica al implicar que dicho ser sería anterior a sí mismo, lo cual es conceptualmente problemático. En este sentido, tendríamos que atribuirle siempre a algo aquello que existe. Pero esta determinación no puede continuarse hasta el infinito, por lógica, tiene que haber algo existiendo antes de todas las otras cosas.

Tomás de Aquino postuló que Dios es el primer motor inmóvil, argumentando que en el mundo físico observamos movimientos que necesariamente deben ser iniciados por una causa primera y no movida por otra cosa, y en esta causa reconocemos a Dios como el Ser no originado, aquel que inicia todo movimiento.

El Salmo 90:2 refuerza esta idea al afirmar que Dios existía antes de la formación de la tierra y los montes, evidenciando Su eternidad y existencia autosostenida desde la eternidad hasta la eternidad: *"Antes que naciesen los montes y formases la tierra y el mundo; Desde la eternidad y hasta la eternidad, tú eres Dios"*.

La comprensión de la autonomía absoluta y

autosuficiencia de Dios ofrece consuelo y revela la perfección y totalidad de la Trinidad. Aunque Dios no necesitaba crear el mundo ni a nosotros, decidió hacerlo por Su propia voluntad, manifestando así Su deseo de tener comunión con la humanidad. Este acto de creación muestra el privilegio que representa para nosotros existir y relacionarnos con Dios.

El pasaje de Hechos 17:25-27 enfatiza que Dios no necesita nada de nosotros, ya que Él nos da vida y aliento, y es Él quien estableció el orden y términos de nuestra existencia. Sin embargo, también indica que Dios está cerca de cada uno de nosotros, invitándonos a buscarlo y hallarlo, ya que en Él vivimos, nos movemos y existimos. *"...ni es honrado por manos de hombres, como si necesitase algo; pues Él a todos da vida y aliento, y todas las cosas. Y de una sangre ha hecho todo el linaje de los hombres, para que habiten sobre toda la faz de la tierra; y les ha prefijado el orden de los tiempos, y los términos de su habitación; para que busquen al Señor, si en alguna manera, palpando, le hallen; si bien no está lejos de cada uno de nosotros".*

La aseidad de Dios, como atributo que denota Su autoexistencia y autosuficiencia absoluta, tiene diversas aplicaciones prácticas en nuestras vidas que vale la pena explorar detalladamente:

La aseidad nos impulsa a la adoración, ya que al reconocer la inmensa majestuosidad de Dios y nuestra completa dependencia de Él, mientras Él permanece totalmente independiente, somos humillados ante Su gloria incomparable. Este reconocimiento nos lleva a adorar a Dios por Su grandeza y a reconocer el privilegio que tenemos de adorarlo, aunque Él no reciba beneficio alguno de nuestra adoración ni lo necesite.

La aseidad nos lleva a la gratitud, pues Dios nos creó y nos salvó por pura gracia, sin que nosotros lo mereciéramos y sin necesitar de nuestra existencia. Nos otorgó vida física y espiritual por Su inmensa misericordia. Por tanto, vivamos en acción de gracias por la abundante gracia que Dios nos ha mostrado al crearnos y redimirnos.

La aseidad fomenta la humildad al recordarnos

que no somos independientes, sino que dependemos de muchos factores para nuestra existencia y sostenimiento. Reconocemos que todo lo que somos proviene de Dios y Su gracia. Esto nos lleva a la humildad al comprender que, aunque servimos a Dios, Él no depende de nosotros ni recibe algo de nuestro servicio, sino que somos nosotros quienes dependemos completamente de Él.

La aseidad nos enseña que la salvación es obra exclusiva de Dios, no depende de nuestras acciones o méritos. La salvación proviene de Él, y solo Él tiene el poder y la autoridad para salvar. No intentemos salvarnos por nuestras propias fuerzas, sino confiemos en el sacrificio de Jesucristo y en Su obra redentora, ya que solo en Él encontramos la verdadera salvación.

La Confesión de Fe de Westminster de 1646 y la Confesión de Londres de 1689 ofrecen una descripción detallada y académica de los atributos de Dios, especialmente en lo que respecta a Su aseidad, autosuficiencia y soberanía. Ambas confesiones resaltan la plenitud absoluta de Dios en sí mismo y por sí mismo, sin necesidad alguna de las criaturas que ha creado. Los puntos clave de estas dos confesiones pueden ser:

Aseidad y autosuficiencia de Dios: Ambas confesiones afirman que Dios tiene en sí mismo y por sí mismo toda vida, gloria, bondad y bienaventuranza. Esto significa que Dios es autoexistente y autosuficiente; no depende de ninguna de Sus criaturas para existir ni para ser glorificado. Él es completamente independiente y no deriva Su gloria de ninguna fuente externa.

Fuente de todo ser: Dios es reconocido como la única fuente de todo ser. Todas las cosas existen por Él, a través de Él y para Él. Él es el fundamento último de la existencia y el propósito de todas las criaturas. Esta declaración subraya la soberanía y el dominio absoluto de Dios sobre toda la creación.

Soberanía y omnipotencia: Se enfatiza que Dios tiene el más soberano dominio sobre todas las criaturas. Él tiene el poder y la autoridad para hacer todo lo que le plazca mediante, para o sobre Sus criaturas. Su conocimiento es infinito, infalible e independiente de la criatura, lo que implica Su absoluta soberanía sobre el curso de los acontecimientos.

Santidad y justicia: Las confesiones destacan la santísima naturaleza de Dios en todos Sus consejos, obras y mandatos. Él es perfectamente justo y santo en todo lo que hace, y se le debe adoración, servicio y obediencia por parte de todas las criaturas, tanto ángeles como seres humanos.

Estas confesiones reflejan una profunda comprensión teológica de la naturaleza de Dios y Su relación con la creación. Enfatizan Su aseidad como un atributo fundamental que define Su independencia y autosuficiencia absolutas, así como Su soberanía sobre todas las cosas.

La Inmutabilidad de Dios

La doctrina de la inmutabilidad de Dios enfatiza la característica esencial de Dios como un ser exento de todo cambio. Esta doctrina sostiene que Dios es completamente libre de cualquier tipo de cambio en Su ser, carácter, propósitos y promesas, tanto en su esencia como en su naturaleza moral. Esta visión encuentra apoyo en las Escrituras y es abordada por destacados teólogos y escritores de himnos cristianos. Como por ejemplo:

John F. MacArthur y Richard Mayhue, en su obra Teología Sistemática: Un Estudio Profundo de la Doctrina Bíblica, publicada en 2017 por la Editorial Portavoz, definen la inmutabilidad de Dios como "la perfecta inalterabilidad en su esencia, carácter, propósito y promesa". Esta definición resalta que Dios no cambia ni en Su ser ni en Sus intenciones; permanece constante en todas Sus cualidades y compromisos.

Por su parte, Millard J. Erickson, en el tomo 28 de su Colección Teológica Contemporánea, publicado por la Editora Clie en 2008, amplía esta comprensión al afirmar que en la constancia divina no hay cambio cuantitativo ni cualitativo. Dios no puede incrementarse en nada, ni Su naturaleza experimenta modificaciones. Esta perspectiva subraya la inmutabilidad de Dios en todos los aspectos de Su existencia y carácter.

Un ejemplo poético que refleja esta doctrina es el himno "Grande Es Tu Fidelidad", escrito por Tomas Obadiah Chisholm en el siglo XIX. En este himno, se exalta la eterna misericordia de Dios, Su compasión inquebrantable y Su fidelidad constante a lo largo de los tiempos. La letra resalta la confianza en que Dios nunca fallará en Sus promesas y permanecerá siempre fiel en Su carácter y naturaleza:

"Oh, Dios eterno, tu misericordia, Ni una sombra de duda tendrá;

Tu compasión y bondad nunca fallan, Y por los siglos el mismo serás.

¡Oh, tu fidelidad! ¡Oh, tu fidelidad!"

Estos enfoques teológicos y expresiones poéticas dan testimonio de la profunda convicción en la inmutabilidad de Dios, una creencia arraigada en la fe cristiana y respaldada por la revelación bíblica.

La inmutabilidad de Dios se convierte en un

atributo distintivo al compararlo con las criaturas mutables que pueblan el mundo, ya sean seres humanos o animales, todos sujetos al ciclo de nacimiento, crecimiento, reproducción y muerte. Asimismo, contrasta con los objetos inanimados que pueden ser manipulados, movidos y eventualmente destruidos. A diferencia de estas realidades, la inmutabilidad de Dios se revela en Su naturaleza eterna y exenta de cambios, donde no hay crecimiento, transformación, reformación ni posibilidad de destrucción.

Esta inmutabilidad también se manifiesta en la dimensión temporal. Dios existe fuera de las limitaciones temporales que afectan a Sus criaturas, siendo todo lo que Él es en un momento inmutable y eterno, más allá del fluir de la historia y la sucesión de eventos. Esta realidad trascendental otorga una base sólida para percibir a Dios como absolutamente confiable y constante en Sus relaciones con la humanidad.

No obstante, es crucial entender que la inmutabilidad divina no debe ser confundida con inactividad o estaticidad. Al contrario, Dios es la fuente y el motor de toda vida y actividad en el universo. Su inmutabilidad no es una limitación sino una expresión de Su perfección y trascendencia, donde la plenitud de Su ser se manifiesta de manera continua y activa.

Este concepto bíblico de la inmutabilidad de Dios se refleja en versículos como Malaquías 3:6: *"Porque yo Jehová no cambio; por esto, hijos de Jacob, no habéis sido consumidos"*. Robert Hawker en su Poor Men's Commentary, refiriéndose a este texto dice: "Aquí tenemos la confirmación de esa gloriosa verdad, que es el carácter distintivo de Jehová, su inmutabilidad. En medio de las perpetuas circunstancias fluctuantes, agonizantes y perecederas de nosotros mismos y de todas las cosas que nos rodean, ¡qué gran fondo es este para descansar, por el tiempo y la eternidad! Inmutable en su naturaleza, inmutable en sus propósitos, inmutable en todas las promesas de su pacto en Cristo, hasta mil generaciones. ¡Oh! por la gracia de recordarlo siempre, y recordar que esto y solo esto es la causa, por qué la simiente de Jacob (y nosotros) no somos consumidos."

Charles Haddon Spurgeon, en su sermón sobre la inmutabilidad de Dios basado en Malaquías 3:6, predicado en la mañana del domingo 7 de enero de 1855, en la Capilla de New Park Street, en Southwark, Londres, resalta que Dios es inmutable en esencia, atributos, planes, promesas y amenazas. Su ser es eterno y espiritual, no sujeto a cambios temporales ni a influencias externas. Sus atributos como poder, sabiduría, justicia y amor son constantes a lo largo del tiempo, revelando una perfección que nunca disminuye. Sus planes y promesas son infalibles y se cumplen de manera inalterable, mientras que Sus amenazas son igualmente firmes y serán realizadas conforme a Su voluntad. Esta inmutabilidad divina proporciona un fundamento seguro para la fe y la confianza en la salvación eterna, asegurando que aquellos que son llamados por Dios permanecerán en Su gracia y gloria.

La inmutabilidad de Dios subraya Su naturaleza eterna, constante y activa, contrastando con la mutabilidad inherente a las criaturas y objetos del mundo.

El pasaje de Santiago 1:17 establece la constancia y perfección de Dios como fuente de toda bondad y don perfecto: *"Toda buena dádiva y todo don perfecto desciende de lo alto, del Padre de las luces, en el cual no hay mudanza, ni sombra de variación"*.

David Guzik, en su comentario sobre este versículo, resalta que la inmutabilidad de Dios es un aspecto fundamental de Su naturaleza divina. Contrario a las ideas propuestas por algunos teólogos modernos sobre un supuesto "proceso teológico" en el cual Dios estaría "madurando" o "creciendo", la enseñanza bíblica afirma que en Dios no hay cambio ni sombra de variación. En este entendimiento, el texto nos enseña que la inmutabilidad divina nos asegura que la bondad y los dones perfectos que provienen de Dios son consistentes y confiables, sin alteraciones en Su esencia.

La inmutabilidad de Dios se sostiene tanto desde una perspectiva lógica como desde una comprensión de su perfección y omnisciencia, a saber:

Primero, la noción de cambio implica una secuencia temporal. Para que algo cambie, debe existir un momento previo y otro posterior al cambio. Sin embargo, Dios está fuera de las restricciones temporales, como se expresa en el Salmo 90:2,4, donde se afirma su eternidad y su existencia más allá de los límites del tiempo: *"Antes que naciesen los montes Y formases la tierra y el mundo, Desde el siglo y hasta el siglo, tú eres Dios... Porque mil años delante de tus ojos son como el día de ayer, que pasó, Y como una de las vigilias de la noche."*

Segundo, la perfección divina requiere inmutabilidad. Cualquier cambio implica una mejora o un deterioro, pero Dios, siendo perfecto, no puede cambiar para mejor ni para peor, como lo señala Santiago 1:17 al describir a Dios como el Padre de las luces en quien no hay cambio ni sombra de variación, como ya lo hemos visto.

Tercero, la omnisciencia de Dios lo vincula con su inmutabilidad. El cambio en las personas a menudo surge por nueva información o circunstancias cambiantes, pero Dios, siendo omnisciente, no puede aprender algo nuevo ni se ve afectado por cambios en el entorno, como se expone en Hebreos 4:13 al afirmar que todas las cosas están abiertas ante Él: *"Y no hay cosa creada que no sea manifiesta en su presencia; antes bien todas las cosas están desnudas y abiertas a los ojos de aquel a quien tenemos que dar cuenta."*

Así, la inmutabilidad de Dios se fundamenta en su naturaleza eterna, su perfección y su conocimiento completo, lo que lo hace inmune a cualquier cambio que pueda afectar su esencia o sus atributos.

Las Sagradas Escrituras expresan la inmutabilidad de Dios también en otros pasajes que subrayan la consistencia y estabilidad de Su naturaleza divina. Veamos algunos pasajes bíblicos:

El pasaje de Números 27:19 profundiza en la diferencia entre Dios y el hombre, indicando que Dios no miente ni se arrepiente, confirmando la inalterabilidad de Su palabra y acciones: *"Dios no es hombre, para que mienta, Ni hijo de hombre para que se arrepienta. Él dijo, ¿y no hará? Habló, ¿y no lo ejecutará?"*

Hebreos 6:17,18 presenta la inmutabilidad de Dios como fuente de consuelo para aquellos que confían en Él, destacando que es imposible que Dios mienta, estableciendo así una base sólida para la esperanza de los creyentes: *"Por lo cual, queriendo Dios mostrar más abundantemente a los herederos de la promesa la inmutabilidad de su consejo, interpuso juramento; para que, por dos cosas inmutables, en las cuales es imposible que Dios mienta, tengamos un fortísimo consuelo los que hemos acudido para asirnos de la esperanza puesta delante de nosotros."*

La afirmación en Hebreos 13:8 subraya la continuidad y estabilidad en la persona de Cristo, reflejando la inmutabilidad divina: *"Jesucristo es el mismo ayer, y hoy, y por los siglos."*

1 Samuel 15:29 reitera que Dios no miente ni se arrepiente, enfatizando su fidelidad y

consistencia: *"Además, el que es la Gloria de Israel no mentirá, ni se arrepentirá, porque no es hombre para que se arrepienta."*

En Ezequiel 24:14, Dios afirma que Él cumplirá lo que ha dicho, sin retractarse, demostrando su constancia en juicio y justicia: *"Yo Jehová he hablado; vendrá, y yo lo haré. No me volveré atrás, ni tendré misericordia, ni me arrepentiré; según tus caminos y tus obras te juzgarán, dice Jehová el Señor."*

Finalmente, Isaías 46:9-11 resalta la singularidad de Dios y Su capacidad para llevar a cabo Su voluntad desde tiempos antiguos hasta el presente y el futuro, demostrando que permanece inmutable: *"Acordaos de las cosas pasadas desde los tiempos antiguos; porque yo soy Dios, y no hay otro Dios, y nada hay semejante a mí, que anuncio lo por venir desde el principio, y desde la antigüedad lo que aún no era hecho; que digo: Mi consejo permanecerá, y haré todo lo que quiero; que llamo desde el oriente al ave, y de tierra lejana al varón de mi consejo. Yo hablé, y lo haré venir; lo he pensado, y también lo haré."*

En un mundo caracterizado por el cambio constante y la instabilidad, la inmutabilidad de Dios ofrece consuelo y seguridad a los creyentes, ya que pueden confiar en que la obra que Él ha comenzado en ellos será perfeccionada. *"el que comenzó en vosotros la buena obra, la perfeccionará hasta el día de Jesucristo" (Filipenses 1:6).* Esto proporciona una base sólida para la fe y la esperanza en medio de las fluctuaciones de la vida.

La Simplicidad de Dios

En el lenguaje humano, como se describe en el Diccionario Word Reference, la "simplicidad" se refiere a la ingenuidad, candidez o sencillez, como por ejemplo en la pureza de pensamiento de los niños o en la falta de complicación de un mecanismo. Pero en el contexto teológico cristiano, la "simplicidad de Dios" tiene un significado diferente. Aquí, se refiere a la naturaleza no compuesta de Dios, lo que significa que no está formado por partes ni es divisible. Dios es simple en el sentido de que Su existencia, esencia y atributos no son elementos separados que contribuyen a Su ser, sino que constituyen la plenitud y unidad de Su ser.

Así que, mientras que en el lenguaje humano la simplicidad se relaciona con la falta de complicación o la ingenuidad, en el concepto teológico la simplicidad de Dios enfatiza la unidad y la ausencia de composición en Su ser. Es una distinción importante que resalta la singularidad y la perfección absoluta de Dios en contraste con las nociones humanas de simplicidad.

Las Escrituras nos revelan acerca de la simplicidad de Dios, en pasajes como Deuteronomio 6:4 donde se declara: *"Oye, Israel: Jehová nuestro Dios, Jehová uno es"*. Esta declaración de la unidad de Dios sugiere una simplicidad fundamental en Su ser, ya que no hay división o multiplicidad en Él.

La teología tradicional sostiene que las características, perfecciones, virtudes o atributos de Dios no son partes de Dios que se combinan para formar Su ser. Más bien, Dios es un ser simple en el sentido de que Sus virtudes son inherentemente Él mismo. Por lo tanto, Dios no posee bondad como una cualidad separada, sino que Él es la misma bondad personificada; de la misma manera, Dios no posee luz o amor, sino que Él es la esencia misma de la luz y el amor.

Este concepto de la simplicidad divina se basa en la comprensión de que Dios es una unidad perfecta, no compuesta por partes que puedan ser sumadas o separadas para definir Su naturaleza. La teología cristiana, a la luz de la Biblia, enfatiza que Dios es indivisible en Su ser y naturaleza.

Este principio se refleja en varios pasajes bíblicos que destacan la unicidad y la plenitud de Dios:

"Yo soy el que soy" - Éxodo 3:14: Esta declaración de Dios a Moisés resalta Su autoexistencia y completa autodeterminación, mostrando que Él es quien Él es por Su propia naturaleza, sin depender de partes o componentes externos.

"Dios es luz" - 1 Juan 1:5: Este versículo resalta la esencia misma de Dios como luz, no como

una cualidad que posee, sino como Su identidad fundamental.

"Dios es amor" - 1 Juan 4:8: Aquí se presenta a Dios no como alguien que posee amor, sino como la personificación misma del amor, revelando Su naturaleza intrínseca.

Entonces, la simplicidad de Dios significa que Él es un ser indivisible cuyas virtudes y perfecciones son intrínsecamente Él mismo, no elementos separados o partes que puedan sumarse para definir Su ser. Esta comprensión teológica subraya la unidad absoluta y la plenitud de Dios en contraste con cualquier concepto de divisibilidad o composición en Su naturaleza divina.

El dilema aparente entre la Doctrina de la Trinidad cristiana y la afirmación de la "Simplicidad de Dios" en el contexto de Deuteronomio 6:4, conocido como el "Shemá de Israel", que dice: *"Oye, Israel: Jehová nuestro Dios, Jehová uno es"*, ha sido objeto de debate entre algunos cristianos.

Sin embargo, la Doctrina de la Trinidad

también sostiene que Dios es uno en su esencia. La concepción de la existencia de tres personas divinas Padre, Hijo y Espíritu Santo de la misma esencia, sustancia y naturaleza, armoniza la unidad en la diversidad, anulando así cualquier noción de composición o división en el ser de Dios.

La comprensión teológica cristiana tradicional sostiene que la Trinidad no implica una división o composición en Dios, sino que se refiere a la manera en que la única esencia divina existe en las tres personas coeternas y coiguales. La simplicidad de Dios, entendida como la unidad de Su esencia sin partes o divisiones, no es negada por la Trinidad, sino que se sostiene en la forma en que las tres personas comparten plenamente la misma esencia divina.

La Trinidad cristiana afirma que las tres personas divinas no son partes separadas de Dios, ni poseen una esencia divina individual y separada. Sino que la misma esencia divina subsiste completamente en cada persona de la Trinidad. Esto significa que no hay una división o distribución de la esencia divina entre las personas, sino que cada una posee plenamente la misma esencia divina en su totalidad.

Por lo tanto, la unidad de Dios, como se expresa en el Shemá de Israel, no contradice la doctrina Trinitaria cristiana, sino que se integra con ella al afirmar la simplicidad de Dios en términos de su esencia indivisible y su unidad en voluntad y propósito divinos.

La doctrina de la simplicidad divina ha sido objeto de análisis y reflexión teológica a lo largo de la historia del cristianismo. Jordan P. Barrett, en su obra "Divine Simplicity, A Biblical and Trinitarian Account", introduce una *Analogia Diversitatis* en la Trinidad que facilita la comprensión más profunda de esta doctrina. Según Barrett, la Trinidad puede servir como una analogía para establecer una distinción cuidadosa entre los múltiples atributos divinos y el Ser de Dios, sin implicar división en la esencia divina.

Barrett propone la siguiente analogía: al igual que Dios Trino es una naturaleza en tres personas distintas, la simplicidad de Dios se refiere a una única naturaleza en múltiples y distintas perfecciones. Esta analogía se basa en la identidad y distinción que se perciben tanto en las personas de la Trinidad como en los atributos divinos. Por un lado, tanto las personas de la Trinidad como los atributos se identifican realmente con la esencia divina. Por otro lado, las personas de la Trinidad se distinguen entre sí, al igual que los atributos divinos se distinguen entre sí, a pesar de estar constituidos por la misma esencia divina.

The Gospel Coalition, en su ensayo sobre la simplicidad divina, escrito por Matthew Barret, define la simplicidad teológica como la ausencia de composición en Dios. Es decir, Dios no está compuesto por partes ni es una mezcla o composición en su naturaleza. Cuando se afirma que "Dios es luz" y "Dios es amor", no se está sugiriendo que Dios sea parcialmente luz y parcialmente amor; sino que toda la esencia de Dios es luz y amor sin división.

Tomás de Aquino, en su "Summa Theologica", también respalda esta idea al argumentar que todo cuerpo está compuesto de materia y forma. Dios es espíritu, no tiene cuerpo; por esa razón no está compuesto y, por lo tanto, es un ser simple.

En su obra "De Civitate Dei" (La Ciudad de Dios), Agustín de Hipona aborda el concepto de la simplicidad de Dios con profundidad y claridad. Él sostiene que existe un único bien simple y un ser único, inmutable, que es Dios. Este bien simple es la fuente de todos los bienes creados, los cuales, al ser no simples, son también mutables.

Agustín enfatiza que la esencia divina es simple porque lo que esta esencia posee, eso es. En otras palabras, no hay nada que la esencia divina pueda perder ni nada distinto a lo que ya tiene. Por lo tanto, las cosas que son realmente divinas se consideran simples, ya que en ellas la cualidad no es separada de la sustancia; son divinas, sabias o bienaventuradas en sí mismas y no por participación de otras.

Según Agustín, los atributos divinos no son propiedades añadidas a Dios, sino que se identifican con su esencia misma. Dios "es" sus atributos, y esta afirmación expresa la identidad real entre ellos y con la esencia divina. En esencia, la simplicidad de Dios implica que los atributos divinos no son componentes separados de Dios, sino aspectos inherentes y esenciales de su ser.

Este concepto de simplicidad divina se alinea con diversas escrituras bíblicas que presentan a Dios como un ser único, inmutable y perfecto en todos sus atributos. Por ejemplo, en Santiago 1:17 se declara que *"Toda buena dádiva y todo don perfecto desciende de lo alto, del Padre de las luces, en el cual no hay mudanza, ni sombra de variación"*. Esta afirmación refleja la idea de que Dios es constante y no cambia en su esencia ni en sus atributos, lo que respalda la noción de su simplicidad y unidad indivisible.

El Ministerio Ligonier, en un artículo publicado el 20 de diciembre de 2022 y escrito por James E. Dolezal, hace referencia a las enseñanzas de John Owen sobre la simplicidad divina. Según Owen, los atributos de Dios, que aparentemente son distintos en la esencia de

Dios, son todos esencialmente iguales entre sí y cada uno es igual a la esencia misma de Dios. Dolezal amplía este punto, al afirmar que Dios es perfectamente autosuficiente y no compuesto. La falta de composición en Dios es una característica esencial de su ser. Esta ausencia de composición implica que Dios no puede desintegrarse ni disolverse, ya que no posee partes que puedan descomponerse. Su naturaleza es "a-se" (autoexistente) y simple, lo que significa que no hay elementos separados en Él que puedan sufrir cambios o degradación.

La simplicidad de Dios sostiene que Dios no tiene partes; este concepto está presente en los escritos de los padres de la iglesia, los escolásticos medievales y las primeras generaciones de teólogos protestantes, así como en varias confesiones reformadas importantes.

La Confesión de Fe de Westminster de 1647, en el capítulo 2 sobre "Dios y la Santa Trinidad", afirma la simplicidad de Dios: "Hay un solo Dios, vivo y verdadero, quien es infinito en su ser y perfección, un espíritu purísimo, invisible, sin cuerpo, partes o pasiones... Dios tiene, en sí mismo y por sí mismo, toda vida, gloria, bondad y bienaventuranza. Él es el único todo suficiente, en y por sí mismo, no teniendo necesidad de ninguna de sus criaturas hechas por Él, ni derivando Gloria alguna de ellas, sino que manifiesta su propia gloria en ellas, por ellas, hacia ellas y sobre ellas".

La Infinitud de Dios

La palabra "infinito" deriva del latín "*infinitus*", compuesto por el prefijo negativo "in", que significa "sin", junto al sustantivo singular "finis", que se traduce como "fin", y el sufijo "itus". Por tanto, "infinito" conlleva significados como "sin fin", "sin límite", "innumerable" y "que no tiene final". En el contexto de las ciencias matemáticas, el término "infinito" denota algo que es siempre superior a cualquier otro en magnitud.

En la teología, la noción de infinitud se aplica exclusivamente al Ser de Dios, implicando la posesión absoluta de toda perfección y la ausencia de cualquier limitación. Cuando hablamos de la infinitud de Dios, nos referimos a que Él es ilimitado, inescrutable, inmensurable, incomparable e incomprensible.

La Infinitud de Dios enfatiza que Él es un ser sin límites, inagotable, extenso, imposible de medir y omnipresente. Dios no está confinado por ningún límite ni restricción.

En su Ser, Dios es Infinito, ya que no se puede fijar ningún límite a Sus perfecciones. Su Ser abarca completamente el espacio, el tiempo y Su propia creación.

El Diccionario Enciclopédico de Biblia y Teología describe la Infinitud como un "Concepto aplicado solo a lo Divino, que implica la posesión absoluta de toda perfección y la carencia de toda limitación. Es el rasgo más expresivo de la Divinidad. La infinitud de tiempo es la eternidad, la infinitud de espacio es la inmensidad".

La Biblia dice: *"Él cuenta el número de las estrellas; a todas ellas llama por sus nombres. Grande es el Señor nuestro, y de mucho poder; y su entendimiento es infinito." (Salmos 147:5)*

Matthew Henry, en su obra "Commentary on the Whole Bible", destaca que el salmista utiliza un ejemplo para resaltar la grandeza y el gran poder de nuestro Señor, quien puede hacer lo que desea y cuyo entendimiento es insondable, lo cual le permite idear todo lo mejor. Henry señala que el conocimiento humano tiene sus límites y alcanza su máxima extensión, pero la sabiduría de Dios es una profundidad inagotable e infinita, equiparable al ser mismo de Dios.

Por otro lado, la Cambridge Bible for Schools and Colleges explica que la afirmación de que el entendimiento de Dios es infinito significa que no hay número que pueda medirlo, es incalculable y, por tanto, infinito en su naturaleza.

Jonathan Edwards planteó una perspectiva esclarecedora al destacar la dificultad inherente a comprender a Dios en su totalidad. Al ser infinito en su ser y perfecciones, es natural que surjan aspectos que resulten difíciles de aprehender. Esta afirmación encuentra respaldo en la idea de que Dios es infinito en todas sus perfecciones, lo cual implica que todo lo que Dios es y posee, lo posee en su máxima expresión de infinitud. En consecuencia, la infinitud de Dios sugiere su incomprensibilidad, ya que es imposible para la mente humana abarcar completamente el alcance de su ser.

La infinitud de Dios abarca múltiples facetas que lo describen como un ser inmenso, omnipresente, eterno e inmensurable. Esta noción implica que la grandeza y la presencia de Dios trascienden los límites de la comprensión humana, manifestándose en su carácter omnipresente y eterno.

La Inmensidad de Dios

La inmensidad de Dios constituye una faceta esencial de su infinitud, la cual abarca todas las perfecciones inherentes a su naturaleza y se manifiesta también en su omnipresencia que llena todo el espacio desde la eternidad.

La inmensidad se define por la capacidad de Dios para ocupar y abarcar todo lugar con su plenitud divina.

El pasaje bíblico de Jeremías 23:23-24 nos presenta la idea de que Dios no es solamente un Dios cercano, sino que también es un Dios que está presente desde lo más lejano, trascendiendo cualquier escondrijo o lugar oculto que pudiera existir. *"¿Soy yo Dios de cerca solamente, dice Jehová, y no Dios desde muy lejos? ¿Se ocultará alguno, dice Jehová, en escondrijos que yo no lo vea? ¿No lleno yo, dice Jehová, el cielo y la tierra?"*.

Esta concepción bíblica refuerza la noción de la inmensidad de Dios al afirmar que Él llena tanto el cielo como la tierra con su presencia omnipresente.

Por otro lado, el libro de Job en el versículo 11:7-9 profundiza en la inmensidad de Dios al plantear interrogantes retóricos sobre la capacidad humana para comprender la magnitud divina. Enfatiza en la grandeza de Dios que supera la altura de los cielos y la profundidad del Seol, y en su dimensión que es más extensa que la tierra y más ancha que el mar. *"¿Descubrirás tú los secretos de Dios? ¿Llegarás tú a la perfección del*

Todopoderoso? Es más alta que los cielos; ¿qué harás? Es más profunda que el Seol; ¿cómo la conocerás? Su dimensión es más extensa que la tierra, y más ancha que el mar".

Ambos pasajes subrayan la incomparable grandeza y extensión de Dios, evidenciando su inmensidad como una manifestación de su infinitud y omnipresencia que va más allá de la capacidad humana para comprenderla plenamente.

La Eternidad de Dios

La infinitud de Dios se manifiesta también en su duración, en lo que respecta al tiempo, el cual carece de límites en relación con Él. Esta ausencia de limitación temporal implica que Dios está más allá del tiempo mismo; es decir, para Dios no existe el concepto de tiempo como lo conocemos. De hecho, al momento de crear, Dios también instauró el tiempo, ya que antes de Su acto creativo no había existencia temporal.

El pasaje de Judas 1:25 resalta la eternidad y la preeminencia de Dios sobre el tiempo, al referirse a Él como el único Dios nuestro Salvador, glorificado por toda la eternidad y más allá del tiempo. *"Al único Dios nuestro Salvador, por medio de Jesucristo nuestro Señor, sea gloria, majestad, dominio y autoridad, antes de todo tiempo, y ahora y por todos los siglos. Amén"*. Este versículo enfatiza la trascendencia temporal de Dios y su continuidad a lo largo de toda la existencia.

El Salmo 90:2 refuerza esta idea al declarar que Dios es Dios desde antes de la formación de la tierra, abarcando desde el pasado hasta el futuro, sin estar sujeto al paso del tiempo como lo estamos nosotros. *"Antes que naciesen los montes y formases la tierra y el mundo, desde el siglo y hasta el siglo, tú eres Dios"*.

El Salmo 102:12 agrega otra capa de comprensión al expresar la permanencia de Jehová, evidenciando la continuidad eterna de Dios más allá de cualquier medida temporal. *"Mas tú, Jehová, permanecerás para siempre, y tu memoria de generación en generación."*

Finalmente, el pasaje de Efesios 3:21 concluye esta reflexión al atribuir a Dios gloria por todas las edades y por los siglos de los siglos, destacando la perpetuidad y eternidad de Dios. *"A Él sea gloria en la iglesia en Cristo Jesús por todas las edades, por los siglos de los siglos. Amén."*

Estos versículos enfatizan la insondable naturaleza de Dios, quien trasciende el tiempo y es eterno en Su existencia.

La Omnipresencia de Dios

La omnipresencia de Dios, como parte de la infinitud de su Ser con todas sus perfecciones, se refiere a su capacidad de trascender todas las limitaciones espaciales y estar presente en cada punto del espacio con toda la plenitud de su Ser. Esto implica que Dios no está ausente en ninguna parte del espacio ni más presente en un lugar que en otro; su Ser está presente con todas sus perfecciones de manera completa y simultánea en todos los lugares.

La omnipresencia de Dios se define como la presencia total de Dios en todo lugar. Esto se expresa en el Salmo 139:7-10: *"¿A dónde me iré de tu Espíritu? ¿Y a dónde huiré de tu presencia? Si subiere a los cielos, allí estás tú; y si en el Seol hiciere mi estrado, he aquí, allí tú estás. Si tomare las alas del alba y habitare en el extremo del mar,* aun *allí me guiará tu mano, y me asirá tu diestra."* Este pasaje resalta la imposibilidad de escapar de la presencia divina, pues no hay lugar al cual podamos huir de su Espíritu o de su presencia. Ya sea en los cielos, en el lugar más profundo o en los confines de la tierra, Dios está presente con su plenitud y guía constantemente con su mano y su diestra.

Esta doctrina de la omnipresencia es fundamental para comprender la naturaleza de Dios como un Ser que trasciende todo límite y está presente en su totalidad en cada punto del espacio, mostrando así su infinitud y su capacidad de estar en todas partes al mismo tiempo.

La Inmensurabilidad de Dios

La Inmensurabilidad o inconmensurabilidad de Dios forma parte de la infinitud de su Ser, caracterizado por la magnitud de todas sus perfecciones que escapan a cualquier medida o comprensión. Esta cualidad nos habla de la grandeza insondable de nuestro Creador y Soberano, cuyo poder y gracia son más allá de lo que podemos captar con nuestras capacidades humanas limitadas.

El apóstol Pablo, en su carta a los efesios, enfatiza la magnitud insondable del poder de Dios en Efesios 1:19: *"Y cuál la inmensurable grandeza de su poder para con nosotros los que creemos, conforme a la operación del dominio de su fuerza."* Esta declaración subraya la imposibilidad de medir completamente el poder divino y su influencia en la vida de los creyentes.

Asimismo, en Efesios 2:6-7, Pablo resalta las riquezas inconmensurables de la gracia de Dios, mostrando cómo esta gracia se manifiesta de manera abundante y bondadosa. *"para mostrar en los siglos venideros las inconmensurables riquezas de su gracia en bondad para con nosotros en Cristo Jesús."* La palabra "inconmensurable" enfatiza que estas riquezas de gracia no pueden ser cuantificadas o limitadas por ningún estándar humano, sino que superan cualquier medida imaginable.

La Biblia, en estos versículos, resalta la incapacidad humana para medir o comprender plenamente la grandeza, el poder y la gracia de Dios, subrayando así la Inmensurabilidad de su Ser y sus atributos.

Todas estas perfecciones —la inmensidad, la eternidad, la omnipresencia y la Inmensurabilidad— forman parte de la Infinitud de Dios como atributo teológico que implica la ausencia de toda limitación en su ser y perfecciones. Esta característica divina exime a Dios de cualquier restricción impuesta por el universo, el tiempo, el espacio o cualquier otro aspecto de su creación. En otras palabras, ni el universo ni los límites del tiempo y el espacio pueden confinar a Dios de ninguna manera.

Es importante señalar que la infinitud de Dios no implica una dispersión de su presencia en todo el universo, sino más bien una intensidad que trasciende cualquier extensión espacial. Este concepto nos lleva a reflexionar sobre la persona de Cristo en relación con la infinitud divina.

El sacrificio de Cristo es un ejemplo supremo de esta infinitud en acción, no solo por su entrega de vida por la humanidad, sino también por su disposición a limitar su divinidad al asumir la forma humana. Esto se evidencia en el pasaje de Filipenses 2:6-8, donde se describe cómo Cristo, siendo de naturaleza divina, se despojó de sí mismo para adoptar la forma de siervo y hacerse semejante a los hombres, humillándose incluso hasta la muerte en la cruz.

El reconocimiento de este acto de sacrificio por parte del Padre se encuentra en Filipenses 2:9-11, donde se exalta a Cristo sobre todo nombre y se establece que toda rodilla se doblará ante él, confesando su señorío para gloria de Dios Padre.

Comprender profundamente la infinitud y la inmensidad de Dios, junto con la obra redentora de Cristo, debería conducirnos a una adoración reverente y entrega total a Él. Esto se refleja en la idea de que, tarde o temprano, toda alma se rendirá en adoración ante la majestad divina.

La Omnisciencia de Dios

La palabra "omnisciencia", de origen latino ("omnis" que significa "todo" y "scientia" que significa "ciencia"), según la Real Academia Española (RAE), se refiere al conocimiento completo de todas las cosas reales y posibles, un atributo que se considera exclusivo de Dios.

Este concepto implica la posesión de un conocimiento total, una cualidad que implica saber todo lo que hay que saber. A.W. Tozer, en su obra El Conocimiento del Santo, aborda la omnisciencia de Dios. Él expresa que, debido a que Dios sabe todas las cosas de manera perfecta, no hay ninguna cosa que Él conozca mejor que otra; su conocimiento es completo e igualmente detallado en todas las áreas. Esta perspectiva destaca que Dios nunca experimenta sorpresa, asombro o desconcierto, ya que no descubre nada nuevo, no se desconcierta ni busca información adicional.

Este principio es respaldado por el versículo de 1 Juan 3:20, que afirma: *"pues si nuestro corazón nos reprende, mayor que nuestro*

corazón es Dios, y Él sabe todas las cosas."
Esta cita bíblica enfatiza la idea de que el conocimiento de Dios es infinitamente superior y que engloba todo el conocimiento, abarcando todos los aspectos de la realidad y la posibilidad.

La omnisciencia es un atributo divino que representa la capacidad de conocer todo en su totalidad, sin limitaciones ni sorpresas, y que se considera único y exclusivo de la divinidad, según diversas perspectivas teológicas y filosóficas.

El teólogo Kenneth Keathley, en su obra Salvation and Sovereignty publicada en 2010 por B&H Publishing Group, ofrece una explicación profunda sobre la omnisciencia divina. Él sostiene que la omnisciencia de Dios implica un conocimiento innato y completo de todas las cosas, sin necesidad de seguir procesos mentales como los seres finitos. La omnisciencia implica que Dios "no aprende" y las ideas "no se le ocurren", ya que Él posee de forma natural todos los conocimientos. Este tipo de conocimiento trasciende la comprensión humana, no solo en su amplitud infinita, sino también en su naturaleza misma.

Mientras que nosotros, como seres finitos, adquirimos conocimiento gradualmente a través de la experiencia y el estudio, siguiendo una línea temporal, para Dios no existe el pasado, el presente o el futuro en el sentido en que los entendemos. Su conocimiento es atemporal y abarcativo, siendo parte esencial de Su naturaleza divina.

Esta concepción se alinea con la idea de que Dios no experimenta procesos de aprendizaje como nosotros, sino que posee un conocimiento absoluto desde toda la eternidad. Su omnisciencia no es solo cuantitativamente superior a la nuestra, sino que es cualitativamente diferente, siendo un conocimiento que abarca todas las verdades de manera completa e inmutable.

Este entendimiento de la omnisciencia divina se apoya en una visión teológica que considera a Dios como el ser supremo cuyo conocimiento es ilimitado y eterno. Esta perspectiva trasciende las limitaciones humanas de comprensión temporal y evidencia la naturaleza única e incomparable de la omnisciencia divina.

La noción de que Dios conoce todo de manera instantánea y atemporal es respaldada por el entendimiento bíblico de Su naturaleza. *"¡Oh profundidad de las riquezas de la sabiduría y de la ciencia de Dios! ¡Cuán insondables son sus juicios, e inescrutables sus caminos! Porque ¿quién entendió la mente del Señor? ¿O quién fue su consejero? ¿O quién le dio a él primero, para que le fuese recompensado? Porque de él, y por él, y para él, son todas las cosas. A él sea la gloria por los siglos. Amén."* (Romanos 11:33-36)

Este versículo subraya la superioridad absoluta del conocimiento divino con relación al ser humano, y nuestra limitación de poder comprender Su conocimiento.

Dios, en su omnisciencia, trasciende la mera acumulación de datos o la capacidad de procesamiento computacional. Su conocimiento abarca no solo la totalidad del universo y sus complejidades, sino también una comprensión íntima y profunda de Sí mismo. Esta distinción es crucial para entender la naturaleza del conocimiento divino, como sugiere el apóstol Pablo en 1 Corintios 2:10-11: *"El Espíritu todo lo escudriña, aun las profundidades de Dios. Porque entre los hombres, ¿quién conoce los pensamientos de un hombre, sino el espíritu del hombre que está en él? Asimismo, nadie conoce los pensamientos de Dios, sino el Espíritu de Dios."*

Este pasaje enfatiza que Dios posee un conocimiento íntimo de Sí mismo, revelado a través de Su Espíritu. Su comprensión va más allá de la mera información; abarca la esencia misma de Su ser y Su divinidad.

Además, la omnisciencia divina se extiende hacia todas las criaturas, incluyendo a la humanidad. Dios conoce el pasado, el presente y el futuro de cada individuo. Su conocimiento es tan completo que sabe lo que diremos antes de que lo digamos e incluso conoce los detalles más íntimos de nuestra existencia, como se menciona en salmos como el 139:1-6: *"Oh*

Jehová, tú me has examinado y conocido. Tú has conocido mi sentarme y mi levantarme; Has entendido desde lejos mis pensamientos. Has escudriñado mi andar y mi reposo, Y todos mis caminos te son conocidos. Pues aún no está la palabra en mi lengua, Y he aquí, oh, Jehová, tú la sabes toda. Detrás y delante me rodeaste, Y sobre mí pusiste tu mano. Tal conocimiento es demasiado maravilloso para mí; Alto es, no lo puedo comprender." Este conocimiento exhaustivo se extiende a nuestras acciones, intenciones y pensamientos más profundos, lo que garantiza que Sus juicios sean verdaderos y justos.

Este conocimiento total también implica una transparencia total. Aunque las personas puedan engañarse a sí mismas o a otros respecto a sus acciones y motivaciones, nada está oculto ante Dios. Él juzga con imparcialidad y justicia, basándose en Su conocimiento perfecto de todas las cosas, tanto el bien como el mal. La omnisciencia de Dios va más allá de la mera acumulación de información; abarca una comprensión completa y profunda de Sí mismo y de todas las criaturas, lo que fundamenta Su capacidad para emitir juicios justos y verdaderos.

David Guzik, en su comentario sobre el Salmo 139, resalta la profunda conexión que existe entre Dios y el individuo. En el versículo 1 de ese Salmo, él enfatiza que David reconoce la intimidad del conocimiento divino, expresando que no se trata simplemente de que Dios posea información completa, sino que Él conoce de manera personal a cada ser humano. Este entendimiento contrasta con la visión pagana que consideraba a los dioses como distantes o indiferentes, ya que David reconoce que el verdadero Dios se interesa por conocer a cada persona de manera individual.

Señala que David destaca tres aspectos fundamentales del conocimiento divino: en primer lugar, Dios no solo sabe todo, sino que conoce al individuo en lo más profundo; en segundo lugar, Dios no solo está presente en todas partes, sino que está presente de manera personal y cercana; y en tercer lugar, Dios no solo es el Creador de todo, sino que ha creado a cada persona de manera única y especial.

El versículo 2 continúa esta reflexión, donde destaca que Dios conoce hasta los detalles más pequeños de su vida diaria: *"Tú has conocido mi sentarme y mi levantarme"* (Salmo 139:2) y concluye resaltando que Dios no solo conoce cada detalle de la vida cotidiana, sino también los pensamientos más profundos. Este conocimiento exhaustivo refleja la omnipresencia de Dios en la vida de cada persona, como David expresa al afirmar que todos sus caminos son conocidos por Él.

John Trapp, en su Commentary on the Old and New Testaments, acerca del Salmo 139:1-6, escribió: "Todas mis posturas, gestos, prácticas... ya sea que me siente, me pare, camine, me acueste; tú las has examinado y conocido todas."

Adam Clarke, en su comentario, añade que incluso las acciones más insignificantes y casuales no pasan desapercibidas para Dios. El hecho de que Él conozca hasta los pensamientos más íntimos refleja una atención continua y detallada hacia cada aspecto de la vida del individuo.

Charles Spurgeon también, sobre este v. 2, dijo: "El conocimiento divino es perfecto, dado que ni una sola palabra le es desconocida, nada, ni siquiera una palabra que no fue pronunciada, y cada una de ellas y todas juntas le son conocidas."

El Dr. Paul Kretzmann, en su Popular Commentary, sobre el v. 4, expresó: "Pronunciado o no dicho aún, pero, he aquí, oh, Señor, (dicho con énfasis), Tú lo sabes completamente, en todos los aspectos, tanto en cuanto al motivo como a la ejecución."

John Hill, en su Exposition of the Bible, expresa: "Porque no hay una palabra en mi lengua lista para ser hablada, antes de que se forme; mientras está en la mente, y no expresada, y aun antes de eso; pero 'he aquí, oh, Señor, tú lo sabes todo'. La totalidad de ella, de donde brota; la razón de ello, lo que está diseñado, o los fines a los que debe responder."

En síntesis, el comentario de los eruditos subraya la profundidad y amplitud del conocimiento divino, destacando su cercanía, atención detallada y comprensión íntima de cada aspecto de la existencia humana.

Otros textos bíblicos sobre la Omnisciencia de Dios son:

¿No se venden dos pajarillos por un cuarto? Con todo, ni uno de ellos cae a tierra sin vuestro Padre.

Mateo 10:29

"Pues aún vuestros cabellos están todos contados. Mateo 10:30

La primera oración del libro de los Hechos de los apóstoles dice: "Tú, Señor, que conoces los corazones de todos..."

Hechos 1:24

"Yo conté el final desde el comienzo y mucho antes de que sucediera. Yo afirmé: "Mi plan se cumplirá y haré todo lo que yo quiero".

Isaias 46:10

"Grande es el Señor nuestro, y de mucho poder; Y su entendimiento es infinito."

Salmo 147:5

"Mas él conoce mi camino; Me probará, y saldré como oro."

Job 23:10

"Y antes que clamen, responderé yo; mientras aún hablan, yo habré oído."

Isaías 65:24

"Y no hay cosa creada que no sea manifiesta en su presencia; antes bien todas las cosas están desnudas y abiertas a los ojos de aquel a quien tenemos que dar cuenta."

Hebreos 4:13

"Dios, tú conoces mi insensatez, Y mis pecados no te son ocultos."

Salmo 69:5

"Caiu, pois, sobre mim o Espírito do SENHOR e disse-me: Fala: Assim diz o SENHOR: Assim tendes dito, ó casa de Israel; porque, quanto às coisas que vos surgen à mente, eu as conheço."

Ezequiel 11:5

(Biblia versión en portugués por João Ferreira de Almeida. Traducción: "en cuanto a las cosas que surgen en vuestra mente, yo las conozco"- Hablando de los pensamientos que todavía estan en la mente, antes de ser pronunciados, y que Dios ya conoce) "escucha Tú desde los cielos, el lugar de Tu morada, y perdona, actúa y da a cada uno conforme a todos sus caminos, ya que conoces su corazón, porque solo Tú conoces el corazón de todos los hijos de los hombres"

1Reyes 8:39

"porque vuestro Padre sabe de qué cosas tenéis necesidad, antes que vosotros le pidáis."

Mateo 6:8

La Omnisciencia de Dios es un atributo divino que trasciende la comprensión humana y debería inspirarnos asombro y reverencia. A diferencia de los seres humanos, cuyo conocimiento está limitado al presente y al pasado, Dios posee una visión completa y sin restricciones del futuro. Esta percepción total del tiempo y el espacio refleja la magnitud de

Su conocimiento infinito.

Ante la Omnisciencia de Dios, deberíamos inclinarnos en admiración y respeto. Reconocer la inmensidad de Su conocimiento nos lleva a una adoración sincera y devota. Aunque nuestro entendimiento sea limitado, confiamos en Su sabiduría ilimitada y buscamos Su guía y dirección en nuestras vidas. Sabemos que, a diferencia de nosotros, Él conoce todo de manera perfecta y completa, lo cual nos brinda seguridad y confianza en Su cuidado y provisión constante.

La Omnipotencia de Dios

La noción de omnipotencia deriva del latín "omnipotens", compuesto por "omnis", que denota totalidad, y "potens", que refiere a poder o potencia. Así, omnipotencia se traduce como "Todo potente" y se centra en la capacidad de llevar a cabo cualquier acción o acto, implicando que "todo es posible". Esta característica esencialmente divina es atribuida exclusivamente a Dios.

El versículo bíblico de Mateo 19:26 ilustra esta

idea: *"Y mirándolos Jesús, les dijo: Para los hombres esto es imposible; más para Dios todo es posible."* Esta afirmación establece la omnipotencia como un atributo distintivo de la divinidad, caracterizado por un poder supremo que abarca todas las posibilidades.

La omnipotencia se destaca en la teología de las religiones monoteístas como el judaísmo y el cristianismo, donde es considerada una de las cualidades fundamentales de Dios. Más que simplemente poseer poder, Dios es concebido como el Todopoderoso, cuya esencia misma está imbuida de omnipotencia.

El texto de Marcos 14:62 refuerza esta idea al vincular el poder de Dios con Su persona misma. Jesús afirma ser el Hijo del Hombre que se sentará a la diestra del poder de Dios: *"Y Jesús le dijo: Yo soy; y veréis al Hijo del Hombre sentado a la diestra del poder de Dios, y viniendo en las nubes del cielo."* Aquí, el poder divino es equiparado con la presencia y la autoridad de Dios, enfatizando la omnipotencia como parte integral de Su Ser.

La omnipotencia no solo implica la capacidad

de hacer todo, sino que es una cualidad inherente a la esencia divina. Dios, como Ser supremo, es entendido como Todopoderoso en las religiones monoteístas, y Su omnipotencia se manifiesta en Su capacidad ilimitada de actuar y Su autoridad soberana sobre todas las cosas.

El término "El Shaddai" utilizado en la Biblia, como se menciona en Génesis 17:1: *"Era Abram de edad de noventa y nueve años, cuando le apareció Jehová y le dijo: Yo soy el Dios Todopoderoso (EL SHADDAI); anda delante de mí y sé perfecto."* Se refiere a Dios como el Todopoderoso. Esta designación, "Shaddai", tiene una raíz que combina el pronombre relativo "sha" y la palabra "dai", que significa "suficiente".

Por ende, "El Shaddai" se traduce como "Dios omnipotente", revelando la capacidad de Dios para llevar a cabo todo lo que Su sabiduría infinita dicta, de acuerdo con Su voluntad soberana.

Este título divino, "El Shaddai", enfatiza el poder y la autoridad supremos de Dios sobre todas las cosas. Su poder es intrínseco a Su naturaleza divina y se manifiesta en la capacidad de dar vida y cumplir todas Sus perfecciones y propósitos eternos. Sin la omnipotencia de Dios, Sus consejos serían vacíos y Sus promesas y amenazas carecerían de significado, ya que Su capacidad para llevar a cabo lo que ha determinado sería limitada o inexistente.

Rashi, que es el acrónimo de Rabí Shlomo Yarji, un renombrado erudito judío-francés del siglo XI, explica que "Shaddai" deriva de la unión de "sha" (que puede) y "dai" (suficiente), lo cual se traduce como "todopoderoso". Esta comprensión resalta la capacidad ilimitada de Dios para actuar según Su voluntad y cumplir Su propósito divino.

El comentario homilético "The Preacher" añade que "El Shaddai" refleja la majestuosidad divina y Su plena suficiencia. Este nombre compuesto expresa la omnipotencia de Dios y Su habilidad soberana para cumplir todas Sus promesas. Es un nombre que inspira reverencia y asombro ante el poder inigualable de Dios.

Así entendemos que "El Shaddai" es un título que encapsula la omnipotencia de Dios, Su capacidad para realizar lo imposible y cumplir todas Sus promesas con un poder que es parte esencial de Su naturaleza divina.

La obra de A.W. Pink, "Los Atributos de Dios", subraya la importancia fundamental de comprender a Dios como Todopoderoso para tener una concepción adecuada de Su naturaleza divina. Pink argumenta que la omnipotencia es uno de los atributos esenciales de Dios, junto con Su total sabiduría. Según él, un ser que no puede llevar a cabo todo lo que desea y cumplir todo lo que decide no puede ser considerado verdaderamente Dios.

En el Nuevo Testamento, el atributo de la Omnipotencia de Dios se manifiesta en varios pasajes utilizando el término "pantokrater". Un ejemplo es 2 Corintios 6:18, donde se dice: *"Y seré para vosotros por Padre, y vosotros me seréis hijos e hijas, dice el Señor Todopoderoso (pantokrater)."* Aquí, la palabra griega "pantokrater" se traduce como Todopoderoso, enfatizando la capacidad divina de tener control y autoridad sobre todo.

David Guzik, en su "Enduring Word Commentary", amplía esta comprensión al explicar que "pantokrater" significa literalmente "aquel que tiene su mano en todo". Esta designación se utiliza exclusivamente en este pasaje y en el libro de Apocalipsis en el Nuevo Testamento. Guzik destaca que Pablo, al utilizar este término, busca transmitir la idea de que es el Dios soberano del cielo quien ofrece la adopción como hijos, mientras nos apartamos para Él.

A.W. Tozer, por su parte, profundiza en la Omnipotencia divina al describir cómo Dios, al tener a su disposición todo el poder del universo, puede realizar cualquier cosa sin esfuerzo. Él enfatiza la autosuficiencia de Dios, señalando que no necesita buscar fuera de Sí mismo para renovar su fuerza, ya que posee todo el poder necesario para cumplir Su voluntad de manera constante y plena.

La Omnipotencia de Dios es un atributo central que destaca Su capacidad para actuar con autoridad y control sobre todas las cosas, evidenciado tanto en las Escrituras como en las reflexiones de teólogos como Pink, Guzik y Tozer.

La noción de la Omnipotencia divina ha sido objeto de un debate teológico y filosófico profundo a lo largo de la historia. Dios es Todopoderoso, pero actúa en concordancia con Su naturaleza divina, y eso puede dar la idea de cierta limitación, lo que es algo que debe ser considerado. Por ejemplo, la Biblia misma señala algunas cosas que Dios no puede hacer, como mentir (Hebreos 6:18), ser tentado (Santiago 1:13-15), ser burlado (Gálatas 6:7) o negarse a Sí mismo (2 Timoteo 2:13).

Pero estos pasajes subrayan más bien la idea de que la Omnipotencia de Dios está en armonía con Su naturaleza y carácter moral.

Aunque algunos plantean preguntas teológicas y filosóficas, como si Dios puede crear una piedra tan grande que Él no pueda mover, hacer un círculo cuadrado o cambiar la lógica matemática. Estos ejemplos ilustran que la Omnipotencia divina no implica la capacidad de realizar lo ilógico o contradictorio. En este sentido, Dios puede hacer todas las cosas, pero actúa en conformidad con Su naturaleza divina y con las leyes y principios establecidos por Él mismo.

La respuesta a la pregunta de si Dios puede hacer todas las cosas es afirmativa, pero con la aclaración de que estas acciones deben estar en armonía con la naturaleza y el carácter de Dios. La Omnipotencia divina no se trata de hacer todo lo imaginable, sino de tener el poder supremo, la capacidad y la autoridad para actuar de acuerdo con Su soberanía y plan divino.

La Omnipotencia de Dios, intrínsecamente vinculada a Su voluntad, es un principio fundamental en la teología que establece que Dios tiene la capacidad suprema de llevar a cabo todo lo que Él desea, determinando así muchos aspectos en la vida de Sus criaturas. Esta relación entre la Omnipotencia y la Voluntad divina se manifiesta de manera significativa en varios contextos, como en la oración y en la salvación.

En el ámbito de la oración, la Biblia enseña que Dios utiliza Su poder para responder a las peticiones que están alineadas con Su voluntad. El pasaje de 1 Juan 5:14,15 enfatiza esta verdad al afirmar que la confianza en Dios radica en pedir conforme a Su voluntad, lo que garantiza que Él nos escucha. *"Y esta es la confianza que tenemos en él, que, si pedimos alguna cosa conforme a su voluntad, él nos oye. Y si sabemos que él nos oye en cualquiera cosa que pidamos, sabemos que tenemos las peticiones que le hayamos hecho."*

En cuanto a la salvación, la soberanía de Dios se manifiesta en Su poder para salvar a aquellos a quienes Él ha elegido para la salvación. El pasaje de Romanos 9:15-24 ilustra esta verdad al señalar que la misericordia y el endurecimiento están determinados por la voluntad soberana de Dios, demostrando así Su poder y autoridad en la obra de la salvación: *"Pues a Moisés dice: Tendré misericordia del que yo tenga misericordia, y me compadeceré del que yo me compadezca. Así que no depende del que quiere, ni del que corre, sino de Dios que tiene misericordia. Porque la Escritura dice a Faraón: Para esto mismo te he levantado, para mostrar en ti mi poder, y para que mi nombre sea anunciado por toda la tierra. De manera que de quien quiere, tiene misericordia, y al que quiere endurecer, endurece.*

Pero me dirás: ¿Por qué, pues, inculpa? porque ¿quién ha resistido a su voluntad? Mas antes, oh hombre, ¿quién eres tú, para que alterques con Dios? ¿Dirá el vaso de barro al que lo formó: ¿Por qué me has hecho así? ¿O no tiene potestad el alfarero sobre el barro, para hacer de la misma masa un vaso para honra y otro para deshonra? ¿Y qué, si Dios, queriendo mostrar su ira y hacer notorio su poder, soportó con mucha paciencia los vasos de ira preparados para destrucción, y para hacer notorias las riquezas de su gloria, las mostró para con los vasos de misericordia que él preparó de antemano para gloria, a los cuales también ha llamado, esto es, a nosotros, no sólo de los judíos, sino también de los gentiles?"

El Pastor Miguel Núñez, en su mensaje sobre "El Dios Omnipotente", destaca la relación intrínseca entre la Omnipotencia de Dios, Su voluntad, sabiduría y poder. La voluntad divina determina lo que debe ser hecho, Su sabiduría establece cómo se llevará a cabo y Su poder garantiza que Su deseo se cumpla.

Matthew Henry, Commentary on the Whole Bible, resalta la naturaleza eterna y omnipotente de Dios, señalando que Él es el legítimo gobernante y dueño de todo, con poder ilimitado para ayudar a Su pueblo en cualquier circunstancia. Su Omnipotencia no tiene límites ni se debilita, lo que asegura que Él pueda cumplir Su propósito y socorrer a Su iglesia en sus mayores dificultades.

Es importante comprender que la Omnipotencia de Dios está al servicio de Su voluntad y no al servicio de los deseos humanos. Por lo tanto, no podemos manipular o controlar el poder de Dios a través de decretos o declaraciones basadas en nuestros propios deseos, ya que Dios no obedece nuestras oraciones si no están en conformidad con Su voluntad. La confianza en Él radica en pedir conforme a Su voluntad, sabiendo que Él nos escucha y concede según Su soberanía y propósito.

La Omnipotencia de Dios se manifiesta en Su capacidad suprema para llevar a cabo todo lo que Él desea, determinando así muchos aspectos en la vida de Sus criaturas, siempre en armonía con Su voluntad y propósito divinos. Que la omnipotencia de Dios sea infinita quiere decir que Su poder es ilimitado, es eterno, no existe nada que esté fuera del alcance de Su poder: *"¡Oh, Señor Jehová! He aquí que tú hiciste el cielo y la tierra con tu gran poder, y con tu brazo extendido, ni hay nada que sea difícil para ti; ... He aquí que yo soy Jehová, Dios de toda carne; ¿habrá algo que sea difícil para mí?" (Jeremías 32:17,27).*

La Omnipotencia de Dios es un atributo que, al ser considerado, nos insta a reflexionar sobre la grandeza divina y a adoptar una actitud de temor y reverencia ante Su presencia. Tratar con desdén a quien posee el poder absoluto para condenarnos con una sola palabra es una conducta insensata y autodestructiva. Desafiar al Todopoderoso, quien tiene la facultad de enviar al infierno a aquellos que rechazan la obra redentora de Cristo, es el colmo de la imprudencia y la locura.

La Omnipotencia de Dios también nos incita a adorarle, ya que si los hombres poderosos exigen reverencia, el poder del Todopoderoso debería llenarnos de una reverencia aún mayor. Su infinito poder nos lleva a confiar en Él de manera absoluta, sabiendo que ninguna oración es demasiado difícil para ser respondida por Él y que ninguna necesidad es tan grande que Él no pueda suplirla. Sin embargo, es importante destacar que hay limitaciones a lo que el Todopoderoso puede hacer: no puede mentir, pecar, cambiar, ni negarse a Sí mismo. Estas limitaciones no son debido a una falta de poder, sino que Su poder está intrínsecamente ligado a Sus perfecciones divinas y a Su carácter moral inmutable.

A.W. Tozer expresa que al reconocer la infinitud y autoexistencia de Dios, se comprende de manera inevitable que Él también es Todopoderoso, y este entendimiento lleva a la adoración genuina ante la omnipotencia divina.

Basados en esta verdad, podemos descansar tranquilos y confiados en cuanto a nuestro futuro, sabiendo que el poder eficaz de Dios hoy será igualmente efectivo mañana, tanto para nosotros como para nuestras generaciones futuras.

El pasaje de Efesios 3:20-21 resalta la magnitud del poder de Dios, afirmando que Él puede hacer mucho más de lo que pedimos: *"Y a Aquel que es poderoso para hacer todas las cosas mucho más abundantemente de lo que pedimos o entendemos, según el poder que actúa en nosotros, a él sea gloria en la iglesia en Cristo Jesús por todas las edades, por los siglos de los siglos. Amén."*

CAPITULO X
ATRIBUTOS COMUNICABLES DIOS

Los atributos comunicables de Dios son aquellos aspectos de Su naturaleza que comparte con Sus criaturas. Estos atributos son denominados "comunicables" en el sentido de que reflejan cualidades que, hasta cierto grado, pueden ser manifestadas o reflejadas en y por los seres humanos. Es crucial subrayar que la manifestación de estos atributos en los seres humanos es finita y limitada, mientras que en Dios son infinitos y perfectos.

Estos atributos comunicables ilustran aspectos esenciales de la relación entre Dios y la humanidad, proporcionando un marco conceptual para comprender la interacción divina con Sus criaturas. Aunque la plenitud y perfección de estos atributos reside exclusivamente en la naturaleza divina, su manifestación parcial en los seres humanos revela la naturaleza relacional y benevolente de Dios.

Estos atributos comunicables de Dios

proporcionan un marco conceptual para comprender Su relación con la humanidad, con aspectos fundamentales de Su naturaleza divina que pueden ser reflejados en cierta medida por los seres humanos.

La Espiritualidad de Dios

A.W. Tozer enfatizó la importancia y solemnidad inherente a las referencias a Dios, al declarar que "la palabra de más peso, en cualquier idioma, es aquella que se utiliza para designar a Dios". Esta afirmación resalta la seriedad y reverencia que deben acompañar cualquier discurso o estudio relacionado con Dios. En la actualidad, lamentablemente, se percibe una tendencia a tratar los temas divinos con ligereza en la iglesia, lo cual contrasta con la necesidad de abordar estos temas con profundidad y seriedad.

Los conceptos sobre la naturaleza de Dios, tal como se presentan en Su Palabra, son de suma importancia y deben ser objeto de reflexiones profundas y serias. Por ende, cualquier investigación o estudio relacionado con Dios debería considerarse como el más significativo y trascendental de todos.

El estudio de la Teología, específicamente la Teología Propia, se centra en la persona, el ser, los atributos y la Trinidad de Dios. Esta disciplina teológica no solo profundiza en la comprensión de quién es Dios, sino que también moldea nuestra perspectiva sobre otras áreas de la teología.

El atributo de la Espiritualidad de Dios es fundamental en la teología, ya que afirma que la naturaleza de Dios es espiritual y trasciende la materialidad y la composición física. Al describir a Dios como un ser espiritual, se establece que Él no tiene un cuerpo material ni está compuesto de materia. Este aspecto esencial de la teología nos ayuda a comprender la naturaleza incorpórea y trascendental de Dios.

En el contexto del Antiguo Testamento, prevalecía una práctica religiosa común entre las naciones, que consistía en la creación de ídolos físicos para albergar los espíritus de los dioses. Estos ídolos se erigían como puntos focales y lugares de conexión para la adoración y los sacrificios.

Sin embargo, la espiritualidad de Dios era distinta y única para los hebreos, quienes, según las Escrituras, celebraban una adoración sin necesidad de manifestaciones físicas. Yahveh no requería representaciones materiales para comunicarse con Su pueblo ni para recibir su devoción. En este sentido, el segundo mandamiento de la Ley de Dios dirigido a Su pueblo desautorizaba explícitamente la creación de ídolos y su adoración: *"...No te harás imagen, ni ninguna semejanza de cosa que esté arriba en el cielo, ni abajo en la tierra, ni en las aguas debajo de la tierra. No te inclinarás a ellas, ni las honrarás; porque yo, Jehová tu Dios, soy Dios celoso, que visito la maldad de los padres sobre los hijos hasta la tercera y cuarta generación de los que me aborrecen..."* (Éxodo 20:4,5).

Esta declaración bíblica sobre la espiritualidad de Dios representó un rechazo tajante a la idolatría y subrayó la naturaleza inmaterial de Dios como una perfección divina.

El uso de términos antropomórficos y antropopáticos en la Biblia para describir un Dios que es espíritu, de forma que se pueda comprender, es una estrategia lingüística para facilitar la comprensión humana de la naturaleza divina sin implicar una descripción literal del cuerpo o los sentimientos de Dios.

El "antropomorfismo", de "antropos", que significa "hombre"; "morfe", que significa "forma"; y el sufijo "ismo", que también significa "imitación de", emplea términos anatómicos humanos como "mano", "oído", "ojos" y "brazos" para ilustrar la acción y presencia de Dios de manera que los seres humanos puedan concebirlo mejor: *"He aquí que no se ha acortado la mano de Jehová para salvar, ni se ha agravado su oído para oír"* (Isaías 59:1).

Por otro lado, la "antropopatía", de "antropos", que significa "hombre"; "patía", de "pathos", se traduce como "sentimientos"; y el sufijo "ismo", que también significa "imitación de", atribuye sentimientos humanos a Dios, permitiendo transmitir conceptos complejos como el arrepentimiento, el dolor o la compasión de una manera más accesible para la mente humana: *"Y se arrepintió Jehová de haber hecho hombre en la tierra, y le pesó en su corazón"* (Génesis 6:6).

Es crucial entender que estos términos no indican que Dios posea un cuerpo físico ni experimente emociones humanas en el sentido literal. Más bien, son herramientas lingüísticas que nos ayudan a relacionarnos con lo divino de manera comprensible dentro de nuestros límites cognitivos y lingüísticos.

En los relatos del Nuevo Testamento, Jesús enfatizó la verdadera adoración basada en la espiritualidad y la verdad, más allá de los lugares físicos de adoración: *"Jesús le dijo: Mujer, créeme que la hora viene cuando ni en este monte ni en Jerusalén adoraréis al Padre. Vosotros adoráis lo que no sabéis; nosotros adoramos lo que sabemos... Pero la hora viene, y ahora es, cuando los verdaderos adoradores adorarán al Padre en espíritu y en verdad; pues también el Padre tales adoradores busca que le adoren. Dios es*

Espíritu; y los que le adoran, en espíritu y en verdad es necesario que le adoren" (Juan 4:21-24).

Estas palabras de Jesús reafirman la espiritualidad de Dios y la autenticidad de la adoración que se basa en la sinceridad del corazón y la conexión espiritual, más allá de los aspectos físicos o rituales.

La comprensión de la naturaleza espiritual de Dios es fundamental para la adoración y el culto apropiados. Como afirmaba John Wesley, Dios es Espíritu no solo en el sentido de estar desprovisto de cuerpo y sus propiedades, sino también por estar imbuido de todas las perfecciones espirituales como el poder, la sabiduría, el amor y la santidad. En consecuencia, nuestra adoración debe ser acorde con Su naturaleza espiritual, manifestándose a través de la fe, el amor y la santidad en todos nuestros aspectos, incluyendo temperamentos, pensamientos, palabras y acciones.

M.R. Vincent, en su comentario Word Studies in the New Testament sobre Juan 4:24, enfatiza que la afirmación *"Dios es espíritu"* describe la naturaleza divina más que la personalidad de Dios, equiparándola a expresiones similares como *"Dios es luz"* (1 Juan 1:5) o *"Dios es Amor"* (1 Juan 4:8), que se refieren a la esencia de Dios.

Paul Kretzmann agrega que "Dios es espíritu" denota una persona divina con todas las perfecciones que emanan de Sus atributos y se manifiestan en Su obra y adoración. Dios es un espíritu en el sentido de ser inmaterial, no un cuerpo o una sustancia corpórea. Su esencia espiritual trasciende a otros espíritus al ser inmenso, infinito y eterno, sin principio ni fin.

Albert Barnes, en sus Notes on the Bible, subraya que la espiritualidad de Dios implica Su falta de corporalidad y Su pureza, santidad e invisibilidad. Esta verdad es fundamental en la religión y contrasta con las concepciones burdas o materiales de Dios presentes en algunas culturas. Dado su carácter espiritual, Dios no habita en templos materiales ni depende de formas físicas.

Esta es una de las primeras verdades de la

religión, y una de las más sublimes jamás presentadas a la mente del hombre. Casi todas las naciones han tenido alguna idea de Dios como algo burdo o material, pero la Biblia declara que es un espíritu puro. Comprender a Dios como Espíritu implica una adoración genuina y espiritual, basada en la entrega del alma y el corazón, en lugar de en rituales externos o formalismos, tal como Dios mismo lo busca y demanda.

Joseph Benson, al interpretar la declaración "Dios es Espíritu", destaca la profundidad de la enseñanza de Cristo sobre la naturaleza divina y la adoración apropiada a Dios. Este concepto va más allá de las ideas filosóficas y nos presenta una comprensión sublime sobre el ser de Dios y cómo adorarlo. Benson explica que: 1. La espiritualidad de Dios se evidencia en Su naturaleza infinita y eterna como una mente suprema e inteligente. Dios es la Inteligencia suprema que conoce los pensamientos de todas las inteligencias y puede ser adorado en cualquier lugar debido a Su incorporeidad, inmaterialidad, invisibilidad e incorruptibilidad. Es más fácil describir lo que

Dios no es que lo que es, ya que Su naturaleza espiritual lo hace perfecto, infinito, eterno e independiente, además de ser el Padre de los espíritus. 2. La espiritualidad de Dios exige que el culto a Él sea también espiritual, reflejando Su naturaleza divina. Si no adoramos a Dios en espíritu, no le damos la gloria que merece y no realizamos un acto de adoración verdadero y aceptable. La adoración espiritual es la respuesta adecuada a la espiritualidad de Dios y es fundamental para obtener Su favor y aceptación.

Por lo tanto, comprender a Dios como Espíritu implica no solo reconocer su naturaleza espiritual, sino también adorarlo de manera espiritual, con el alma y el corazón entregados a Él, en lugar de enfocarnos en rituales externos o formas superficiales de adoración.

El Catecismo Menor de Westminster, en su pregunta 4, indaga sobre la esencia de Dios: ¿Qué clase de ser es Dios? La respuesta brindada enfatiza que Dios es Espíritu, posee atributos infinitos, eternos e inmutables en su ser, sabiduría, poder, santidad, justicia, bondad y verdad.

La naturaleza espiritual de Dios es destacada en contraste con la limitación sensorial humana. Dios está más allá de lo que podemos percibir físicamente, ya que no puede ser equiparado con aspectos como estatura, edad, peso o forma. Esta incapacidad radica en el intento humano de confinar a Dios en conceptos limitados y materiales.

Wayne Grudem profundiza en la espiritualidad de Dios al señalar que esta condición implica una existencia única y superior a todo lo creado. Dios, como espíritu, carece de materia, partes o dimensiones, y escapa a la percepción de nuestros sentidos físicos, siendo supremo sobre cualquier otra forma de existencia.

La espiritualidad divina exige abstenerse de atribuirle a Dios cualquier forma humana o terrenal. La declaración "Dios es Espíritu" desafía nuestra tendencia a controlar, encasillar y medir, recordándonos la naturaleza indomable e inmanipulable de Dios.

Al identificar a Dios como invisible, la Biblia

ratifica su naturaleza espiritual:

El apóstol Pablo describe a Cristo como la imagen del Dios invisible en Colosenses 1:15: *"El cual es la imagen del Dios invisible, el primogénito de toda criatura"*, destacando que Cristo encarna la manifestación visible de un Dios que trasciende lo material y se manifiesta en lo espiritual.

En 1 Timoteo 1:17, Pablo resalta la inmortalidad e invisibilidad de Dios, reconociendo Su singularidad y sabiduría eternas: *"Por tanto, al Rey de los siglos, inmortal, invisible, al único y sabio Dios, sea honor y gloria por los siglos de los siglos. Amén"*. Esta afirmación subraya la incapacidad de los sentidos humanos para percibir directamente a Dios, ya que Él está más allá de lo visible y tangible.

Ambos versículos enfatizan la dimensión espiritual de Dios, revelando que Él está por encima de lo físico y material, siendo objeto de adoración por Su naturaleza eterna e invisible.

John Gill, reconocido por su "Exposición

Bíblica", subraya que la adoración en el Nuevo Testamento se lleva a cabo en espíritu y verdad, siendo este el único método verdadero, sólido y estable de adoración. Esta afirmación indica un cambio significativo con respecto a las prácticas religiosas del Antiguo Testamento, donde se daba énfasis a las formas externas, los sacrificios animales, las normas rituales de los altares, los sacerdocios levíticos, entre otros elementos tangibles. En contraste, la adoración en espíritu se enfoca en la condición interior del corazón y la mente del individuo.

El énfasis en la espiritualidad de la adoración encuentra su fundamento en la naturaleza misma de Dios, quien es un ser invisible. Por consiguiente, el Padre anhela que sus adoradores lo sirvan de manera íntima y sincera, demostrando así la autenticidad de su fe en Cristo en lo más profundo de sus seres, ya que Él mismo es un ser espiritual.

El acto de adoración apropiado implica dirigir el espíritu, el corazón, la mente y los pensamientos hacia Dios, entablando un diálogo personal con Él como si fuera una persona. Este tipo de relación íntima y directa, sin intermediarios humanos, representa la esencia de la adoración neotestamentaria hacia un Dios que es Espíritu. El versículo clave que fundamenta esta comprensión es Juan 4:24, donde Jesús proclama: *"Dios es Espíritu; y los que le adoran, en espíritu y en verdad es necesario que le adoren"*.

La Santidad de Dios

La noción de santidad en la teología hebrea y cristiana se enmarca en la palabra hebrea וְקֹדֶשׁ

(cadosh), derivada de la raíz "cad" que denota "cortar" o "separar". Este término, prominente en el Antiguo Testamento, se aplica primordialmente a Dios, manifestando una de las cualidades más sobresalientes de Su naturaleza, Su trascendencia, en el sentido de que Su naturaleza es tan inmensamente santa que lo coloca por encima de toda la humanidad. En el Nuevo Testamento, la palabra "ἅγιος" (hagios) refleja esta misma idea.

El concepto de "santo" puede entenderse en dos vertientes significativas:

En primer lugar, se atribuye la designación de "santo" a aquellos que cumplen un estándar moral elevado y ejemplar. Esto implica una persona de virtud destacada, un modelo a seguir en términos éticos y de comportamiento. El Salmo 24:3-6 ilustra esta perspectiva al exaltar la pureza de corazón y conducta como requisitos para acercarse a Dios: *"¿Quién subirá al monte de Jehová? ¿Y quién estará en su lugar santo? El limpio de manos y puro de corazón; el que no ha elevado su alma a cosas vanas, ni jurado con engaño. Él recibirá bendición de Jehová, y justicia del Dios de salvación. Tal es la generación de los que le buscan, de los que buscan tu rostro, oh, Dios de Jacob"*.

En segundo lugar, la palabra "santo" se aplica primordialmente a Dios en virtud de Su posición soberana y separada con respecto a la creación. Dios es "santo" en el sentido de estar separado y distinto de toda Su creación. Esta dimensión de santidad divina implica una separación absoluta y eterna de todo pecado y contaminación moral.

Es importante destacar que la santificación no se limita simplemente a una cualidad moral o religiosa, sino que refleja la posición o relación única entre Dios y todo lo demás en la creación. La santidad de Dios radica en Su trascendencia y perfección, representando una separación divina que lo distingue como el Ser supremo y libre de toda impureza.

La noción de santidad se manifiesta como un acto de separación, denotando el significado de "santo" del hebreo שקדו (cadosh), que se refiere a aquello que está distanciado de lo profano. Este concepto ilustra la existencia de dos esferas irreconciliables, representando una división entre lo divino y lo mundano.

Un ejemplo claro de esta separación se encuentra en Deuteronomio 14:2, donde se describe a Israel como un pueblo "cadosh" o separado, elegido por el Señor como Su propiedad: *"Porque un pueblo santo (cadosh) eres para el Señor, tu Dios, y a ti te ha elegido el Señor para que seas para Él pueblo de su propiedad de entre todos los pueblos sobre la faz de la tierra"*. Esta elección divina es lo que distingue a Israel como santo, marcado por la posesión exclusiva de la santidad que emana de Dios.

Rudolf Otto, reconocido teólogo luterano alemán y estudioso de las religiones comparadas, introdujo el término "numinoso" en su obra Das Heilige ("La idea de lo Santo"), basado en el latín "numen", que se refiere a un poder divino. La noción de "lo numinoso" se refiere a una experiencia no racional ni sensorial, donde lo santo se manifiesta como algo completamente único e incomparable, separado y distinto como "el totalmente otro".

Isaías 57:15 presenta a Dios como el "Alto y Sublime" cuyo nombre es "el Santo", habitando en la eternidad y la santidad: *"Porque así dijo el Alto y Sublime, el que habita la eternidad, y cuyo nombre es el Santo: Yo habito en la altura y la santidad..."*, lo cual resalta Su trascendencia absoluta sobre la creación y Su separación inherente como el "No próximo".

La santidad, como atributo esencial de Dios, forma parte de Su ser intrínseco. Dios es santo en Su esencia, siendo Su naturaleza misma santa. Esta santidad divina se opone naturalmente a todo defecto o imperfección moral, revelando la pureza absoluta de Dios y Su incapacidad para tolerar el mal.

Habacuc 1:13 enfatiza la pureza de Dios, mostrando que Él es completamente limpio de ojos para ver el mal y no puede tolerar la iniquidad: *"Muy limpio eres de ojos para ver el mal, ni puedes ver el agravio..."*. Esto subraya la naturaleza inmutable de la santidad divina y Su perfección moral sin mancha.

La santidad es un atributo divino que se destaca en las Escrituras al llamar a Dios "El Santo". Esta designación refleja la suma de todas las excelencias morales que se encuentran en Él, manifestando una pureza absoluta sin la menor sombra de pecado.

El versículo de 1 Juan 1:5 afirma que *"Dios es luz, y no hay ningunas tinieblas en él"*, resaltando la completa ausencia de impureza en la naturaleza divina.

Asimismo, en Salmo 89:35, Dios mismo jura por su santidad como la máxima expresión de

Su ser: *"Una vez he jurado por mi santidad"*.

La santidad divina abarca todas las manifestaciones de Dios, tanto en Su bondad y gracia como en Su justicia e ira. Esta perfección es descrita en pasajes como Éxodo 15:11, donde se proclama la "majestuosa santidad" de Dios: *"¿Quién como tú, oh, Jehová, entre los dioses? ¿Quién como tú, magnífico en santidad, terrible en maravillosas hazañas, hacedor de prodigios?"*. La palabra "*magnífico*" deriva del latín "magnificus", que significa "espléndido" o "admirable", y está asociada con la grandeza y majestuosidad de Dios en Su santidad. Esta magnificencia resalta la imponente presencia divina que se manifiesta en Su perfección moral y en las maravillas que realiza.

En 1735, Jonathan Edwards presentó un sermón basado en el Salmo 46:10: "Estad quietos y sabed que yo soy Dios". A partir de este texto, desarrolló una doctrina que destacaba la supremacía y soberanía divina:

La consideración fundamental de que Dios es Dios tiene el poder suficiente para mitigar cualquier objeción o resistencia contra las disposiciones soberanas divinas. Esta reflexión lleva a entender a Dios como un Ser majestuoso cuya existencia pura, absoluta, sin causa y eterna implica un poder, conocimiento y santidad infinitos.

Jonathan Edwards argumentó que la observación de las obras de Dios revela la infinitud de Su entendimiento y poder. Al ser infinitamente poderoso y entendido, debe ser perfectamente santo, ya que la falta de santidad implica algún tipo de defecto o ceguera. La ausencia de oscuridad o engaño en Dios lo exime de cualquier imperfección moral y lo posiciona como esencialmente santo. Su infinitud en poder y conocimiento lo hace autosuficiente y todo suficiente, lo que lo vuelve incapaz de caer en la tentación de hacer algo mal, dado que no hay fin en su capacidad para hacer el bien.

Esta doctrina se fundamenta en la imposibilidad intrínseca de que Dios cometa actos inmorales. Es esencialmente santo, y esta santidad es reflejada en su vida por Jesucristo, a quien se refiere como "el santo y el justo", un título que enfatiza la perfecta santidad de Dios manifestada en la vida terrenal de Cristo.

En Hechos 3:14-15 se menciona a Jesús siendo el Santo y el Justo: *"Mas vosotros negasteis al Santo y al Justo, y pedisteis que se os diese un homicida, y matasteis al Autor de la vida, a quien Dios ha resucitado de los muertos, de lo cual nosotros somos testigos."* *El ser* negado y entregado para ser crucificado resalta aún más la incompatibilidad de Dios con el mal y la importancia de Su santidad en la revelación de Su carácter divino.

El Hombre Frente a la Santidad de Dios

La santidad de Dios provoca una respuesta inicial en las personas, generando un profundo sentido de su propia pecaminosidad. Cuando lo que no es santo se enfrenta a la santidad de Dios, se hace evidente y se adquiere conciencia de la propia imperfección. En la presencia de Dios, las tinieblas desaparecen y todo lo oculto queda expuesto.

Este choque entre lo imperfecto y lo perfecto conlleva a una percepción aguda de la propia falta y necesidad de redención. Aquel que no ha experimentado la presencia de la santidad divina puede carecer de esta conciencia profunda de su pecaminosidad.

John McArthur destacó que nadie puede permanecer indiferente ante la presencia de Dios sin enfrentarse profundamente con su propia naturaleza caída y pecaminosa. Relató el testimonio de un hombre que, mientras se afeitaba en el baño de su casa, experimentó, según él, una manifestación de la presencia divina. Pero el pastor McArthur no podía creerlo, ya que según el relato del hombre, la presencia de Dios era muy intensa, pero el hombre continuaba con su actividad como si nada.

Juan Calvino, un destacado reformador de la Iglesia, argumentó que el conocimiento de Dios como Creador es esencial para comprender nuestra propia humanidad y espiritualidad. Al reconocernos como hechos a imagen de Dios, es inevitable mirar hacia Aquel que nos creó y nos sostiene en todo momento. El entendimiento de nuestra naturaleza y propósito está intrínsecamente ligado al conocimiento de Dios como nuestro Creador y Redentor.

Ante la grandeza y la santidad de Dios, diversos personajes bíblicos reconocieron sus propias faltas y limitaciones. Este reconocimiento de pecado y humildad es evidente en varios pasajes de las Escrituras:

El patriarca Job, en su encuentro con Jehová, expresó su humildad y reconocimiento de su vileza ante la santidad de Dios. Job 40:3-4 registra sus palabras: *"He aquí que yo soy vil; ¿qué te responderé? Mi mano pongo sobre mi boca."*

El apóstol Pedro, después de experimentar un milagroso llenado de las redes de pesca, en respuesta a la palabra de Jesús, reconoció su pecaminosidad y se postró ante el Señor y dijo: *"Apártate de mí, Señor, porque soy hombre pecador."* (Lucas 5:4-8).

El profeta Isaías, en su visión de la presencia majestuosa de Dios en el templo, experimentó una profunda conciencia de su pecado y falta de pureza. Isaías 6:1-8 detalla esta experiencia donde Isaías exclamó: *"¡Ay de mí! que soy muerto; porque siendo hombre inmundo de labios... han visto mis ojos al Rey, Jehová de los ejércitos."*

Estos ejemplos reflejan la reacción natural de humildad y reconocimiento de pecado cuando el ser humano se enfrenta a la santidad y majestad de Dios. La experiencia de Isaías, en particular, muestra cómo la presencia de Dios lleva a una profunda toma de conciencia y arrepentimiento, así como a un compromiso con el servicio divino, como se ve en su respuesta: *"Heme aquí, envíame a mí."* (Isaías 6:8).

El Llamado Divino a la Santidad

El llamado a la santidad, un concepto esencial en la fe cristiana, representa la invitación divina a los seguidores de Dios para vivir una vida marcada por la pureza, la rectitud y la obediencia a los mandamientos y la voluntad divina. Este llamado a la santidad se encuentra expresado en distintos pasajes de la Biblia que enfatizan la naturaleza sagrada de Dios y la consiguiente necesidad de que sus seguidores reflejen esta santidad en sus vidas.

En Levítico 19:2, el Señor instruye a Moisés para que transmita a los hijos de Israel que deben ser santos, porque Él es santo: "Habló *Jehová a Moisés diciendo: Habla a toda la congregación de los hijos de Israel, y diles: Santos seréis, porque yo Jehová vuestro Dios soy santo.*" Esta declaración subraya la conexión intrínseca entre la santidad de Dios y la llamada a la santidad para su pueblo.

El llamado divino a la santidad conlleva un compromiso de vida que implica separarse del pecado y de las acciones malas. Este compromiso se expresa en 1 Pedro 1:15-16, donde se insta a los creyentes a ser santos en toda su conducta, refiriéndose a la santidad de Dios como el modelo a seguir: *"Sino, como aquel que os llamó es santo, sed también vosotros santos en toda vuestra manera de vivir; porque escrito está: Sed santos, porque yo soy santo."*

Es crucial entender que la santidad no se alcanza por esfuerzos humanos, sino que es un don otorgado por Dios, como lo expresa Romanos 6:22: *"Mas ahora que habéis sido libertados del pecado y hechos siervos de Dios, tenéis por vuestro fruto la santificación, y como fin, la vida eterna."* Aquí se destaca que la santificación es un fruto de la liberación del pecado y de ser siervos de Dios, llevando hacia la vida eterna.

2 Timoteo 1:9 resalta que este llamado santo no depende de nuestras acciones, sino del propósito divino y la gracia otorgada en Cristo Jesús desde antes de los tiempos. *"Quien nos salvó y llamó con llamamiento santo, no conforme a nuestras obras, sino según el propósito suyo y la gracia que nos fue dada en Cristo Jesús antes de los tiempos de los siglos."*

Finalmente, Efesios 4:23-24 llama a despojarse de la antigua manera de vivir para vivir según la justicia y santidad de Dios: *"En cuanto a la pasada manera de vivir, despojaos del viejo hombre, que está viciado conforme a los deseos engañosos, y renovaos en el espíritu de vuestra mente, y vestíos del nuevo hombre, creado según Dios en la justicia y santidad de la verdad.*" Esta renovación interna y externa refleja la transformación espiritual que la santificación produce en la vida del creyente.

La Confesión de Fe de Westminster, en su Capítulo 13, aborda el tema de la santificación, un proceso esencial en la vida de aquellos que han sido llamados eficazmente y regenerados por Dios. Este proceso de santificación implica una transformación real y personal en aquellos que han experimentado el cambio de corazón y espíritu, obra del Espíritu Santo y la obra redentora de Cristo. La santificación se logra por medio de la Palabra de Dios y la presencia del Espíritu Santo en la vida del creyente.

La santificación tiene un alcance completo sobre la totalidad de la persona, aunque en esta vida no se completa totalmente debido a la persistencia de la corrupción inherente en cada parte del ser humano. Esta realidad provoca una lucha constante entre los deseos de la carne y la obra del Espíritu Santo en la vida del creyente, una batalla que se manifiesta en una guerra espiritual interna.

A pesar del remanente de corrupción que

persiste en la vida del cristiano, los santificados son fortalecidos por el Espíritu de Cristo para crecer en gracia y perfeccionar la santidad en reverencia y temor a Dios. Esta obra de santificación refleja la obra continua y progresiva del Espíritu Santo en la vida del creyente, permitiendo un crecimiento constante en todas las virtudes salvíficas.

Vivimos delante de un Dios santo, que reclama de nosotros una vida en concordancia con esa santidad. Un día estaremos en Su presencia, adorándolo en medio de esa santidad, y proclamando: *"...Grandes y maravillosas son tus obras, Señor Dios Todopoderoso; justos y verdaderos son tus caminos, Rey de los santos. ¿Quién no te temerá, oh Señor, y glorificará tu nombre? pues sólo tú eres santo; por lo cual todas las naciones vendrán y te adorarán, porque tus juicios se han manifestado."* (Apocalipsis 15:3-4).

La Justicia de Dios

La justicia, en su sentido más elemental, implica la estricta observancia de la ley. Para los seres humanos, esto presupone la existencia de una ley a la cual deben someterse. Sin embargo, al hablar de justicia en relación con Dios, algunos exponen una pregunta: ¿Cómo puede Dios ser justo si no está sujeto a ninguna ley externa? La respuesta a esta interrogante es que, si bien no hay una ley superior a la autoridad de Dios, sí existe una ley intrínseca a Su ser, que sirve como el estándar supremo por el cual todas las demás leyes son juzgadas.

Dios es infinitamente justo en sí mismo, y Su justicia es la perfección por la cual Él se opone a cualquier violación de Su santidad. Esta rectitud es la que recibe el término específico de "justicia".

La justicia intrínseca al Ser de Dios constituye la base natural de Su justicia revelada al interactuar con Sus criaturas, y esta última es conocida como "la justicia de Dios".

1 Juan 2:29 afirma: *"Si sabéis que Él es justo, sabed también que todo el que hace justicia es nacido de Él"*. Este versículo destaca la relación entre la justicia divina y el carácter de aquellos que actúan conforme a la justicia.

La frecuente aparición de las palabras "justicia" (370 veces) y "justo" (221 veces) en la Biblia resalta la importancia de este concepto tanto en el Antiguo como en el Nuevo Testamento. Es un error considerar que la justicia de Dios es un concepto obsoleto que solo tiene relevancia en el pasado, ya que sigue siendo fundamental en la comprensión teológica tanto antigua como contemporánea.

Las Escrituras primordialmente establecen la justicia inherente de Dios como un principio fundamental. Es imperativo esclarecer la naturaleza divina de Dios. La revelación bíblica nos asegura que Él es equiparado a una roca, simbolizando su inamovilidad, estabilidad, constancia y solidez, tanto en sus atributos como en su obrar. Dios se caracteriza por ser una entidad cuya perfección es evidente en todas sus acciones, todas las cuales son rectas y justas. Su veracidad es indiscutible, siendo fiel, constante y confiable, sin tener en sí mismo ninguna falta moral ni reproche ético.

El texto de Deuteronomio 32:4,5 afirma: *"Él es la Roca, cuya obra es perfecta, Porque todos* sus caminos son rectitud; Dios de verdad, y sin ninguna iniquidad en él; Es justo y recto. La corrupción no es suya".

¿Cómo Dios aplica Su justicia?

Para captar la aplicación de la justicia divina, es crucial entender la condición espiritual del ser humano. La Biblia, tanto en el Antiguo como en el Nuevo Testamento, presenta una visión contundente de la depravación generalizada y la culpabilidad universal de la humanidad. Este retrato bíblico revela una total falta de justicia propia y una inclinación hacia el mal.

La Escritura proclama: *"Como está escrito: No hay justo, ni aun uno; No hay quien entienda, No hay quien busque a Dios. Todos se desviaron, a una se hicieron inútiles; No hay quien haga lo bueno, no hay ni siquiera uno. Sepulcro abierto es su garganta; Con su lengua engañan. Veneno de áspides hay debajo de sus labios; Su boca está llena de maldición y de amargura. Sus pies se apresuran para derramar sangre; Quebranto y desventura hay en sus caminos; Y no* conocieron camino de paz. *No hay temor de Dios delante de sus ojos.*" (Romanos 3:10-19; Salmo 14:1-3)

La santidad de Dios exige una respuesta inmediata de Su justicia cuando Sus criaturas actúan en contraposición a Su santidad. Es imperativo que los seres humanos tiemblen ante la santidad de Dios y las consecuencias de sus acciones pecaminosas.

Como Juez justo, Dios ejerce Su justicia dando la retribución debida al pecador. La Biblia advierte sobre la tremenda realidad de enfrentarse al juicio divino: *"Pues conocemos al que dijo: Mía es la venganza, yo daré el pago, dice el Señor. Y otra vez: El Señor juzgará a su pueblo. ¡Horrenda cosa es caer en manos del Dios vivo!"* (Hebreos 10:30,31)

La justicia divina implica una exposición total al juicio, la revelación de todo lo oculto y la certeza de que ningún acto injusto quedará impune ante Dios: *"Porque nada hay oculto, que no haya de ser manifestado; ni escondido, que no haya de ser conocido, y de salir a luz."* (Lucas 8:17)

La santidad de Dios exige la acción de su justicia, la cual Él aplica de forma justa tanto en aquellos que redimió por medio del sacrificio de Cristo como en aquellos que permanecieron condenados por causa de sus pecados.

"y ser hallado en él, no teniendo mi propia justicia, que es por la ley, sino la que es por la fe de Cristo, la justicia que es de Dios por la fe;" (Filipenses 3:9).

La Ira de Dios

La ira de Dios es la expresión de Su rechazo absoluto hacia todo lo que contradice Su santidad, bondad y justicia. Este rechazo es intrínseco a Su naturaleza divina, pues Dios ama lo que es santo, justo y bueno, y por ende detesta vehementemente todo lo opuesto. La ira divina no es una reacción impulsiva, sino una respuesta necesaria y justa de un Dios santo ante la maldad y la injusticia de las criaturas.

"Porque tú no eres un Dios que se complace en la maldad; El malo no habitará junto a ti. Los

insensatos no estarán delante de tus ojos; Aborreces a todos los que hacen iniquidad. Destruirás a los que hablan mentira; Al hombre sanguinario y engañador abominará Jehová." (Salmos 5:4-6)

La conexión entre los atributos divinos de santidad, bondad y justicia es crucial para comprender la ira de Dios. Su santidad implica una separación absoluta de lo malo y una dedicación total a lo bueno. Así, por Su justicia, Dios no puede actuar de manera injusta o parcial. Debido a esta perfecta coherencia en Sus atributos, Dios aborrece profundamente todo lo malo, ya que representa lo contrario de Su esencia y lo que Él ama.

Es importante señalar que la ira de Dios no se dirige solo al pecado en sí, sino también al pecador que lo comete. El pecado surge del corazón y las acciones del ser humano, y como resultado, Dios aborrece tanto el acto pecaminoso como al individuo que lo perpetra. Esto se refleja en pasajes como el Salmo 7:11-16, donde se describe la reacción divina hacia la maldad y la mentira, afirmando que la iniquidad y el engaño se vuelven contra el impío, cayendo sobre él mismo. *"Dios es juez justo, Y Dios está airado contra el impío todos los días. Si no se arrepiente, él afilará su espada; Armado tiene ya su arco, y lo ha preparado. Asimismo ha preparado armas de muerte, Y ha labrado saetas ardientes. He aquí, el impío concibió maldad, Se preñó de iniquidad, Y dio a luz engaño. Pozo ha cavado, y lo ha ahondado; Y en el hoyo que hizo caerá. Su iniquidad volverá sobre su cabeza, Y su agravio caerá sobre su propia coronilla"*, la ira de Dios es una manifestación de Su justicia y santidad, reflejando Su rechazo absoluto hacia todo lo contrario a Su naturaleza santa y amorosa.

La ira de Dios, lejos de ser un fenómeno limitado al Antiguo Testamento, perdura a lo largo de toda la Escritura debido a la inmutabilidad divina. Esta ira se manifiesta sobre aquellos que, por su incredulidad y falta de arrepentimiento, rechazan la verdad y persisten en la impiedad y la injusticia. En el Nuevo Testamento, encontramos claras referencias a la ira divina como consecuencia directa de las decisiones y acciones humanas. Por ejemplo:

Juan 3:36 establece que aquellos que rechazan creer en el Hijo están sujetos a la ira de Dios. *"El que cree en el Hijo tiene vida eterna; pero el que rehúsa creer en el Hijo no verá la vida, sino que la ira de Dios está sobre él."*

Asimismo, en Romanos 1:18, se revela que la ira de Dios se manifiesta desde el cielo contra la impiedad humana: *"Porque la ira de Dios se revela desde el cielo contra toda impiedad e injusticia de los hombres que detienen con injusticia la verdad;"* indicando que la misma ira está dirigida no solo hacia los pecados cometidos, sino también hacia quienes los perpetran.

En Romanos 2:5-6, se enfatiza que la ira de Dios se acumula contra aquellos que persisten en la dureza de corazón: *"Pero por tu dureza y por tu corazón no arrepentido, atesoras para ti mismo ira para el día de la ira y de la revelación del justo juicio de Dios, el cual pagará a cada uno conforme a sus obras"*, evidenciando así, una respuesta divina proporcional a las obras de cada individuo.

La ira de Dios no distingue entre pecado y pecador, como se expresa en Colosenses 3:5-7, donde se menciona que la ira de Dios recae sobre aquellos que practican el pecado, *"Haced morir, pues, lo terrenal en vosotros: fornicación, impureza, pasiones desordenadas, malos deseos y avaricia, que es idolatría; cosas por las cuales la ira de Dios viene sobre los hijos de desobediencia, en las cuales vosotros también anduvisteis en otro tiempo cuando vivíais en ellas."*

Sin embargo, la buena nueva del evangelio radica en que a través de Jesucristo somos liberados tanto del infierno como de la ira de Dios. La muerte expiatoria de Cristo nos reconcilia con Dios, transformándonos de enemigos a hijos amados. Esta reconciliación se manifiesta en un profundo amor divino, como se ilustra en Romanos 5:8-10, donde se destaca que, a pesar de nuestra condición pecadora, Cristo murió por nosotros. *"Mas Dios muestra su amor para con nosotros, en que, siendo aún pecadores, Cristo murió por nosotros. Pues mucho más, estando ya justificados en su sangre, por él seremos salvos de la ira. Porque si siendo enemigos, fuimos reconciliados con Dios por la muerte de su Hijo, mucho más, estando reconciliados, seremos salvos por su vida."*, lo cual conlleva una relación transformada con Dios, de enemistad a amistad y salvación eterna.

La ira de Dios, un atributo divino que se manifiesta como aborrecimiento hacia lo que es contrario a Su santidad, debe inspirarnos gratitud y alabanza por el hecho de que, a través de Su propio Hijo, Dios nos libera de Su ira y nos reconcilia con Él, otorgándonos salvación. La ira divina se equilibra con la paciencia de Dios, quien demora Su ira como muestra de Su misericordia y gracia hacia la humanidad inmersa en el pecado. En toda la Escritura se ve reflejado esto, como por ejemplo:

La paciencia de Dios, como se revela en Éxodo 34:6,7, *"Y pasando Jehová por delante de él, proclamó: ¡Jehová! ¡Jehová! fuerte, misericordioso y piadoso; tardo para la ira, y grande en misericordia y verdad; que guarda misericordia a millares, que perdona la iniquidad, la rebelión y el pecado, y que de ningún modo tendrá por inocente al malvado; que visita la iniquidad de los padres sobre los hijos y sobre los hijos de los hijos, hasta la tercera y cuarta generación"*, refleja Su carácter misericordioso y compasivo, y tardo para la ira, permite que abunde en misericordia y perdón, aunque tampoco deja impune la maldad persistente.

Esta paciencia es motivo de agradecimiento y reverencia, ya que, como indica el Salmo 130:3,4 *"JAH, si mirares a los pecados, ¿Quién, oh Señor, podrá mantenerse? Pero en ti hay perdón, para que seas reverenciado."* Si Dios tratara el pecado sin misericordia, nadie podría permanecer ante Él.

La paciencia divina es una manifestación constante de Su misericordia y fidelidad, como se expresa en Lamentaciones 3:22,23: *"Por la misericordia de Jehová no hemos sido consumidos, porque nunca decayeron sus misericordias. Nuevas son cada mañana;*

grande es tu fidelidad."

Sin embargo, es crucial entender que la paciencia de Dios no equivale a tolerancia indefinida del pecado. Aunque Dios demora Su ira, como se expresa en Números 14:18, *"Jehová, tardo para la ira y grande en misericordia, que perdona la iniquidad y la rebelión, aunque de ningún modo tendrá por inocente al culpable; ..."* y desea que todos lleguen al arrepentimiento según 2 Pedro 3:9, *"El Señor no retarda su promesa, según algunos la tienen por tardanza, sino que es paciente para con nosotros, no queriendo que ninguno perezca, sino que todos procedan al arrepentimiento."* Su justicia exige que el pecado sea juzgado. La paciencia divina no implica que la consecuencia del pecado será eludida, sino que Dios ofrece oportunidad para el arrepentimiento y la restauración.

El apóstol Pablo, en Romanos 2:4-9, presenta una exhortación enfática a aquellos que no se someten a la verdad revelada por Dios a través de Jesucristo. *"¿O menosprecias las riquezas de su benignidad, paciencia y longanimidad, ignorando que su benignidad te guía al arrepentimiento? Pero por tu dureza y por tu corazón no arrepentido, atesoras para ti mismo ira para el día de la ira y de la revelación del justo juicio de Dios, el cual pagará a cada uno conforme a sus obras: vida eterna a los que, perseverando en bien hacer, buscan gloria y honra e inmortalidad, pero ira y enojo a los que son contenciosos y no obedecen a la verdad, sino que obedecen a la injusticia; tribulación y angustia sobre todo ser humano que hace lo malo."* Así, la vida eterna aguarda a quienes buscan la gloria, honra e inmortalidad en Dios, mientras que la ira y el enojo están destinados a los que desobedecen la verdad y practican la injusticia.

Por su parte, el profeta Sofonías, en su relato detallado en Sofonías capítulos 1, 2 y 3, describe el día de la ira de Dios, un evento de destrucción y juicio sobre la humanidad que ha rechazado a Dios y se ha entregado a la maldad. La profecía enfatiza que ninguna persona o entidad escapará de esta ira, pues Dios ejecutará Su juicio sobre los impíos y los que se apartan de Él.

Esta perspectiva revela la determinación de la ira divina, que se manifiesta como un acto justo de juicio y castigo contra la rebelión y la maldad. Ante esta realidad, la advertencia de Hebreos 10:31 resuena con fuerza: *"¡Horrenda cosa es caer en manos del Dios vivo!"*, subrayando la gravedad y el temor justificado frente a la ira divina que se avecina sobre los que persisten en la injusticia y la desobediencia.

El Amor de Dios

El concepto de ἀγάπη (ágape), que en griego se refiere al amor de Dios, abarca la perfección a través de la cual Él manifiesta toda Su bondad hacia Sus criaturas. En la Biblia, se establece que el amor no es solo una cualidad de Dios, sino que constituye parte intrínseca de Su naturaleza:

En 1 Juan 4:8 se expresa que el amor emana de Dios: *"Amados, amémonos unos a otros; porque el amor es de Dios. Todo aquel que ama, es nacido de Dios, y conoce a Dios. El que no ama, no ha conocido a Dios; porque Dios es amor"*. Esta conexión entre amor y origen divino resalta que Dios no necesita un motivo externo para amar, ya que el amor es intrínseco a Su ser.

El libro de Deuteronomio 7:7-8 subraya que la elección y el amor de Dios hacia Su pueblo no se basaron en méritos humanos: *"No por ser vosotros más que todos los pueblos, os ha querido Jehová y os ha escogido, pues vosotros erais el más insignificante de todos los pueblos; sino por cuanto Jehová os amó"*. Este pasaje recalca que el amor divino es independiente de cualquier condición humana.

1 Juan 4:19 amplía esta idea al afirmar que *"Nosotros le amamos a él, porque él nos amó primero"*, lo cual refleja la iniciativa divina en el amor. Además, Jeremías 31:3 destaca el carácter eterno y prolongado del amor de Dios hacia Su pueblo, revelando una dimensión duradera y constante de Su amor, *"Jehová se manifestó a mí hace ya mucho tiempo, diciendo: Con amor eterno te he amado; por tanto, te prolongué mi misericordia."*

En Efesios 1:4-5, se expone que Dios nos escogió y predestinó en amor: *"según nos escogió en él antes de la fundación del mundo, para que fuésemos santos y sin mancha delante de él, en amor habiéndonos predestinado para ser adoptados hijos suyos por medio de Jesucristo, según el puro afecto de su voluntad"*, evidenciando la conexión entre la elección divina y el afecto incondicional de Su voluntad y amor.

Todos estos pasajes bíblicos revelan la naturaleza del amor divino como espontáneo, gratuito, inmotivado y eterno, que trasciende cualquier condición humana y se manifiesta como una expresión fundamental de la esencia misma de Dios.

El amor de Dios, siendo soberano como Él mismo, refleja su carácter independiente y autónomo. La Escritura declara que Dios no está limitado por ninguna obligación externa en su amor; más bien, ama a quien escoge según Su voluntad soberana:

Romanos 9:13 ilustra esta soberanía divina en el amor, donde se menciona *"A Jacob amé, más a Esaú aborrecí"*, enfatizando la libertad absoluta de Dios en su amor y elección.

Además, el amor de Dios es profundo y trasciende el entendimiento humano. Efesios 3:17-19 describe la imposibilidad de medir la plenitud del amor divino. *"...arraigados y cimentados en amor, seáis plenamente capaces de comprender con todos los santos cuál sea la anchura, la longitud, la profundidad y la altura, y de conocer el amor de Cristo, que excede a todo conocimiento, ..."*

Juan 3:16 resalta la intensidad del amor divino al entregar a Su Hijo único como muestra máxima de Su amor hacia el mundo: *"Porque de tal manera amó Dios al mundo, que ha dado a su Hijo unigénito, ..."*

Este amor divino también es inmutable; nada puede alterar su constancia y fidelidad hacia Sus hijos, como expresa Romanos 8:35,38-39: *"¿Quién nos separará del amor de Cristo? ¿Tribulación, o angustia, o persecución, o hambre, o desnudez, o peligro, o espada?... Por lo cual estoy seguro de que ni la muerte, ni la vida, ni ángeles, ni principados, ni potestades, ni lo presente, ni lo por venir, ni lo alto, ni lo profundo, ni ninguna otra cosa creada nos podrá separar del amor de Dios, que es en Cristo Jesús Señor nuestro.*" Aquí se subraya la firmeza e inalterabilidad de Su amor.

Jesús, como manifestación suprema del amor divino, demostró este amor en su entrega hasta el final, como se describe en Juan 13:1: *"cómo había amado a los suyos que estaban en el mundo, los amó hasta el fin."*

El amor de Dios no está basado en meros sentimientos, sino en Su carácter y naturaleza eternos. Incluso en la disciplina, el amor de Dios se manifiesta como corrección paterna para aquellos a quienes Él ama. *"Porque el Señor al que ama, disciplina, y azota a todo el que recibe por hijo."* (Hebreos 12:6).

La Cruz, a menudo asociada con maldición debido a la referencia en Gálatas 3:13, que dice "maldito todo aquel que es colgado en un madero", revela, para aquellos que creen, la profundidad y la plenitud del amor divino. Este amor se manifiesta de manera extraordinaria en el sacrificio de Cristo en la Cruz:

Juan 3:16 presenta el acto supremo del amor de Dios al entregar a Su Hijo unigénito para la salvación del mundo: *"Porque de tal manera amó Dios al mundo, que ha dado a su Hijo unigénito, ..."*

1 Juan 4:10 enfatiza que Dios nos amó primero y envió a Su Hijo como propiciación por nuestros pecados, mostrando la iniciativa divina en la redención humana. *"...Él nos amó a nosotros, y envió a su Hijo en propiciación por nuestros pecados..."*

1 Timoteo 2:5-6 destaca que Cristo se entregó como rescate por todos, evidenciando la amplitud de Su amor redentor que abarca a toda la humanidad. *"...Jesucristo hombre, el cual se dio a sí mismo en rescate por todos, ..."*

Marcos 10:45 resalta que Jesucristo vino al mundo no para ser servido, sino para servir y dar Su vida como rescate por muchos, revelando así Su amor sacrificial. *"...Porque el Hijo del Hombre no vino para ser servido, sino para servir, y para dar su vida en rescate por muchos."*

Gálatas 2:20 expresa la entrega total de Cristo por nosotros, demostrando Su amor y sacrificio personal como base de nuestra fe.

Además, Romanos 5:5 enseña que el amor de Dios se vierte en nuestros corazones por medio del Espíritu Santo, permitiéndonos experimentar y comprender la magnitud de Su amor en nuestras vidas. *"...porque el amor de Dios ha sido derramado en nuestros corazones por el Espíritu Santo que nos fue dado."*

¿Cuál Es la Mayor Prueba del Amor de Dios?

La mayor prueba del amor de Dios se manifiesta en el envío de Su Hijo único al mundo para morir como propiciación por nuestros pecados, revelando así el alcance y la profundidad de Su amor por la humanidad:

1 Juan 4:9-10 subraya que Dios envió a Su Hijo unigénito al mundo como muestra de Su amor hacia nosotros. *"En esto se mostró el amor de Dios para con nosotros, en que Dios envió a su Hijo unigénito al mundo, para que vivamos*

por él. En esto consiste el amor: no en que nosotros hayamos amado a Dios, sino en que Él nos amó a nosotros, y envió a su Hijo en propiciación por nuestros pecados."

Este acto de amor divino tiene un costo significativo, como lo expresa 1 Corintios 6:20: *"...Porque habéis sido comprados por precio; glorificad, pues, a Dios en vuestro cuerpo y en vuestro espíritu, los cuales son de Dios..."* Fuimos comprados por un precio; por tanto, Dios nos insta a glorificar a Dios tanto en nuestro cuerpo como en nuestro espíritu, ya que ahora somos de Él debido al precio pagado por nuestra redención.

1 Pedro 1:18-21 detalla que fuimos rescatados no con bienes materiales como oro o plata, sino con la sangre preciosa de Cristo: *"sabiendo que fuisteis rescatados de vuestra vana manera de vivir, la cual recibisteis de vuestros padres, no con cosas corruptibles, como oro o plata, sino con la sangre preciosa de Cristo, como de un cordero sin mancha y sin contaminación, ya destinado desde antes de la fundación del mundo, pero manifestado en los postreros*

tiempos por amor de vosotros, y mediante el cual creéis en Dios, quien le resucitó de los muertos y le ha dado gloria, para que vuestra fe y esperanza sean en Dios.” Ahora tenemos la oportunidad de creer y tener esperanza en Él.

Además, 1 Corintios 7:23 *“Por precio fuisteis comprados...”* recalca que fuimos comprados por un precio, recordándonos el valor inmenso de nuestro rescate mediante la obra de Cristo en la cruz.

El término "acta de los decretos" en Colosenses 2:14 representa simbólicamente la deuda y los cargos en contra de la humanidad, una deuda que solo podía ser saldada por el sacrificio perfecto de Jesucristo. *“anulando el acta de los decretos que había contra nosotros, que nos era contraria, quitándola de en medio y clavándola en la cruz.”* Al ser clavada en la cruz, esta deuda es anulada y quitada de en medio, mostrando públicamente que ya no estamos sujetos a la condena que esa deuda representaba.

En conclusión, el amor de Dios hacia la humanidad es la manifestación suprema de Su naturaleza divina. A través del envío de Su Hijo único como propiciación por nuestros pecados, Dios reveló la profundidad de Su amor inmutable y soberano. Esta demostración de amor sacrificial trasciende todo entendimiento humano y nos lleva a comprender que nuestra redención no fue gratuita, sino que fue adquirida con un precio inestimable: la vida misma de Jesucristo.

El amor de Dios se manifiesta no solo en la liberación de nuestra deuda espiritual, sino también en el hecho de que Él nos amó primero, incluso cuando éramos pecadores. Este amor transformador nos capacita para vivir en comunión con Él y para glorificarle en cuerpo y espíritu. En la cruz, vemos la mayor prueba de amor que jamás se haya conocido, un amor que nos libera del pecado, nos reconcilia con Dios y nos ofrece la esperanza de una vida eterna en Su presencia.

CAPITULO XI
LA DOCTRINA DE LA TRINIDAD

La doctrina de la Trinidad, como pilar fundamental del Cristianismo, sostiene que Dios es una entidad única en esencia y existente como tres personas distintas: el Padre, el Hijo y el Espíritu Santo. Esta doctrina, esencial para la fe cristiana, encapsula tres verdades esenciales:

Primero, reconoce que el Padre, el Hijo y el Espíritu Santo son entidades individuales, cada una con atributos, roles y funciones propios dentro de la divinidad. Segundo, afirma que cada una de estas tres personas es completamente Dios, compartiendo plenamente la naturaleza divina sin detrimento o división. Y tercero, enfatiza que a pesar de la pluralidad de personas dentro de la Trinidad, existe un único Dios supremo.

El término "persona" en la doctrina trinitaria no implica una condición humana para Dios el Padre o el Espíritu Santo, sino más bien señala que cada miembro de la Trinidad posee una individualidad completa y activa dentro de la divinidad. Esta individualidad se manifiesta en la forma en que cada persona piensa, actúa, se relaciona y se comunica, resaltando así su personalidad distintiva dentro de la unidad trinitaria.

La afirmación de que las tres personas comparten la misma esencia divina se refiere a la realidad intrínseca e inmutable que define la naturaleza de Dios. Esta esencia única e indivisible es lo que identifica y caracteriza el ser de Dios en su plenitud. Además, cada miembro de la Trinidad comparte igualmente todos los atributos divinos como la eternidad, omnisciencia, omnipotencia y omnipresencia, entre otros, lo que confirma su divinidad completa y absoluta.

Las Escrituras bíblicas respaldan la igualdad divina de las tres personas de la Trinidad, reconociendo al Padre, al Hijo y al Espíritu Santo como Dios de manera simultánea y sin contradicciones. Esta comprensión trinitaria no solo subraya la unicidad de Dios, sino también la complejidad y riqueza de su naturaleza triuna.

La Trinidad, siendo un dogma en el Cristianismo, representa una verdad inmutable y fundamental que forma parte integral de la fe cristiana ortodoxa. Esta doctrina es considerada como un principio incuestionable y esencial dentro del sistema de creencias cristianas, siendo central en la comprensión de la naturaleza de Dios para las iglesias cristianas verdaderas.

La Trinidad Ontológica representa la igualdad fundamental entre cada Persona de la Divinidad, basada en el concepto de "ontología", que se refiere al estudio del ser y su esencia. En este contexto, al afirmar que las Personas de la Trinidad comparten la misma naturaleza divina, se concluye que todas son igualmente Dios y por tanto son ontológicamente iguales.

Dentro de la Trinidad Ontológica, cada una de las tres Personas comparte plenamente las mismas cualidades y atributos esenciales, como capacidad, poder, sabiduría, fuerza, importancia y gloria. Esta igualdad ontológica resalta la completa divinidad de cada miembro de la Trinidad, ya que comparten la misma esencia divina y son igualmente dignos de adoración y honor.

Por otro lado, la Trinidad Económica se refiere a la relación funcional y los roles específicos que cada Persona de la Trinidad desempeña en la obra de la creación, la salvación, la santificación y otros aspectos relacionados. El término "económica" deriva del griego "oikonomía", de *Oikos* que significa *"casa"* y *"nomos"* que significa *"ley"* entonces economía significa "la ley de la casa" y se relaciona con la gestión de roles y responsabilidades dentro de una familia.

En el contexto de la Trinidad, la Economía Trinitaria aborda las interacciones y roles particulares que cada Persona desempeña dentro de la actividad divina. Aunque todas las Personas son iguales en su naturaleza divina, tienen funciones distintas y complementarias dentro del plan redentor de Dios.

Es crucial destacar que, mientras cada Persona de la Trinidad comparte la misma esencia divina y por tanto es igual en poder y gloria, las diferencias se encuentran en los roles específicos que cada una asume en el cumplimiento de los propósitos divinos. Esta comprensión de la Trinidad no solo subraya la unidad y coherencia interna de Dios, sino también la diversidad funcional y complementaria que enriquece su acción en el mundo y en la vida de sus seguidores.

Un Resumen de las Funciones de las Personas de la Trinidad

1. El PADRE

Las funciones del Padre en la Trinidad se destacan por su papel único y primordial en la dinámica divina. El Padre no es engendrado ni procede de nadie, lo cual lo distingue como la fuente original y eterna. A su vez, es el que envía al Hijo y al Espíritu Santo, pero nunca es enviado por ellos, evidenciando su autoridad y preeminencia en la Trinidad. Aunque utiliza al Espíritu Santo como medio para sus acciones eficaces, nunca actúa como medio para las actividades de las otras personas.

- Del Padre proceden todas las cosas, Él es la causa absoluta:

El Padre es la fuente de todas las cosas, siendo la causa absoluta de la existencia. Como se menciona en 1 Corintios 8:6: *"para nosotros, sin embargo, solo hay un Dios, el Padre, del cual proceden todas las cosas.."*. Este versículo subraya la supremacía del Padre como la raíz de toda creación y vida.

- El Padre es el arquitecto de toda la obra de la creación:

El profeta Isaías resalta el papel del Padre como el Creador de los cielos y la tierra, así como el sustentador de toda vida, revelando su autoridad y dominio sobre toda la creación. *"Así dice Jehová Dios, Creador de los cielos, y el que los despliega; el que extiende la tierra y sus productos; el que da aliento al pueblo que mora sobre ella, y espíritu a los que por ella andan"* (Isaías 42:5),

- Del Padre es el designio de la obra de redención:

Efesios 1:3-6 enfatiza el plan redentor del

Padre a través de Jesucristo, quien nos bendice con toda bendición espiritual. *"Bendito sea el Dios y Padre de nuestro Señor Jesucristo, que nos bendijo con toda bendición espiritual en los lugares celestiales en Cristo..."*, muestra cómo el Padre nos predestinó para ser adoptados como sus hijos, revelando su amor y gracia en el plan de redención.

- Del Padre era el plan de hacernos Sus hijos:

1 Juan 1:1,2 expresa el amor del Padre al llamarnos sus hijos. *"Mirad cuál amor nos ha dado el Padre, para que seamos llamados hijos de Dios; por esto el mundo no nos conoce, porque no le conoció a él. Amados, ahora somos hijos de Dios, y aún no se ha manifestado lo que hemos de ser; pero sabemos que cuando él se manifieste, seremos semejantes a él, porque le veremos tal como él es"*, destacando su relación paternal y nuestro destino como sus hijos en la plenitud de su amor y conocimiento.

2. El HIJO, Jesucristo

En la doctrina trinitaria, el Hijo, ocupa una

posición singular y esencial. Su existencia eterna se manifiesta en su engendramiento eterno del Padre, un acto atemporal que subraya su naturaleza divina. Al ser llamado Hijo de Dios, se reconoce su divinidad inherente, pues el Hijo Único de Dios no puede ser menos que Dios mismo. La engendración del Hijo por parte del Padre refleja la naturaleza divina del Padre, lo que exige que el Hijo comparta esa misma divinidad. La Escritura revela este misterio en Hebreos 1:5 *"Porque ¿a cuál de los ángeles dijo Dios jamás: Mi Hijo eres tú, Yo te he engendrado hoy, y otra vez: Yo seré a él Padre, Y él me será a mí hijo?"* (Hebreos 1:5)

En Juan 1:14, 18, se declara que el Verbo se hizo carne, siendo el unigénito del Padre y revelando su gloria. *"Y aquel Verbo fue hecho carne, y habitó entre nosotros (y vimos su gloria, gloria como del unigénito del Padre), lleno de gracia y de verdad... A Dios nadie le vio jamás; el unigénito Hijo, que está en el seno del Padre, él le ha dado a conocer."* Esta declaración también resalta la relación íntima y eterna entre el Padre y el Hijo.

- El Hijo es la imagen misma de Dios:

La biblia destaca que Cristo es la manifestación visible de la naturaleza divina, siendo el resplandor de la gloria de Dios y la imagen exacta de su ser. Esto se expresa en los siguientes versículos:

2 Corintios 4:4, *"en los cuales el dios de este siglo cegó el entendimiento de los incrédulos, para que no les resplandezca la luz del evangelio de la gloria de Cristo, el cual es la imagen de Dios."*

Colosenses 1:15, *"Él es la imagen del Dios invisible, el primogénito de toda creación."*

Hebreos 1:3, *"el cual, siendo el resplandor de su gloria, y la imagen misma de su sustancia, y quien sustenta todas las cosas con la palabra de su poder, habiendo efectuado la purificación de nuestros pecados por medio de sí mismo, se sentó a la diestra de la Majestad en las alturas,".*

- El Hijo es el agente creador de todas las cosas:

Esta enseñanza confirma la participación activa del Hijo en la obra creadora, revelando su poder y soberanía sobre la creación. Esto se revela en los versículos que subrayan que todas las cosas fueron creadas por medio del Hijo:

Juan 1:1-3, *"En el principio era el Verbo, y el Verbo era con Dios, y el Verbo era Dios. Éste era en el principio con Dios. Todas las cosas por él fueron hechas, y sin él nada de lo que ha sido hecho, fue hecho."*

1 Corintios 8:6, *"para nosotros, sin embargo, sólo hay un Dios, el Padre, del cual proceden todas las cosas, y nosotros somos para él; y un Señor, Jesucristo, por medio del cual son todas las cosas, y nosotros por medio de él."*

- El Hijo es quien se encarnó, se hizo hombre, para salvarnos:

Estos textos resaltan la encarnación del Hijo y como tomó forma de hombre para redimir a la humanidad:

"Y aquel Verbo fue hecho carne, y habitó entre nosotros (y vimos su gloria, gloria como del unigénito del Padre), lleno de gracia y de

verdad." Juan1:14

"el cual, siendo en forma de Dios, no estimó el ser igual a Dios como cosa a que aferrarse, sino que se despojó a sí mismo, tomando forma de siervo, hecho semejante a los hombres; y estando en la condición de hombre, se humilló a sí mismo, haciéndose obediente hasta la muerte, y muerte de cruz." Filipenses 2:6-8

En resumen, la figura del Hijo en la Trinidad es inseparable de su divinidad, su función como Creador y su obra redentora a través de la encarnación. Estos aspectos revelan la complejidad y la profundidad de la relación entre las personas de la Trinidad en la economía divina.

3. EL ESPÍRITU SANTO

El Espíritu Santo, en la teología trinitaria, es entendido como procedente eternamente tanto del Padre como del Hijo. Este proceso de procedencia refleja una relación intrínseca y eterna dentro de la Trinidad. Además, el Espíritu Santo es enviado por el Padre y el Hijo para llevar a cabo su obra en la creación y redención de la humanidad.

- Procede eternamente del Padre y del Hijo. Él es enviado por el Padre y el Hijo.

Juan 15:26 *"Pero cuando venga el Consolador, a quien yo os enviaré del Padre, el Espíritu de verdad, el cual procede del Padre, él dará testimonio acerca de mí."*

Romanos 8:9 *"Mas vosotros no vivís según la carne, sino según el Espíritu, si es que el Espíritu de Dios mora en vosotros. Y si alguno no tiene el Espíritu de Cristo, no es de él."* Al hablar del Espíritu de Dios y del Espíritu de Cristo, muestra la relación íntima del Espíritu Santo con ambas personas divinas.

- El Espíritu Santo fue enviado como el "Parakleto" "Consolador"

Juan 16:7,13,14 *"Pero yo os digo la verdad: Os conviene que yo me vaya; porque si no me fuera, el Consolador no vendría a vosotros; más si me fuere, os lo enviaré... Pero cuando venga el Espíritu de verdad, él os guiará a toda la verdad; porque no hablará por su propia cuenta, sino que hablará todo lo que oyere, y os hará saber las cosas que habrán de venir. Él me glorificará; porque tomará de lo mío, y os lo hará saber." Este verso* describe cómo el Espíritu Santo, fue enviado para realizar la obra de Cristo en la tierra. Esta obra incluye enseñar, proclamar, testificar y guiar a los creyentes a toda verdad, glorificando a Cristo y revelando las verdades espirituales.

- El Espíritu Santo es el que nos regenera, nos redarguye, nos guía a Dios:

Tito 3:5,6 *"nos salvó, no por obras de justicia que nosotros hubiéramos hecho, sino por su misericordia, por el lavamiento de la regeneración y por la renovación en el Espíritu Santo, el cual derramó en nosotros abundantemente por Jesucristo nuestro Salvador,"* destaca la labor del Espíritu Santo y muestra que la salvación es obra de Dios por medio Él.

Juan 16:8-11 *"Y cuando él venga, convencerá al mundo de pecado, de justicia y de juicio. De pecado, por cuanto no creen en mí; de justicia, por cuanto voy al Padre, y no me veréis más;*

y de juicio, por cuanto el príncipe de este mundo ha sido ya juzgado." Subraya la convicción del Espíritu en el mundo respecto al pecado, la justicia y el juicio.

- El Espíritu Santo nos sella para garantizar nuestra salvación:

Romanos 8:14-16 *"Porque todos los que son guiados por el Espíritu de Dios, éstos son hijos de Dios. Pues no habéis recibido el espíritu de esclavitud para estar otra vez en temor, sino que habéis recibido el espíritu de adopción, por el cual clamamos: ¡Abba, Padre! El Espíritu mismo da testimonio a nuestro espíritu, de que somos hijos de Dios."* Resaltan la función del Espíritu Santo en la adopción de los creyentes como hijos de Dios.

Efesios 1:13,14 *"En él también vosotros, habiendo oído la palabra de verdad, el evangelio de vuestra salvación, y habiendo creído en él, fuisteis sellados con el Espíritu Santo de la promesa, que es las arras de nuestra herencia hasta la redención de la posesión adquirida, para alabanza de su gloria."* Este es el sello espiritual que garantiza la salvación y la herencia futura.

A.W. Tozer, en su obra "El Conocimiento del Dios Santo", enfatiza la unidad y la armonía de las tres personas de la Trinidad en todas sus obras poderosas. Si bien se pueden atribuir funciones específicas a cada persona divina, es importante comprender que la Trinidad actúa en una unidad perfecta en la realización de su obra en el mundo.

Oposiciones, Herejías, y Doctrinas Contrarias a la Doctrina de la Trinidad

1. La palabra "Trinidad" no se encuentra en la biblia:

Algunos críticos argumentan que si la palabra "Trinidad" no está presente en la Biblia, entonces la doctrina misma carece de fundamento bíblico. Sin embargo, esta perspectiva no considera que muchos conceptos y términos teológicos fundamentales no están expresamente mencionados en las Escrituras. Por ejemplo, términos como "omnisciencia", "omnipotencia" y "omnipresencia" no aparecen literalmente en la Biblia, pero son usados para describir atributos divinos claramente enseñados en las Escrituras.

La doctrina de la Trinidad se deriva de una interpretación contextual y sistemática de las Escrituras, que revela la existencia de tres personas divinas en la unidad de Dios. Pasajes como Juan 1:1-14, Juan 15:26, Mateo 28:19 y 2 Corintios 13:14, entre otros, proveen bases sólidas para comprender la naturaleza trinitaria de Dios.

La doctrina de la Trinidad no se limita a un término específico, sino que representa una síntesis coherente de numerosos pasajes que revelan la relación entre el Padre, el Hijo y el Espíritu Santo como personas divinas pero una sola entidad en su ser y propósito. Esta coherencia teológica se evidencia en la revelación progresiva de Dios a lo largo de toda la Biblia.

La objeción basada en la ausencia del término "Trinidad" en la Biblia no desacredita la doctrina trinitaria, ya que su validez se fundamenta en una interpretación fiel y sistemática de las Escrituras que revelan la naturaleza diversa pero unitaria de Dios.

2. Las herejías que se oponen a la persona de Cristo:

El Arrianismo: Es una enseñanza herética del siglo III, que cuestiona la identidad divina de Jesucristo al afirmar que, al ser Dios uno, Jesús no puede ser verdaderamente Dios y eterno. Esta doctrina se basa en la creencia de que Jesucristo, aunque es el Hijo de Dios y procede del Padre, no es de la misma esencia divina y por lo tanto no es igual al Padre.

Para respaldar esta posición, Arrio y sus seguidores proponen que Jesús es la criatura más elevada creada por Dios, y aunque es plenamente humano, carece de plenitud divina. Esta perspectiva contradice la enseñanza bíblica sobre la divinidad de Jesucristo y su igualdad con el Padre y el Espíritu Santo.

Aunque el Concilio de Nicea en el 325 d.C. condenó esta doctrina como herética. Sin embargo, el arrianismo persiste en algunas corrientes religiosas, como los Testigos de Jehová, fundados en 1881 por Charles Taze Russell, y ciertos grupos pentecostales unicitarios.

El arrianismo aboga por el "heterousianismo", que significa "de diferente esencia". Esta posición sostiene que Jesucristo tiene una naturaleza diferente a la del Padre y, por lo tanto, no es igual al Padre en esencia y naturaleza. Este punto de vista se opone a la doctrina teológica "homoousianista", que afirma la igualdad de la naturaleza de Cristo con la del Padre y la igualdad entre las tres personas de la Trinidad.

La Biblia, por su parte, afirma claramente la igualdad de Jesucristo con el Padre en cuanto a su esencia y naturaleza divina. Por ejemplo, Hebreos 1:2,3 describe a Jesús como "la imagen misma de su sustancia", lo que significa que posee la misma esencia divina que el Padre.

Asimismo, Filipenses 2:6,7 enseña que Jesús, siendo en forma de Dios y siendo igual a Dios, se despojó (ekenosen) de su gloria divina para llevar a cabo la obra redentora. Esto confirma la naturaleza divina de Jesucristo antes de su encarnación y su disposición a sacrificarse por la humanidad.

El Modalismo: Es una doctrina herética que no reconoce la distinción entre el Padre, el Hijo y el Espíritu Santo como tres personas distintas dentro de la Deidad, sino que los considera simplemente como tres modos o manifestaciones de la única persona divina de Dios. Según esta enseñanza, Dios se revela de manera sucesiva como Padre en el Antiguo Testamento, luego como Hijo en la encarnación, y finalmente como Espíritu Santo después de la resurrección y ascensión de Cristo.

El principal error del modalismo radica en su concepción de que Dios se manifiesta de manera diferente pero no simultánea, lo que implica que cuando Dios se manifiesta como Hijo, deja de existir como Padre, y así sucesivamente. Esto contradice la doctrina trinitaria que sostiene la coexistencia eterna de las tres personas divinas: Padre, Hijo y Espíritu Santo.

La evidencia bíblica contra el modalismo es clara en varios pasajes donde las tres personas de la Trinidad actúan de manera individual y al mismo tiempo. Un ejemplo destacado es el momento del bautismo de Jesús en el río Jordán, registrado en Lucas 3:21,22. En este pasaje, vemos que mientras Jesús es bautizado, el Espíritu Santo desciende sobre él en forma de paloma, y al mismo tiempo, se escucha la voz del Padre desde el cielo proclamando su relación filial con Jesús.

Esta escena muestra la simultaneidad de la acción de las tres personas divinas: el Hijo siendo bautizado, el Espíritu Santo descendiendo sobre él y el Padre manifestando su relación con el Hijo. Esto refuta la idea modalista de que Dios se manifiesta de forma secuencial y no simultánea, demostrando así la realidad de tres personas divinas distintas en la Trinidad.

El Triteísmo: Es una enseñanza errónea que presenta la Trinidad como tres seres divinos independientes y autónomos, cada uno considerado como un dios por separado. Esta perspectiva resalta la pluralidad dentro de la Divinidad y esencialmente afirma que la Trinidad está compuesta por tres dioses individuales.

Es importante señalar que muchas analogías humanas utilizadas para ilustrar la Trinidad, como la comparación con un huevo o el agua en sus distintos estados físicos, pueden llevar erróneamente a la idea de triteísmo al enfatizar la separación de las partes en lugar de la unidad de la Deidad.

Algunos grupos pseudo-cristianos, como el mormonismo, han promovido la noción de triteísmo al enseñar una visión distorsionada de la Trinidad. Según esta enseñanza, el Padre es considerado un hombre exaltado que se convirtió en un dios, Jesús es el primer hijo-espíritu entre Dios Padre y su esposa, y el Hijo y el Espíritu no son vistos como igualmente divinos al Padre. Esta perspectiva contradice la doctrina cristiana ortodoxa al negar la eternidad y omnipotencia de las tres personas de la Trinidad.

Es fundamental comprender que la doctrina de la Trinidad no postula la unión de tres personas para formar una sola persona, ni la unión de tres seres en uno solo, ni tampoco la unión de tres dioses en uno solo (triteísmo). Tampoco sostiene que una sola persona divina se manifieste en tres formas diferentes (modalismo).

Por el contrario, la enseñanza trinitaria afirma la existencia de tres personas eternas (subsistencias personales) dentro de la esencia de Dios, siendo todas ellas de la misma sustancia eterna (homousios), lo que significa que la Trinidad es un solo Dios en su naturaleza divina y unidad esencial.

3. Herejías que se oponen a la persona del Espíritu Santo

El Macedonianismo: Se refiere a una doctrina teológica que surgió en el contexto de las discusiones sobre la naturaleza del Espíritu Santo en el cristianismo primitivo. Este enfoque teológico recibió su nombre por causa de Macedonio, quien fungió como patriarca de Constantinopla en dos períodos distintos, entre los años 342 y 346, y nuevamente entre 351 y 360 d.C. En esencia, el Macedonianismo propuso la negación de la divinidad del Espíritu Santo, considerándolo más bien como una criatura que, si bien difería en grado de los ángeles, permanecía subordinada al Padre y al Hijo.

La posición central del Macedonianismo sostenía que el Espíritu Santo no era una entidad divina coeterna y coigual con el Padre y el Hijo en la Santísima Trinidad, sino más bien una entidad creada que ocupaba un lugar inferior en la jerarquía divina. Esta perspectiva implicaba una concepción de la Trinidad que no era trinitaria en el sentido pleno de la palabra, ya que desestimaba la igualdad de naturaleza y dignidad entre las tres personas de la Deidad.

La base teológica de esta herejía radicaba en una interpretación selectiva de las Escrituras, buscando argumentos que apoyaran la subordinación del Espíritu Santo. Uno de los pasajes que a menudo se citaban para respaldar esta visión era Juan 14:28, donde Jesús afirma: "Si me amáis, guardad mis mandamientos. Y yo rogaré al Padre, y os dará otro Consolador, para que esté con vosotros para siempre: el Espíritu de verdad, al cual el mundo no puede recibir, porque no le ve, ni le conoce; pero vosotros le conocéis, porque mora con vosotros, y estará en vosotros". Aquí, la interpretación Macedoniana enfatizaba la dependencia del Espíritu Santo de la mediación del Hijo ante el Padre, interpretando esta relación como una subordinación ontológica.

No obstante, esta perspectiva teológica fue objeto de controversia y debate dentro de la comunidad cristiana. El primer Concilio de Constantinopla, celebrado en el año 381 d.C., condenó oficialmente el Macedonianismo y reafirmó la posición ortodoxa de la plena divinidad del Espíritu Santo como miembro igual en la Trinidad. En este concilio, se declaró que el Espíritu Santo es "el Señor y Dador de vida, que procede del Padre, que con el Padre y el Hijo es juntamente adorado y juntamente glorificado".

Los seguidores del Macedonianismo, también conocidos como "pneumatómacos" (adversarios del Espíritu), continuaron siendo una minoría dentro del cristianismo, mientras que la doctrina ortodoxa de la Trinidad se consolidó como uno de los pilares fundamentales de la fe cristiana, estableciendo la igualdad de las tres personas divinas en la Deidad.

El Sabelianismo: Es una corriente teológica parecida al modalismo que sostiene la idea de que no existe una distinción real entre las personas divinas de la Trinidad. Según esta doctrina, el Padre, el Hijo y el Espíritu Santo no son entidades separadas, esta perspectiva implica que el Espíritu Santo no puede ser considerado una de las tres personas divinas en sentido pleno.

El origen del Sabelianismo se remonta a la figura de Sabellio, un teólogo del siglo III que propuso esta visión en oposición a las concepciones trinitarias más tradicionales. Sabellio argumentaba que Dios se manifiesta de diferentes maneras a lo largo de la historia y que estas manifestaciones son simplemente modos en los que se revela, sin implicar una multiplicidad de personas divinas.

Sin embargo, esta visión fue objeto de controversia en la historia del cristianismo, ya que contradecía la doctrina trinitaria ortodoxa que establece la existencia de tres personas distintas en la Deidad. Esta controversia llevó a debates y concilios en los primeros siglos de la iglesia.

El Sabelianismo, por su negación de la distinción entre las personas divinas, fue considerado una herejía por la iglesia ortodoxa y contribuyó al desarrollo de las formulaciones teológicas trinitarias que afirmaban la unidad y la diversidad dentro de la Trinidad.

El mormonismo: También conocido como el movimiento de los Santos de los Últimos Días, representa una corriente doctrinaria que difiere en varios aspectos clave de la tradición cristiana ortodoxa en relación con la naturaleza de la Deidad. Aunque los mormones sostienen la creencia en la existencia de tres seres distintos dentro de la divinidad: el Padre, el Hijo y el Espíritu Santo, con todo, según su perspectiva, el Padre y Jesucristo poseen cuerpos físicos perfeccionados y glorificados, mientras que el Espíritu Santo es considerado un ser espiritual sin un cuerpo físico.

Una de las enseñanzas centrales del mormonismo es la idea de que Dios el Padre es el padre literal de todos los hijos espirituales, incluyendo a Jesucristo y al Espíritu Santo. Esta relación padre-hijo se considera como la base de la divinidad de estos seres y la fuente de su poder y autoridad.

Los Testigos de Jehová: promueven una doctrina que difiere de la concepción trinitaria ortodoxa en lo que respecta al Espíritu Santo. Según su enseñanza, el Espíritu Santo no es Dios en sí mismo, sino que es descrito como "la fuerza activa de Dios". Esta perspectiva se fundamenta en la idea de que el Espíritu Santo no es una entidad con capacidad de pensamiento y razonamiento, sino más bien una fuerza impersonal, equiparada al aliento o al poder de Jehová.

Además, en textos como Génesis 1:2, donde se describe que *"el Espíritu de Dios se movía sobre la faz de las aguas"*, se interpreta que el Espíritu Santo es una fuerza activa de Dios que interviene en la creación y en la realización de sus propósitos, pero no como una entidad separada con voluntad y conciencia propias.

Una de las publicaciones de los Testigos de Jehová, La Atalaya del 1 de junio de 1952, expresa claramente esta doctrina al afirmar que el Espíritu Santo es una fuerza activa y no un ser con características personales. Sin embargo, esta interpretación ha sido objeto de críticas y debates dentro del ámbito teológico cristiano, especialmente en lo referente a la naturaleza del Espíritu Santo como parte integral de la Trinidad. La visión trinitaria ortodoxa sostiene que el Espíritu Santo es una persona divina coeterna y coigual con el Padre y el Hijo, y no simplemente una fuerza impersonal.

El debate teológico en torno al Espíritu Santo ha sido amplio y profundo a lo largo de la historia del cristianismo, involucrando interpretaciones de pasajes bíblicos, argumentos filosóficos y desarrollos doctrinales. Los Testigos de Jehová representan una de las perspectivas que cuestionan la divinidad personal del Espíritu Santo, optando por una visión que lo describe como una fuerza o poder emanado de Dios, pero no como una entidad con autonomía y voluntad propia.

4. Otras Corrientes y Términos Heréticos Antitrinitarios:

El Monarquianismo: representa un conjunto de corrientes doctrinales que surgieron en los primeros siglos del cristianismo y que fueron consideradas heréticas por la iglesia ortodoxa. Aunque estas corrientes eran divergentes en muchos aspectos, compartían la creencia central de que Dios es un único Rey (monarca) y no una pluralidad de personas, como sostiene la doctrina trinitaria ortodoxa.

Una de las formas más prominentes de Monarquianismo fue el Monarquianismo Modalista, que afirmaba la unicidad de Dios al negar la existencia de personas distintas en la

Deidad. Según esta corriente, Dios se manifestaba de diferentes maneras a lo largo de la historia, pero siempre como una única entidad.

Otra forma fue el Monarquianismo Dinámico, que enfatizaba la unidad de Dios al negar la divinidad plena de Jesucristo como una persona distinta del Padre. Según esta perspectiva, Jesucristo era una manifestación o instrumento de la voluntad divina, pero no una entidad divina separada. Esto contradecía la doctrina trinitaria que establece la coeternidad y coigualdad del Padre y del Hijo.

En cuanto a los fundamentos bíblicos utilizados por el Monarquianismo, se pueden identificar interpretaciones selectivas de pasajes como Isaías 45:5, donde se dice: *"Yo soy Jehová, y no hay otro; fuera de mí no hay Dios"*. Estos pasajes fueron empleados para respaldar la idea de un único Dios sin multiplicidad de personas divinas. Sin embargo, estas interpretaciones fueron objeto de debate y controversia, ya que contradecían la formulación trinitaria ortodoxa de la Deidad.

El Adopcionismo: representa una doctrina considerada herética dentro del contexto teológico cristiano, que plantea una concepción particular sobre la naturaleza de Jesucristo y su relación con Dios. Esta perspectiva sostiene que Jesús era inicialmente un ser humano ordinario, sin naturaleza divina inherente, y que su elevación a una categoría divina ocurrió mediante un acto de "adopción" por parte del Padre en el momento de su bautismo. Según el Adopcionismo, Jesús recibió el espíritu divino y alcanzó la plenitud de su divinidad solo después de ascender a los cielos.

Esta doctrina, considerada una forma de subordinacionismo, implica una visión jerárquica en la que Jesucristo estaba subordinado al Padre hasta que fue "adoptado" como Hijo de Dios.

El fundamento del Adopcionismo se basa en ciertos pasajes bíblicos que se interpretan de manera selectiva para respaldar esta visión. Uno de estos pasajes es el relato del bautismo de Jesús en Mateo 3:17, donde se dice que en ese momento se escuchó una voz del cielo que decía: *"Este es mi Hijo amado, en quien tengo complacencia"*. Esta declaración se interpretó en el Adopcionismo como el momento en que Jesús fue "adoptado" como Hijo de Dios y recibió la plenitud de la divinidad.

Otro pasaje que se cita en apoyo al Adopcionismo es Hechos 2:36, donde Pedro dice: *"Sepa, pues, ciertísimamente toda la casa de Israel, que a este Jesús a quien vosotros crucificasteis, Dios le ha hecho Señor y Cristo"*. Esta declaración se interpreta como la exaltación divina de Jesucristo después de su muerte y resurrección, lo que refuerza la idea de una adopción divina posterior a su vida terrenal.

No obstante, la doctrina del Adopcionismo fue ampliamente rechazada por la iglesia cristiana, especialmente en el contexto de los concilios ecuménicos que afirmaron la plena divinidad de Jesucristo y rechazaron cualquier noción de adopción divina posterior. Esto lo reflejaban en pasajes como Juan 1:1, donde afirma: *"En el principio era el Verbo, y el Verbo era con Dios, y el Verbo era Dios"*, destacando la naturaleza divina eterna de Cristo.

El Patripasianismo: término derivado del latín que combina "páter" (padre) y "passus" (padecer), representa una doctrina considerada herética que surgió en los siglos II y III en el ámbito teológico cristiano. Esta doctrina rechazaba el dogma trinitario al sostener la creencia de que fue el mismo Dios Padre quien descendió a la tierra en forma humana, sufriendo la pasión y la crucifixión bajo la apariencia del Hijo.

En el contexto del Patripasianismo, se cuestionaba la distinción de personas dentro de la Deidad trinitaria. Según esta perspectiva herética, la encarnación y el sufrimiento de Cristo en la cruz no implicaban una persona divina diferente del Padre, sino que era el propio Padre quien asumió esa forma y experiencia.

Sin embargo, esta doctrina fue considerada herética por la iglesia ortodoxa, ya que contradecía la formulación trinitaria que sostiene la igualdad y la coexistencia eterna de las tres personas divinas en la Deidad. En resumen, el Patripasianismo representa una desviación doctrinal que negaba la distinción de personas en la Trinidad al identificar al Padre con el Hijo en la encarnación y el sufrimiento.

El Socinianismo: representa una doctrina considerada herética dentro del ámbito teológico cristiano, promovida principalmente por el pensador y reformador italiano Fausto Socino, aunque se cree que se inspiró en las ideas previamente formuladas por su tío Lelio Socino. Esta doctrina es antitrinitaria, ya que niega la concepción tradicional de la Trinidad al afirmar que en Dios existe una única persona y que Jesús de Nazaret no tenía existencia previa a su nacimiento terrenal, aunque este nacimiento se considera milagroso y fue producto de la voluntad divina, manifestada en la concepción virginal de María.

El Socinianismo es una doctrina considerada herética por las iglesias mayoritarias, difundida por el pensador italiano Fausto Socino, aunque al parecer se inspiró en las ideas ya formuladas por su tío Lelio Socino. Se distingue por su rechazo de la divinidad plena de Jesucristo y su posición antitrinitaria.

Para respaldar su posición, los socinianos recurren a interpretaciones selectivas de pasajes bíblicos. Uno de estos pasajes es Mateo 1:18, que relata la concepción de Jesús por medio del Espíritu Santo y la Virgen María: "El nacimiento de Jesucristo fue así: Estando desposada María su madre con José, antes que se juntasen, se halló que había concebido del Espíritu Santo". Esta narrativa se interpreta en el Socinianismo como una muestra de la intervención divina en la concepción de Jesús, pero no como una indicación de su preexistencia como persona divina.

El Serventismo: representa una doctrina que ha sido calificada como herética dentro del contexto teológico cristiano. Esta doctrina rechaza la idea de que el Hijo de Dios sea eterno y afirma que su existencia como Hijo se inicia en el momento de la encarnación, aunque se considera que es divino por la gracia de Dios, su Padre. Además, el Serventismo niega la noción de la Trinidad, argumentando que esta enseñanza es la creencia en "tres fantasmas" o un "cancerbero" (perro de tres cabezas), y etiqueta a los defensores de la Trinidad como "triteístas". En cuanto al Espíritu Santo, los serventistas no lo consideran una tercera Persona trinitaria, sino más bien una fuerza o manifestación del espíritu de Dios que actúa en el mundo a través de los seres humanos.

El Serventismo cuestiona la naturaleza eterna del Hijo de Dios, en contraposición a la doctrina trinitaria que afirma la coeternidad y coigualdad de las tres personas divinas en la Deidad. Según esta perspectiva herética, el Hijo comienza su existencia en el momento de la encarnación, siendo divino por la gracia de Dios, pero no una Persona coeterna y coigual con el Padre.

Sin embargo, la doctrina del Serventismo ha sido rechazada por la teología cristiana ortodoxa, que afirma la naturaleza eterna y divina de Cristo como Hijo de Dios, coeterno y coigual con el Padre en la Trinidad.

El Unitarianismo: representa una perspectiva teológica considerada herética dentro del contexto cristiano, la cual sostiene que Jesús fue un gran hombre y un profeta de Dios, posiblemente incluso un ser sobrenatural, pero no Dios en sí mismo. Los unitarios afirman que Dios es un ser único y una sola persona, y que Jesús es el Hijo de Dios, aunque no es divino de la misma manera que el Padre. Esta visión unitaria se adhiere estrictamente al monoteísmo, sosteniendo que existe un solo Dios como una entidad única.

La doctrina unitaria ha sido objeto de controversia y rechazo dentro del cristianismo tradicional, especialmente en lo que respecta a la divinidad de Jesucristo. La formulación trinitaria ortodoxa sostiene que Jesús es tanto completamente humano como completamente divino, parte de la Trinidad junto con el Padre y el Espíritu Santo.

En el panorama del cristianismo moderno, las denominaciones antitrinitarias constituyen una minoría en términos de número de seguidores. Entre las principales denominaciones no trinitarias se destacan los Testigos de Jehová y La Iglesia ni Cristo

("Iglesia de Cristo" en filipino), las iglesias pentecostales unicitarias y apostólicas, los cristadelfianos (Christou Adelphoi: Hermanos en Cristo), la ciencia cristiana, la Living Church of God, la Iglesia de Dios Internacional (en Filipinas), los Unitarian Universalist Christian Fellowship, la The Way International, la Iglesia de Dios Internacional (que sigue el sabatismo y es binitarianista), la Iglesia de Dios Unida y la Iglesia Luz del Mundo (fundada en México).

En resumen, el Antitrinitarismo se define como una forma herética del cristianismo que rechaza el dogma de la Trinidad. Este rechazo implica no aceptar la enseñanza dogmática de que Dios es tres hipóstasis (personas distintas), las cuales son consideradas coeternas, coiguales e indivisiblemente unidas en una sola esencia (ousia) y, por ende, son un único Ser y un único Dios.

La Trinidad en la Historia

1. La Trinidad evidenciada en el Antiguo Testamento.

- La Trinidad está evidenciada desde el

Génesis:

La doctrina de la Trinidad, que sostiene la existencia de tres personas en una única entidad divina, se encuentra fundamentada desde los primeros versículos del Génesis, donde se evidencia la participación conjunta de estas tres personas en el acto creativo. Este análisis revela cuatro puntos de consideración:

Génesis 1:26 menciona: "*Entonces dijo Dios: Hagamos al hombre a nuestra imagen*". Para comprender este verso, es esencial contextualizar el capítulo completo de Génesis 1, especialmente los tres primeros versículos.

Génesis 1:1 comienza con "*En el principio creó Dios los cielos y la tierra*", utilizando el término "Elohim" en hebreo, una palabra plural que puede traducirse como "Dios" o "dioses". Esto sugiere una pluralidad dentro de la Deidad.

La gramática del hebreo revela una construcción peculiar en Génesis 1:1, donde el verbo "creó" (Barah) está en singular, mientras que el sustantivo "Elohim" está en plural. Esta construcción es anómala desde el punto de vista gramatical, sugiriendo una intencionalidad en mostrar una pluralidad dentro de la Deidad.

La presencia del verbo "*Hagamos*" en Génesis 1:26 denota la participación de más de una persona en el acto de la creación. No se hace referencia a la participación de ángeles, ya que la Biblia no muestra su implicación en el proceso creativo ni les atribuye a los ángeles poder creador.

Nehemías 9:6 *"Tú solo eres Jehová; tú hiciste los cielos, y los cielos de los cielos, con todo su ejército, la tierra y todo lo que está en ella, los mares y todo lo que hay en ellos; y tú vivificas todas estas cosas, y los ejércitos de los cielos te adoran."* Reconoce que Dios creó los cielos y la tierra, incluyendo la creación de los ángeles por parte de Dios, por lo cual, siendo criaturas, no podrían haber participado en el proceso creador del hombre.

Génesis 1:2 menciona: *"...y el Espíritu de Dios se movía sobre la faz de las aguas."* Este versículo indica la presencia y acción del

Espíritu Santo, la tercera persona de la Trinidad, quien genera vida y movimiento sobre la creación.

La expresión "*se movía*" proviene del hebreo "rakjaf", que implica un movimiento o revoloteo similar al de un ave que incuba vida. Esto simboliza la actividad creadora del Espíritu Santo en la vida y desarrollo de la creación.

La participación del Espíritu Santo se evidencia también en el evento de la concepción de Jesús en Lucas 1:35, donde se menciona que el Espíritu Santo vendría sobre María, posibilitando la encarnación de Jesús como Hijo de Dios. Esto confirma la característica del Espíritu Santo como participante en la generación de la vida en todas sus formas.

Además, el Espíritu Santo opera en la regeneración espiritual del creyente, como se menciona en Tito 3:5, destacando su papel vital en la vida espiritual y la obra redentora.

Génesis 1:3 dice: *"Y dijo Dios: Sea la luz; y fue la luz."* Este verso muestra la acción creativa de la Palabra de Dios, el Verbo de Dios, identificada con Cristo en la Biblia, quien es el agente creador.

Juan 1:1-3 revela que *"En el principio era el Verbo, y el Verbo era con Dios, y el Verbo era Dios... Todas las cosas por él fueron hechas, y sin él nada de lo que ha sido hecho, fue hecho."* Aquí se identifica al Verbo con Cristo, quien es coeterno y coigual con Dios Padre.

Juan 1:14 añade que *"el Verbo se hizo carne"*, refiriéndose a la encarnación de Cristo como Hijo de Dios, demostrando su divinidad y participación en la creación.

Colosenses 1:16 afirma que *"en él fueron creadas todas las cosas"*, confirmando la acción creadora de Cristo en la formación del universo.

En resumen, estos versículos revelan la participación activa de las tres personas de la Trinidad en el acto creativo, evidenciando la unidad en diversidad dentro de la Deidad y fundamentando la doctrina trinitaria en la misma narrativa de la creación según el relato bíblico del Génesis.

- La pluralidad de Dios está evidenciada también en los Libros Poéticos:

El concepto de la pluralidad divina se manifiesta de manera significativa en los Libros Poéticos de la Biblia, particularmente en el Salmo 110:1. Este versículo presenta una citación de dos personas divinas, revelando la interacción entre ellas: *"Jehová (una persona divina) dijo a mi Señor (otra persona divina): Siéntate a mi diestra, hasta que ponga a tus enemigos por estrado de tus pies."* Este versículo claramente distingue entre dos entidades divinas: Jehová, identificado como una persona divina, y el "Señor" mencionado, quien también es una entidad distinta y divina. Esta conversación refleja la relación y autoridad dentro de la Deidad.

La importancia de este pasaje se enfatiza en el relato de Mateo 22:41-46, donde Jesús mismo confirma la autenticidad y su propia deidad al referirse a este Salmo. *"Y estando juntos los fariseos, Jesús les preguntó, diciendo: ¿Qué pensáis del Cristo? ¿De quién es hijo? Le dijeron: De David. Él les dijo: ¿Pues cómo David en el Espíritu le llama Señor, diciendo: Dijo el Señor a mi Señor: Siéntate a mi derecha, hasta que ponga a tus enemigos por estrado de tus pies? Pues si David le llama Señor, ¿cómo es su hijo? Y nadie le podía responder palabra; ni osó alguno desde aquel día preguntarle más."*

En esta narrativa, Jesús cuestiona a los fariseos sobre la identidad del Cristo y les presenta un dilema basado en el Salmo. Jesús señala cómo David, inspirado por el Espíritu Santo, llama "Señor" al Mesías, reconociendo su autoridad y posición por encima de él. Jesús plantea la pregunta de cómo el Cristo puede ser descendiente de David y, al mismo tiempo, ser llamado "Señor" por él.

Este diálogo evidencia la comprensión trinitaria en la que Jesús afirma su deidad al ser identificado como el "Señor" al que se refiere el Salmo 110:1, colocándolo en una posición de autoridad suprema. La incapacidad de los fariseos para responder muestra la profundidad y la complejidad de la naturaleza divina, donde Jesús, siendo descendiente de David en su encarnación humana, también es reconocido como el Señor divino.

Estos pasajes subrayan la pluralidad en la Deidad, revelando la interacción entre las personas divinas, así como la confirmación de la deidad de Jesús como el Señor mencionado en el Salmo poético.

- La Trinidad evidenciada en los Libros Proféticos:

Isaías, uno de los libros proféticos del Antiguo Testamento, proporciona evidencia significativa de la doctrina trinitaria, revelando la presencia y participación conjunta de las tres personas de la Trinidad en la comunicación divina y en las interacciones con la humanidad.

En Isaías 48:16, encontramos un pasaje clave que muestra la presencia y la acción coordinada de las tres personas divinas: *"Acercaos a mí, oíd esto: desde el principio no hablé en secreto; desde que eso se hizo, allí estaba YO (una persona); y ahora me envió JEHOVÁ EL SEÑOR, (segunda persona) y su*

ESPÍRITU." (tercera persona). Este versículo presenta una conversación divina donde se distingue claramente la primera persona, el Señor hablando, la segunda persona, el Señor Jehová enviando, y la tercera persona, el Espíritu de Dios presente y actuante.

En Isaías 6:8, se destaca otra instancia reveladora de la Trinidad: *"Después oí la voz del Señor, que decía: ¿A quién enviaré, y quién irá por NOSOTROS?* (plural) *Entonces respondí yo: Heme aquí, envíame a mí."* Aquí, el Señor habla en plural al referirse a Sí mismo como "Nosotros", lo cual indica la pluralidad dentro de la Deidad.

Estos versículos de Isaías muestran la coexistencia y cooperación de las tres personas divinas de la Trinidad en el plano profético y revelador. La comunicación divina revela una interacción entre el Padre, el Hijo y el Espíritu Santo, resaltando la unidad en diversidad de la Deidad. Además, estas narrativas proféticas reflejan conceptos trinitarios similares encontrados en otros pasajes del Antiguo y Nuevo Testamento. Estos pasajes bíblicos del libro de Isaías, junto con otros textos, confirman la doctrina trinitaria que sostiene la existencia de tres personas divinas en una única Deidad y evidencian una revelación progresiva, continua y coherente de la naturaleza de Dios a lo largo de las Escrituras.

2. La Trinidad evidenciada en el Nuevo Testamento:

Los escritos apostólicos presentan una comprensión de la divinidad que destaca la pluralidad dentro de la Deidad, distinguiendo claramente entre el Padre y el Hijo como dos entidades divinas distintas. Este entendimiento trinitario se refleja en los siguientes versículos:

1 Corintios 8:6, donde el apóstol Pablo afirma: *"para nosotros, sin embargo, sólo hay un Dios, el Padre, del cual proceden todas las cosas, y nosotros somos para él; Y un Señor, Jesucristo, por medio del cual son todas las cosas, y nosotros por medio de él."* En este pasaje, se establece la unidad de Dios como el Padre, quien es la fuente y origen de todas las cosas, y su relación directa con el Hijo

Jesucristo en su título divino de Señor, a través del cual se llevan a cabo todas las cosas.

En Efesios 4:5-6, también se presenta la unidad en la fe cristiana: *"un Señor, una fe, un bautismo, un Dios y Padre de todos, el cual es sobre todos, y por todos, y en todos."* Aquí, se menciona a un único Señor, Jesucristo, y a un único Dios y Padre de todos, resaltando la singularidad de la divinidad del Padre y del Hijo con relación a la fe y la adoración en la comunidad cristiana.

Estos versículos revelan la comprensión trinitaria de los apóstoles, donde se reconoce la unidad en la divinidad. La fe cristiana se fundamenta en la adoración y servicio al Dios Padre, así como en la sumisión a la autoridad del Dios Hijo, como el Señor universal.

3. La Trinidad en la Doctrina de la Iglesia Patrística.

- El Didaché (70 d.C?)

Conocido como "La Enseñanza de los doce apóstoles", representa un documento de gran relevancia en la era post-apostólica y constituye una de las fuentes más antiguas de legislación eclesiástica. El descubrimiento de un códice griego en pergamino, del año 1057 del patriarcado de Jerusalén, por parte de Piloteo Bryennios de Nicomedia, en 1883, permitió una profundización significativa en el entendimiento de los orígenes de la Iglesia.

Este documento ha sido objeto de estudio y análisis constante por parte de eruditos y académicos debido a su rico contenido, proporcionando una fuente valiosa de conocimiento sobre las prácticas y enseñanzas de la Iglesia primitiva. Uno de los aspectos destacados del Didaché es su referencia al bautismo, donde se expresa: "bautizad de esta manera: Dichas con anterioridad todas estas cosas, bautizad en el nombre del Padre, y del Hijo, y del Espíritu Santo, en agua viva. Si no tienes agua viva, bautiza con otra agua; si no puedes hacerlo con agua fría, hazlo con agua caliente. Si no tuvieres una ni otra, derrama agua en la cabeza tres veces en el nombre del Padre, y del Hijo, y del Espíritu Santo" (7,1-3: BAC 65,84).

Este pasaje del Didaché revela la comprensión trinitaria presente en la Iglesia primitiva, donde se instruye claramente el bautismo en el nombre del Padre, del Hijo y del Espíritu Santo. Esta práctica bautismal refleja la creencia en la unidad y diversidad de la Deidad, reconociendo la distinción de las tres personas divinas mientras se mantiene la unidad esencial de Dios. El Didaché proporciona así un testimonio temprano y significativo de la doctrina trinitaria dentro de la tradición cristiana.

- Ignacio de Antioquía (110 d.C.)

Ignacio de Antioquía, un influyente líder cristiano del siglo II, se destacó como discípulo directo de los apóstoles Pablo y Juan, y posteriormente fue ordenado obispo de la Iglesia en Antioquía. Sus escritos revelan una profunda comprensión y afirmación de la Deidad de Cristo y la doctrina trinitaria.

En sus epístolas, Ignacio expresa claramente su visión sobre la Deidad de Cristo y la Trinidad. Por ejemplo, en una carta dirigida a la iglesia de Éfeso, escribe: "Ignacio, por sobrenombre

Portador de Dios: A la bendecida en grandeza de Dios con plenitud: a la predestinada desde antes de los siglos a servir por siempre para gloria duradera e inconmovible, gloria unida y escogida por gracia de la pasión verdadera y por voluntad de Dios Padre y de Jesucristo nuestro Dios." Esta declaración enfatiza la preexistencia eterna de Cristo y su unidad con el Padre en la obra redentora.

Además, en otra carta dirigida a la iglesia de Magnesia, Ignacio escribe: "Ignacio, por sobrenombre Portador de Dios: A la Iglesia que alcanzó misericordia en la magnificencia del Padre altísimo y de Jesucristo su único Hijo: la que es amada y está iluminada por voluntad de Aquel que ha querido todas las cosas que existen, según la fe y la caridad de Jesucristo Dios nuestro." Esta declaración subraya la relación íntima entre el Padre y el Hijo, enfatizando su unidad en la fe y la obra redentora.

Estos pasajes de las cartas de Ignacio de Antioquía revelan su profunda creencia en la Deidad de Cristo y su reconocimiento de la

Trinidad, donde el Padre, el Hijo y el Espíritu Santo están unidos en una relación eterna y redentora. Su enseñanza refleja la continuidad doctrinal con los principios establecidos por los apóstoles y resalta la importancia de la fe en la Deidad trina en la teología cristiana primitiva.

- Atenágoras de Atenas (133-190 d.C.)

Atenágoras de Atenas, un apologista cristiano prominente de la segunda mitad del siglo II, se destacó como filósofo ateniense convertido al cristianismo. Aunque no empleó el término "Trinidad" de manera explícita, sus escritos proporcionan una comprensión clara y definida de esta doctrina trinitaria. Además, rechazó el subordinacionismo y la visión posteriormente asociada al arrianismo, que consideraba a Cristo como un ser creado. Un texto relevante de su obra, aproximadamente del año 177 d.C., presenta su explicación de la Trinidad:

Atenágoras expresa: "Así, pues, suficientemente queda demostrado que no somos ateos, pues admitimos a un solo Dios increado y eterno e invisible, impasible, incomprensible e inmenso, sólo por la inteligencia a la razón comprensible... ¿Quién, pues, no se sorprenderá de oír llamar ateos a quienes admiten a un Dios Padre y a un Dios Hijo y un Espíritu Santo, que muestran su potencia en la unidad y su distinción en el orden?"

En este pasaje, Atenágoras defiende la fe cristiana frente a acusaciones de ateísmo al explicar la unidad y distinción dentro de la Deidad. Reconoce a un solo Dios, eterno e increado, pero distingue entre el Dios Padre, el Dios Hijo y el Espíritu Santo, quienes exhiben su poder en unidad y diferenciación dentro de un orden divino. Esta formulación resalta la comprensión trinitaria de la fe cristiana primitiva, donde se sostiene la unidad esencial de Dios junto con la distinción de las tres personas divinas.

- Ireneo de Lyon (140 d.C.-202 d.C.)

Irineo, quien ejerció como obispo en Lyon a partir del año 189 d.C., se destaca como uno de los adversarios más significativos del gnosticismo durante el siglo II. Su obra más destacada, "Contra las Herejías", presenta de manera clara la fe trinitaria de la Iglesia de su época, que profesa la creencia en un único Dios Padre, un único Señor Jesucristo y el Espíritu Santo. En sus escritos, Irineo exalta a Jesucristo como "Señor, Dios, Salvador y Rey" para los cristianos. Su testimonio es especialmente valioso al afirmar que esta doctrina trinitaria era enseñada y aceptada por todas las Iglesias, mucho antes del Concilio de Nicea, lo que resalta la antigüedad y universalidad de esta fe.

Irineo también interpreta el pasaje bíblico de Génesis 1:26, donde Dios dice "Hagamos al hombre a nuestra imagen y semejanza", como una comunicación entre el Padre, el Hijo y el Espíritu Santo. Esta perspectiva enfatiza la participación de las tres personas divinas en la creación y diseño del ser humano.

En cuanto a la generación divina, Irineo sostiene que es un misterio inefable, más allá de la comprensión humana, y que ningún hereje gnóstico, como Valentín, Marción o Basílides, puede pretender explicarlo completamente. Afirmar conocer los secretos de esta generación sería vano, ya que solo el Padre que engendró y el Hijo que nació de Él comprenden verdaderamente este proceso divino.

Este enfoque de Irineo resalta la importancia de la fe trinitaria en la Iglesia primitiva, la cual afirma la unidad esencial de Dios en tres personas distintas, y subraya la reverencia y humildad necesarias al enfrentar los misterios de la divinidad.

- El Martirio de Policarpo (156 d.C)

La carta sobre el martirio de Policarpo, escrita alrededor del año 156 d.C. por la Iglesia de Esmirna para la comunidad de Filomenio, relata el sacrificio de San Policarpo, quien fue discípulo directo del apóstol San Juan y obispo de Esmirna. Este documento, parte de los escritos apostólicos, destaca por utilizar las elegantes doxologías trinitarias que expresan con claridad el dogma trinitario de los primeros padres de la Iglesia Cristiana.

Al final de la carta, se encuentra una doxología

trinitaria que resalta la gloria de Jesucristo junto al Padre y al Espíritu Santo por toda la eternidad: "A Él (Jesucristo) sea la gloria con el Padre y el Espíritu Santo por los siglos de los siglos. Amén".

Esta expresión refleja la creencia fundamental de la fe cristiana en la Trinidad, reconociendo la unidad esencial de Dios en tres personas divinas: el Padre, el Hijo y el Espíritu Santo. La inclusión de esta doxología en el martirio de Policarpo muestra la arraigada doctrina trinitaria dentro de la comunidad cristiana primitiva y su importancia en la adoración y la teología de aquel tiempo.

- Justino Mártir (165 d.C.)

En su diálogo con Trifón, Justino Mártir se refiere a Cristo como "Dios engendrado del Padre del universo", haciendo referencia a textos del Génesis donde Dios habla en primera persona del plural para ilustrar la pluralidad de las personas divinas. Descarta la posibilidad de que Dios estuviera hablando con ángeles o elementos terrenales, considerando inconcebible que el hombre haya sido creado por ellos. Concluye que Dios estaba hablando con Cristo, quien existía junto al Padre antes de todas las criaturas.

En su primera apología, Justino Mártir distingue de manera clara a las Tres Personas Divinas y las presenta dentro de la economía de la Trinidad: "Y luego demostraremos que con razón honramos también a Jesucristo, quien ha sido nuestro maestro en estas cuestiones y quien nació con ese propósito, aquel que fue crucificado bajo Poncio Pilato, procurador de Judea en el tiempo de Tiberio César. Hemos aprendido que él es el Hijo del verdadero Dios y le damos el segundo lugar, así como al Espíritu profético le otorgamos el tercero".

Justino Mártir demuestra su capacidad para distinguir entre la Persona del Padre y la del Hijo, destacando su divinidad en el capítulo 63: "Porque aquellos que afirman que el Hijo es el Padre demuestran que no conocen quién es el Padre ni comprenden que el Padre del universo tiene un Hijo, quien siendo el Verbo y Primogénito de Dios, también es Dios".

- Tertuliano de Cartago (160 – 220 d.C.)

Tertuliano fue un influyente teólogo y obispo en la Iglesia patrística que desempeñó un papel significativo en la formulación y explicación de la doctrina de la Trinidad. Utilizó el término latino "Trinitas" (Trinidad) por primera vez para referirse a las tres Personas divinas.

En su tratado "De Pudicitia" (Sobre la modestia), Tertuliano aborda la naturaleza de la Trinidad al afirmar que la misma Iglesia es propiedad principal del Espíritu, dentro del cual reside la Trinidad de Una Divinidad: Padre, Hijo y Espíritu Santo.

En su obra "Adversus Praxean" (Contra Práxeas), Tertuliano ofrece una explicación detallada de la doctrina trinitaria al describir la naturaleza de Jesucristo como Dios y Hombre, Hijo del Hombre y Hijo de Dios. Expone que Cristo sufrió, murió, fue herido y resucitó según las Escrituras. Además, señala que ascendió al cielo para sentarse a la derecha del Padre y enviar desde el cielo al Espíritu Santo como prometió, quien santifica la fe de los creyentes en la Trinidad.

Tertuliano enfatiza la concepción de la

Trinidad como Tres Personas distintas, pero no con tres naturalezas diferentes, sino que comparten la misma sustancia. Destaca que la Trinidad no difiere en poder, sino en apariencia y aspecto.

En resumen, Tertuliano contribuyó significativamente a la comprensión y explicación de la Trinidad como una doctrina fundamental de la fe cristiana, enfatizando la unidad en la diversidad de las tres Personas divinas.

- Clemente de Alejandría (mitad del siglo II – 215 d.C.)

Clemente fue una figura prominente en la Iglesia de Alejandría y reconocido como uno de los principales maestros de su época. Sus contribuciones a la teología cristiana fueron significativas y se destacan en varias de sus obras.

En su obra "El Protréptico" o "Exhortación" a los griegos, Clemente aborda la naturaleza del Salvador, enfatizando su existencia previa y su posterior manifestación. Describe al Salvador como aquel que existió antes y apareció después, resaltando su papel como maestro que enseña a vivir de manera virtuosa para recibir vida eterna. Asimismo, explica que el Salvador, al ser nuestro creador en el principio y ahora nuestro maestro, tiene la capacidad de otorgarnos vida eterna como Dios.

En su comentario sobre la primera epístola de Juan, Clemente afirma la igualdad de sustancia entre el Hijo de Dios y el Padre, indicando que son uno en esencia y que el Hijo es eterno e increado. Continúa profundizando en su teología del Logos al afirmar que la Palabra divina es verdaderamente Dios y está al mismo nivel que el Padre, lo que refuta cualquier idea subordinacionista.

Clemente de Alejandría se destaca por su comprensión de la divinidad del Hijo como coeterno e igual al Padre, expresando la unidad esencial de las personas divinas en la Trinidad.

- Orígenes de Alejandría (185 d.C. – 254 d.C.)

También conocido como Orígenes Adamantius, se destacó como un erudito y teólogo cristiano de la época patrística. Nacido y educado en Alejandría, desplegó su labor teológica y exegética principalmente en esa región. Su contribución a la comprensión de la doctrina trinitaria se ve reflejada en un evento destacado de su vida.

En el año 245 d.C., se suscitó una disputa sobre la expresión "dos Dioses" utilizada por Orígenes para expresar la distinción entre el Padre y el Hijo. Este término generó preocupación entre algunos miembros del episcopado, particularmente Heráclides, quien interpretó esta distinción como una forma de politeísmo. La disputa se llevó a cabo en presencia del pueblo y de los obispos, donde Orígenes tuvo la oportunidad de abordar y explicar su postura.

En su tratado "Patrología I" (editora Mariatti, 1975), Johanes Quasten presenta la explicación delicada de Orígenes ante el escándalo provocado por la expresión "dos dioses". Orígenes recurrió a la Escritura para mostrar cómo dos pueden ser uno, utilizando ejemplos como Adán y Eva que, siendo dos personas, formaron una sola carne según Génesis 2:24. También citó a San Pablo en 1 Corintios 6:17, donde habla de la unión del hombre justo con Dios, expresando que quien se acerca al Señor se vuelve uno con Él en espíritu.

Además, Orígenes mencionó la declaración de Jesús en Juan 10:30, "Yo y el Padre somos uno", para ilustrar la unidad en la divinidad. Destacó que la relación de nuestro Señor y Salvador con el Padre no se limita a ser una sola carne o un solo espíritu, sino que representa una realidad mucho más elevada, siendo ambos una sola entidad divina.

Este episodio muestra la habilidad de Orígenes para abordar temas teológicos complejos, utilizando tanto la exégesis bíblica como el razonamiento lógico para explicar la unidad y distinción dentro de la Trinidad.

- Teófilo de Antioquía (siglo II)

Teófilo de Antioquía, un destacado teólogo del siglo II, nació en una localidad cercana al río Éufrates y provenía de una familia de origen pagano. Sin embargo, abrazó el cristianismo en su edad adulta y eventualmente llegó a ocupar el cargo de sexto obispo de Antioquía. Su contribución teológica se distingue por ser el primero en utilizar la palabra griega "Τριας" (Tres) para expresar la unidad de las tres Divinas Personas en Dios, una idea que sentó las bases para el término "Trinitas" acuñado posteriormente por Tertuliano.

En su obra, Teófilo explica la relación entre Dios y su Verbo, quien es proferido como el primogénito de toda creación. Destaca que Dios no se vació de su Verbo, sino que lo engendró y siempre ha estado en comunión con Él. Esta comprensión está respaldada por las Escrituras, especialmente el Evangelio según Juan, donde se menciona que "En el principio era el Verbo, y el Verbo estaba con Dios", lo que indica la coexistencia y unidad entre Dios y su Verbo, afirmando además que "el Verbo era Dios".

Este enfoque teológico de Teófilo enfatiza la coeternidad y la igualdad de sustancia entre Dios y su Verbo, estableciendo así una visión trinitaria que destaca la relación íntima y eterna dentro de la divinidad.

- Marciano Arístides (siglo II d.C.)

Marciano Arístides fue un destacado apologista cristiano del siglo II, que se distinguió por su defensa de la verdad del monoteísmo cristiano en contraposición a las creencias politeístas de las religiones paganas. Su obra apologética, que había permanecido perdida hasta su hallazgo y publicación en 1878 por los Mequitaristas de San Lázaro de Venecia, lleva por título "Al emperador Adriano César de parte del filósofo ateniense Arístides". En esta apología, Arístides emplea la fórmula trinitaria al mencionar las tres Personas Divinas en su argumentación a favor de la fe cristiana.

Arístides expone que Jesucristo tuvo doce discípulos, quienes, después de su ascensión a los cielos, emprendieron la tarea de difundir la grandeza de Cristo en las provincias del Imperio Romano. Destaca que uno de estos discípulos llegó a recorrer las mismas regiones donde se encontraban, predicando la doctrina de la verdad. Arístides enfatiza que estos discípulos reconocían a Dios como el creador y artífice del universo, manifestando a su Hijo Unigénito y el Espíritu Santo. Asimismo, subraya que no rendían culto a ningún otro Dios que no fuera esta Trinidad divina, reafirmando así la centralidad de la fe en un único Dios manifestado en tres Personas distintas.

- Gregorio de Taumaturgo (siglo III)

Gregorio de Taumaturgo, un destacado líder eclesiástico del siglo III, se distinguió como obispo de Neocesárea. Entre sus obras, compuso un breve pero profundo símbolo de fe que destaca por su precisión conceptual y su afirmación de la coexistencia eterna e inmutable de las Personas Divinas.

En su símbolo de fe, Gregorio expresa la unicidad de Dios como Padre del Verbo viviente. Lo describe como el Engendrador perfecto del perfecto Engendrado, es decir, el Padre del Hijo Unigénito. A su vez, reconoce a un solo Señor, el Único del Único, que es Dios de Dios, la Figura e Imagen de la Divinidad, el Verbo Eficiente, la Sabiduría que abarca todo el universo y el Poder creador del mundo entero.

Este Señor es el verdadero Hijo del verdadero Padre, Invisible, Incorruptible, Inmortal y Eterno.

Asimismo, Gregorio menciona al Espíritu Santo como la tercera Persona Divina, cuya subsistencia proviene de Dios y que fue manifestada a la humanidad por medio del Hijo. Lo describe como la Imagen del Hijo, la Imagen Perfecta del Perfecto, la Vida, la Causa de los vivientes, el Manantial Sagrado y la Santidad que comunica la santificación. En el Espíritu Santo se manifiestan tanto Dios Padre, que está por encima de todos y en todos, como Dios Hijo, que está a través de todos. El símbolo de Gregorio proclama una Trinidad perfecta en gloria, eternidad y majestad, que no está sujeta a división ni separación. Destaca que no hay nada creado ni subordinado en la Trinidad, ni tampoco algo añadido posteriormente, pues esta Trinidad ha existido siempre sin variación ni cambio. En este sentido, subraya la coherencia y la eternidad de la relación entre el Padre, el Hijo y el Espíritu Santo, destacando su unidad esencial y su perfecta armonía desde la eternidad.

- La Comma Joánica (siglo IV)

La Comma Joánica es la designación otorgada a una cláusula que aparece en algunas versiones bíblicas en los versículos de la Primera Epístola de Juan 5:7:

"Porque tres son los que dan testimonio en el cielo: el Padre, el Verbo y el Espíritu Santo; y estos tres son uno." (1 Juan 5:7)

Este fragmento ha sido motivo de debate debido a su ausencia en muchos de los manuscritos antiguos, incluyendo las versiones bíblicas siria, copta, armenia, etíope, árabe y eslavónica. Su presencia se observa principalmente en textos del siglo IV en adelante, lo que sugiere que podría haber sido una inserción posterior como glosa o comentario marginal.

La Comma Joánica no fue mencionada en las primeras controversias sobre el dogma de la Trinidad en los siglos III y IV. Si hubiera sido conocida en ese momento, autores como Tertuliano, Orígenes y Atanasio, prominentes defensores de la doctrina trinitaria, seguramente la habrían empleado en sus argumentaciones. Sin embargo, esta cita no se encuentra en ninguno de sus escritos.

La preferencia de las Sociedades Bíblicas Unidas es considerar que la Comma Joánica "casi ciertamente" refleja el texto original. Esta afirmación se basa en la presencia de esta variante en cientos de manuscritos griegos que contienen la Primera Epístola de Juan. Independientemente de su origen, las diferentes corrientes teológicas cristianas coinciden en que el principal mensaje del capítulo 5 de la Primera Epístola de Juan es afirmar la divinidad de Jesucristo como el Hijo de Dios. En este contexto, 1 Juan 5:7-8 se interpreta como un testimonio de esta verdad fundamental.

En última instancia, ya sea que el texto de 1 Juan 5:7 fuera originalmente escrito por Juan o agregado posteriormente por escribas para clarificar un punto doctrinal, con todo, refleja la comprensión de la iglesia antigua sobre la Trinidad, y proporciona una visión de lo que creían y enseñaban en cuanto a la naturaleza de

Dios.

- La Trinidad según San Agustín (siglo IV-V)

San Agustín, como prolífico teólogo cristiano del siglo IV y V, fue una figura central en el desarrollo y la formulación de la doctrina de la Trinidad. En su obra teológica destacada, "De Trinitate" (Sobre la Trinidad), Agustín abordó diversos aspectos fundamentales sobre esta doctrina trinitaria, que siguen siendo influyentes en la teología cristiana hasta el día de hoy.

Una de las ideas clave que San Agustín enfatizó es la unidad esencial de Dios dentro de la Trinidad. Aunque se reconocen tres personas distintas en la Trinidad (Padre, Hijo y Espíritu Santo), Agustín subrayó que estas personas comparten una única esencia divina. Esto significa que, a pesar de sus distinciones personales, no hay división en la naturaleza divina misma.

Otro punto fundamental que abordó San Agustín es la generación eterna del Hijo por parte del Padre. Explicó que esta generación no debe entenderse en términos temporales, sino como una relación eterna dentro de la Trinidad que refleja el amor y la relación entre el Padre y el Hijo.

Además, San Agustín discutió la procesión del Espíritu Santo, enseñando que el Espíritu Santo procede tanto del Padre como del Hijo. Esta doctrina, conocida como la doble procesión, ha sido un tema de debate teológico a lo largo de la historia cristiana.

En su obra, Agustín expresó la unidad y la igualdad de las tres personas divinas en términos de sustancia y divinidad. Afirmó que, aunque el Padre, el Hijo y el Espíritu Santo son Dios en sí mismos, no constituyen tres dioses separados, sino un solo Dios en una Trinidad perfecta e indivisible. Esta comprensión refleja la enseñanza bíblica de la unidad de Dios, como se expresa en el Salmo 85:10: "Tú eres el único Dios grande".

En resumen, San Agustín desempeñó un papel crucial en el desarrollo de la doctrina trinitaria al articular la unidad, la relación y la igualdad dentro de la Trinidad, ofreciendo una comprensión teológica profunda y coherente de esta doctrina fundamental para la fe cristiana.

La Trinidad según Tomás de Aquino (siglo XIII)

Santo Tomás de Aquino, como destacado teólogo y filósofo del siglo XIII, dejó un legado significativo en el desarrollo de la doctrina de la Trinidad. Sus enseñanzas, influidas por la filosofía aristotélica y la teología cristiana, se encuentran principalmente en su obra teológica más destacada, la "Summa Theologica". En la Parte I de esta obra, Tomás aborda detenidamente el tema de la Trinidad, ofreciendo reflexiones profundas y coherentes sobre esta doctrina fundamental.

Uno de los puntos clave en la enseñanza de Santo Tomás sobre la Trinidad es la afirmación de la unidad esencial de Dios, alineándose con la tradición teológica que le precedió, especialmente San Agustín. Según Tomás de Aquino, aunque Dios es uno en esencia, existe una distinción real entre las tres personas divinas: el Padre, el Hijo y el Espíritu Santo.

Esta distinción no implica separación ni división en la naturaleza divina, sino una relación intrínseca y coeterna entre las personas de la Trinidad.

En su análisis de la relación entre las personas divinas, Santo Tomás se enfoca en el concepto de procesión. Según su enseñanza, el Padre es la fuente eterna del Hijo, y el Espíritu Santo procede tanto del Padre como del Hijo. Esta doctrina, conocida como la doble procesión, es fundamental en la comprensión trinitaria de Tomás de Aquino.

Santo Tomás también enfatiza la naturaleza del Hijo como el Verbo eterno de Dios, destacando la expresión eterna de la sabiduría divina. Utiliza el término "Verbo" para referirse al Hijo como la Palabra eterna de Dios, resaltando así su papel central en la revelación divina y su relación íntima con el Padre.

Para ayudar a comprender aspectos de la Trinidad, Santo Tomás recurre a analogías, como la del sol y su luz, que ilustran la relación entre el Padre, el Hijo y el Espíritu Santo. Sin embargo, advierte que estas analogías tienen limitaciones y que la Trinidad es un misterio que supera la comprensión humana. Aunque las analogías pueden proporcionar cierta claridad, Tomás enfatiza la singularidad y la profundidad del misterio trinitario, que trasciende cualquier comparación o explicación terrenal.

4. La Trinidad en los Credos y Confesiones de la Iglesia.

Para una comprensión específica del tema que estamos tratando, estaremos resaltando en los credos y confesiones, exclusivamente las partes que abordan el tema de la Trinidad.

- En el Credo Apostólico (siglo II)

El Credo Apostólico es una expresión fundamental de la fe cristiana que destaca el tema de la Trinidad de manera explícita en sus afirmaciones. La primera parte del Credo se centra en la creencia en Dios Padre Todopoderoso como el Creador del cielo y de la tierra, lo cual refleja la identidad del Padre como la primera persona de la Trinidad. Esta afirmación se relaciona con las Escrituras, como en Génesis 1:1, donde se narra la creación por parte de Dios.

Luego, el Credo menciona a Jesucristo como el único Hijo de Dios y Señor nuestro, quien fue concebido del Espíritu Santo. Esta parte resalta la relación entre el Padre y el Hijo, así como la obra del Espíritu Santo en la encarnación de Cristo, como se encuentra en Lucas 1:35.

Finalmente, el Credo Apostólico concluye con la afirmación de la fe en el Espíritu Santo, completando así la doctrina trinitaria. Esta parte enfatiza la tercera persona de la Trinidad y su papel en la vida y obra de los creyentes, como se describe en Juan 14:26.

En resumen, el Credo Apostólico presenta de manera clara y concisa la creencia en la Trinidad, reconociendo a Dios Padre como Creador, a Jesucristo como el Hijo único concebido por el Espíritu Santo, y al Espíritu Santo como la tercera persona divina. Estas afirmaciones están respaldadas por las enseñanzas y relatos bíblicos que revelan la naturaleza trinitaria de Dios en la fe cristiana.

- En el Credo Niceno (325 d.C.)

El Credo Niceno es una declaración central de la fe cristiana que enfatiza de manera explícita el tema de la Trinidad. Comienza afirmando la creencia en un solo Dios Padre Todopoderoso, identificándolo como el Creador del cielo, la tierra y todas las cosas visibles e invisibles. Esta declaración inicial resalta la unidad esencial de Dios como el principio fundamental de la fe trinitaria.

Luego, el Credo Niceno se enfoca en la segunda persona de la Trinidad, Jesucristo, quien es reconocido como el único Señor, el Hijo Unigénito de Dios. Se describe cómo Jesucristo fue engendrado del Padre antes de todos los siglos, lo cual subraya su eternidad y su relación única con el Padre. Se le identifica como Dios de Dios, Luz de Luz, verdadero Dios de Dios verdadero, y se enfatiza su naturaleza divina al ser engendrado y no creado, compartiendo la misma esencia del Padre.

La sección dedicada al Espíritu Santo completa la doctrina trinitaria del Credo Niceno. Se le reconoce como el Señor y Dador de vida, procedente tanto del Padre como del Hijo. Esta afirmación refleja la doctrina de la doble procesión, indicando que el Espíritu Santo proviene tanto del Padre como del Hijo en su divinidad. Además, se destaca que el Espíritu Santo es adorado y glorificado junto con el Padre y el Hijo, lo cual resalta su plena participación en la divinidad.

En conclusión, el Credo Niceno presenta una comprensión profunda y detallada de la Trinidad al afirmar la unidad de Dios Padre, la divinidad de Jesucristo como Hijo Unigénito engendrado del Padre, y la plena divinidad y participación del Espíritu Santo en la vida y la adoración junto al Padre y el Hijo.

- En la Definición de Fe de Calcedonia (octubre 25, 451 d.C.)

La Definición de Fe de Calcedonia, una de las declaraciones teológicas más importantes en la historia cristiana, enfatiza y resalta el tema trinitario al exponer la doctrina central de la fe cristiana. Esta definición refleja la creencia en la unidad y distinción de las tres personas divinas: Padre, Hijo y Espíritu Santo.

Comienza afirmando la creencia en un único Dios, el Padre Todo Soberano, quien es reconocido como el Creador supremo del universo, abarcando tanto lo visible como lo invisible. Esta declaración inicial subraya la soberanía divina del Padre y su papel como origen y sustentador de toda la creación.

Luego, la Definición de Fe de Calcedonia se adentra en la figura de Jesucristo como el único Hijo de Dios, enfatizando su naturaleza divina y su preexistencia antes de todos los siglos. Se le describe como "Luz de Luz", resaltando su origen eterno del Padre y su inherente divinidad como verdadero Dios de Dios verdadero. Este pasaje reafirma la doctrina de la consustancialidad del Hijo con el Padre, es decir, su naturaleza divina compartida con el Padre, no siendo una creación sino engendrado de la misma esencia divina.

La narrativa continúa detallando la obra redentora de Jesucristo, desde su encarnación por obra del Espíritu Santo hasta su crucifixión, muerte, resurrección y ascensión al cielo. Estos eventos son vistos como actos salvíficos en beneficio de la humanidad, demostrando la intervención divina en la historia humana y la promesa de su regreso glorioso para juzgar a vivos y muertos.

Finalmente, se menciona al Espíritu Santo como el Señor y dador de vida, enfatizando su procedencia del Padre y del Hijo y su participación activa en la adoración y glorificación junto con el Padre y el Hijo. Esto resalta la unidad trinitaria en la obra redentora y la revelación divina a través de la historia de la salvación, estableciendo la importancia del Espíritu Santo en la vida y la fe de los creyentes.

- En los Treinta y nueve Artículos de Religión de la Iglesia de Inglaterra (3 de junio de 1563)

ARTÍCULO 1: De la fe en la Santa Trinidad

Este artículo proclama la creencia fundamental en la Santa Trinidad, afirmando que hay un solo Dios vivo y verdadero, eterno y sin limitaciones corporales, partes o emociones. Esta Deidad es descrita como poseedora de infinito poder, sabiduría y bondad, y es el

Creador y Preservador tanto de lo visible como de lo invisible. La unidad trinitaria se expresa como la existencia de tres Personas, iguales en sustancia, poder y eternidad: el Padre, el Hijo y el Espíritu Santo.

ARTÍCULO 2: Del Verbo o Hijo de Dios, quien se hizo verdadero hombre Este artículo se centra en la naturaleza divina y humana de Jesucristo, el Hijo de Dios. Afirma que el Hijo, siendo el Verbo del Padre, fue engendrado desde la eternidad por el Padre y es igualmente Dios eterno, de una misma sustancia con el Padre. Además, describe cómo el Hijo asumió la naturaleza humana en el vientre de la Virgen María, siendo verdadero Dios y verdadero hombre en una persona sin división, para redimir a la humanidad a través de su sacrificio.

ARTÍCULO 5: Del Espíritu Santo

Este artículo trata sobre la naturaleza y la divinidad del Espíritu Santo, afirmando que procede tanto del Padre como del Hijo, siendo de una misma sustancia, majestad y gloria con ellos, siendo verdadero y eterno Dios.

Estos artículos, basados en la Biblia, esbozan las creencias fundamentales de la Iglesia cristiana en Inglaterra sobre la Trinidad, la naturaleza de Cristo y la divinidad del Espíritu Santo.

- En el Catecismo de Heidelberg (19 de enero de 1563) Sobre Dios el Padre

Día del Señor 9

26. ¿Qué crees cuando dices: "Creo en Dios Padre Todopoderoso, Creador del cielo y de la tierra"?

Que el Padre eterno de nuestro Señor Jesucristo —que de la nada creó el cielo y la tierra, y todo lo que en ellos hay, y que también sostiene y gobierna toda Su creación por Su eterno consejo y providencia— es, por causa de Jesucristo Su Hijo, mi Dios y mi Padre, en quien confío con tal plenitud que no tengo duda alguna de que Él me dará todas las cosas necesarias para el alma y para el cuerpo.

Sobre Dios el Hijo Día del Señor 11

29. ¿Por qué razón el Hijo de Dios es llamado Jesús, es decir, Salvador?

Porque Él nos salva de nuestros pecados, y también porque no debemos buscar ni podemos hallar salvación en ningún otro.

Día del Señor 13

34. ¿Por qué lo llamas Señor nuestro?

Porque Él —no con oro o plata, sino con Su preciosa sangre— nos ha redimido en cuerpo y alma de todos nuestros pecados, y nos ha librado de todo el poder del diablo para hacernos Su propia posesión.

Sobre Dios el Espíritu Santo Día del Señor 20

53. ¿Qué crees respecto al Espíritu Santo?

En primer lugar, que Él es el Dios verdadero y coeterno con el Padre y el Hijo. En segundo lugar, también que Él me ha sido dado para hacerme participante de Cristo y de todos Sus beneficios por medio de la fe verdadera, y para consolarme y permanecer conmigo hasta la eternidad.

- En la Confesión Belga (37 de abril de 1561)

La Confesión Belga, un documento de fe del siglo XVI, aborda el concepto trinitario con una profundidad teológica notable. A continuación, se presenta una versión más ampliada y detallada del texto, resaltando el tema de la Trinidad:

Artículo 8: La Trinidad

Este artículo, en consonancia con la verdad revelada en la Palabra de Dios, proclama nuestra fe en un único Dios, cuya esencia es indivisible, pero que existe en tres personas eternamente distintas por sus propiedades exclusivas: el Padre, el Hijo y el Espíritu Santo.

El Padre, como origen y causa de todo lo visible e invisible, representa la fuente misma de la existencia y la creación. El Hijo, por su parte, encarna la Palabra divina, la Sabiduría y la imagen perfecta del Padre, manifestándose como el mediador y redentor de la humanidad. Mientras tanto, el Espíritu Santo, como poder eterno y vigoroso, emana tanto del Padre como del Hijo, siendo el agente de la presencia divina y la guía para la vida espiritual.

Es crucial comprender que esta distinción de personas dentro de la Deidad no implica una división del único Dios, ya que la Escritura nos instruye claramente que el Padre, el Hijo y el Espíritu Santo poseen una existencia distinta, marcada por sus atributos específicos, pero de manera que estas tres personas son una misma esencia divina. En consecuencia, se evidencia que el Padre no es el Hijo, ni el Hijo es el Padre, y tampoco el Espíritu Santo es el Padre o el Hijo.

Sin embargo, esta diferenciación no lleva consigo confusión ni separación, pues el Padre no asumió forma humana, ni tampoco lo hizo el Espíritu Santo, sino únicamente el Hijo en la encarnación. De esta manera, el Padre nunca ha existido sin el Hijo ni sin el Espíritu Santo, ya que todos son coeternos y coiguales en una única esencia desde la eternidad.

Asimismo, no se establece un orden jerárquico entre estas personas divinas, pues todas poseen igualdad en poder, bondad y misericordia, siendo inseparables en su naturaleza y propósito divinos.

- En la Confesión de Fe de Westminster (April 29, 1647) Capítulo Dos: De Dios y de la Santa Trinidad

En este capítulo, se aborda con profundidad el concepto de Dios y la Trinidad, resaltando sus atributos, su relación con la creación y la naturaleza de las tres personas divinas.

II.1 - La Naturaleza de Dios

El único Dios vivo y verdadero es descrito como infinito en su ser y perfección. Su naturaleza espiritual pura lo hace invisible, sin limitaciones corporales, partes o emociones humanas. Es inmutable, es decir, no cambia; inmenso, en su omnipresencia; eterno, sin principio ni fin; e incomprensible para la mente humana en su totalidad. Posee omnipotencia, sabiduría suprema y santidad absoluta. Su libertad es total y su autoridad es absoluta, actuando conforme a su voluntad inmutable y justa para manifestar su propia gloria. Su amor, benignidad, misericordia y paciencia son abundantes, y recompensa a aquellos que le buscan diligentemente. Sin embargo, también es justísimo y temible en sus juicios, detestando todo pecado y no dejando impune al culpable.

II.2 - La Plenitud de Dios en Sí Mismo

Dios, en su esencia y por su propia naturaleza, posee toda vida, gloria, bondad y bienaventuranza. Él es autosuficiente y no depende de ninguna de sus criaturas, ni obtiene gloria de ellas, sino que manifiesta su propia gloria a través de ellas, en ellas y para ellas. Es la fuente única de toda existencia, siendo el propósito último de todas las cosas, y ejerce soberano dominio sobre la creación para cumplir su voluntad. Su conocimiento es completo y absoluto, sin depender de ninguna criatura, y su santificación se manifiesta en todos sus actos y mandamientos. Toda adoración, servicio y obediencia le son debidos, tanto de ángeles como de seres humanos y toda criatura.

II.3 - La Trinidad Divina

En la unidad de la Deidad, se reconocen tres personas: Dios Padre, Dios Hijo y Dios Espíritu Santo. El Padre no es engendrado ni procede de nadie, siendo la fuente eterna de la Deidad. El Hijo es eternamente engendrado del Padre, manifestando una relación única y eterna. Por otro lado, el Espíritu Santo procede eternamente del Padre y del Hijo, completando así la Trinidad divina en una misma sustancia, poder y eternidad.

- En el Catecismo Mayor de Westminster (1647)

Pregunta 6: ¿Qué es lo que las Escrituras dan a conocer acerca de Dios? Respuesta: Las Escrituras revelan la naturaleza de Dios, las personas que componen la Divinidad, sus decretos y la ejecución de los mismos.

Pregunta 7: ¿Qué clase de ser es Dios?

Respuesta: Dios es un Ser espiritual, infinito en su ser, gloria, bienaventuranza y perfección. Es autosuficiente, eterno, inmutable, incomprensible, omnipresente, omnipotente, omnisciente, sumamente sabio, santísimo, justísimo, misericordiosísimo, lleno de gracia, tardo para la ira y abundante en bondad y verdad.

Pregunta 8: ¿Hay más de un Dios?

Respuesta: No, solo hay un Dios vivo y verdadero. Pregunta 9: ¿Cuántas personas hay en la Divinidad?

Respuesta: En la Divinidad existen tres personas: el Padre, el Hijo y el Espíritu Santo. Estas tres personas son un solo Dios verdadero y eterno, idénticas en sustancia, iguales en poder y gloria, aunque distintas por sus propiedades personales.

Pregunta 10: ¿Cuáles son las propiedades personales de las tres personas en la Divinidad?

Respuesta: Es propio del Padre engendrar al Hijo, del Hijo ser engendrado por el Padre, y del Espíritu Santo proceder del Padre y del Hijo desde toda la eternidad.

Pregunta 11: ¿Cómo se manifiesta que el Hijo y

el Espíritu Santo son iguales al Padre?

Respuesta: Las Escrituras demuestran la igualdad del Hijo y el Espíritu Santo con el Padre al atribuirles nombres, atributos, obras y adoración que únicamente pertenecen a Dios.

- En el Catecismo Menor de Westminster (1647) Pregunta 5: ¿Existe más de un Dios?

Respuesta: No, solamente hay un único Dios vivo y verdadero.

Pregunta 6: ¿Cuántas personas componen la Divinidad?

Respuesta: La Divinidad está compuesta por tres personas: el Padre, el Hijo y el Espíritu Santo. Estas tres personas son un solo Dios, poseen la misma esencia, y son iguales en poder y gloria.

- En la Confesión Bautista de Fe de Londres de 1689:

CAPÍTULO 2:

De Dios y la Santa Trinidad

En el Ser divino, que es infinito y trasciende

todo entendimiento humano, se manifiestan tres subsistencias distintas pero inseparables: el Padre, el Verbo (conocido como el Hijo) y el Espíritu Santo. Estas subsistencias comparten una misma esencia, poder y eternidad, cada una de ellas poseyendo plenamente la naturaleza divina en su totalidad.

Aunque existe esta unidad esencial, no hay división en la esencia divina; el Padre no es engendrado ni procede de ninguna otra entidad, siendo eternamente Padre; el Hijo es engendrado de manera eterna por el Padre, sin inicio ni fin; mientras que el Espíritu Santo procede tanto del Padre como del Hijo, siendo también eterno e infinito. Esta comprensión de la Trinidad, en la que las tres subsistencias son un solo Dios, no fragmentado ni separado en su naturaleza, pero diferenciado por propiedades y relaciones personales únicas, es la base fundamental de nuestra comunión con Dios y de nuestra confianza en Él para nuestra consolación y dependencia constante.

- En la Declaración de Chicago de 1978

La "Declaración de Chicago sobre la Inerrancia

Bíblica" (CSBI) surgió durante una Conferencia Cumbre internacional de líderes evangélicos, celebrada en el Hyatt Regency O'Hare en Chicago en el otoño de 1978, bajo el auspicio del Consejo Internacional sobre la Inerrancia Bíblica. Fue suscrita por casi 300 prominentes eruditos y teólogos evangélicos protestantes, entre los cuales se destacan nombres como James Boice, Norman L. Geisler, John Gerstner, Carl F.H. Henry, Kenneth Kantzer, Harold Lindsell, John Warwick Montgomery, Roger Nicole, J.I. Packer, Robert Preus, Earl Radmacher, Francis Schaeffer, R.C. Sproul y John Wenham.

Aunque el tema central de la Declaración de Chicago era la Inerrancia de las Escrituras, se abordó el tema de la Trinidad en los puntos 1 y 3 de la introducción:

Dios, siendo la Verdad misma y expresando únicamente la verdad, inspiró las Sagradas Escrituras para revelarse al mundo perdido a través de Jesucristo, manifestándose como Creador y Señor, Redentor y Juez.

Las Sagradas Escrituras constituyen el

testimonio de Dios acerca de sí mismo.

El Espíritu Santo, en su calidad de autor divino de las Escrituras, las autentifica en nuestro espíritu mediante su testimonio y nos capacita para comprender su significado.

La doctrina de la Trinidad es fundamental para la fe cristiana y tiene implicaciones significativas tanto para la vida de la iglesia como para el cristiano contemporáneo.

En primer lugar, la Trinidad revela la naturaleza compleja pero unificada de Dios. Esta comprensión nos enseña que Dios es uno en esencia pero existen tres personas distintas en la Divinidad: el Padre, el Hijo y el Espíritu Santo. Esta unidad en diversidad nos muestra la riqueza y la profundidad del ser divino, invitándonos a explorar y adorar a un Dios que es mucho más grande y complejo de lo que nuestra mente puede comprender por completo.

En la vida de la iglesia, la doctrina de la Trinidad nos llama a una comunión y unidad basada en el modelo trinitario. Así como las tres personas de la Trinidad están en perfecta comunión y colaboración, la iglesia es llamada a vivir en unidad, amor y colaboración mutua. Esto implica respetar la diversidad de dones, talentos y perspectivas dentro del cuerpo de Cristo, reconociendo que cada miembro es importante y necesario para el funcionamiento armonioso de la iglesia.

Para el cristiano de hoy, la doctrina de la Trinidad tiene implicaciones prácticas en su vida espiritual. Nos recuerda que nuestra relación con Dios no es estática ni unidimensional, sino dinámica y relacional. Podemos relacionarnos con el Padre como nuestro Creador y proveedor, con el Hijo como nuestro Salvador y redentor, y con el Espíritu Santo como nuestro guía, consolador y poder para la vida cristiana.

En resumen, la doctrina de la Trinidad nos invita a adorar a un Dios que es uno en esencia y tres en personas, a vivir en comunión y unidad en la iglesia, y a experimentar una relación dinámica y profunda con Dios en nuestra vida diaria como cristianos.

Y eso haremos con la ayuda de Dios!

BIBLIOGRAFIA DE CONSULTA

Capítulo I:

- Berkhof, Louis. (1984). Systematic Theology. Grand Rapids, T.E.L.L.

- Sproul, R.C. (2020). ¿Qué es Teología? [Video]. Ligonier Ministries.

- Holman Bible Publishers. (2018). Santa Biblia RVR1960. Nashville.

Capítulo II:

- Hodge, William. (S/F). Teología Sistemática, I.

- Shedd, William. (S/F). Dogmatic Theology, I.

- Orr, James. (2015). Revelation and Inspiration.

- Warfield, Benjamín. (2023). Calvino y el Calvinismo. Spanish ed.

- Berkhof, Louis. (1984). Systematic Theology. Grand Rapids, T.E.L.L.

- Holman Bible Publishers. (2018). Santa Biblia RVR1960. Nashville.

Capítulo III:

- Sproul, R.C. (2022). Revelación General y Teología Natural. Fundamentos. [Video]. Ligonier Ministries.

- Gracia y Verdad. (2020). Teología, Serie Revelación de Dios.

- Berkhof, Louis. (1987). Systematic Theology.

- Santa Biblia, Reina-Valera. (1960).

Capítulo IV:

- Calvin, John. (1960). Institutes of the Christian Religion. Westminster Press.

- Craig, William Lane. (2023). TEOLOGIA: Natural, Fe Razonable. [Video].

- Berkhof, Louis. (1984). Systematic Theology. Grand Rapids, T.E.L.L.

- Sproul, R.C. (2022). Revelación Especial. [Video]. Ligonier Ministries.

Capítulo V:

- Craig, W.L. (2010). On Guard.

- Kumar, S. and Sarfati, J. (S/F). Christianity for Skeptics.

- Maydole, R.E. (2009). The ontological argument. In: Craig, W.L. (Ed.), The Blackwell Companion to Natural Theology.

- Craig, W.L. (2016). Does God Exist? reasonablefaith.org.

Capítulo VI:

- Espinoza, Andrés. (2024). Teología Propia – Dia 1. Logos Biblia Software.

- Berkhof, Louis. (1984). Systematic Theology. Grand Rapids, T.E.L.L.

- Sproul, R.C. (2020). [Video]. Ligonier Ministries.

- Kuyper, Abraham. (2013). Dictaten Dogmatiek.

- Seeberg, Reinhold. (1963). Historia de las doctrinas.

Capítulo VII:

- Berkhof, Louis. (1984). Systematic Theology. Grand Rapids, T.E.L.L.

- Biblia Reina-Valera 1960. (1988).

- Espinoza, Alberto. (2024). Nombres de Dios. Sermon by logos.

- Ortiz, Adonay Rojas. (2010). El Nombre de Dios. Recopilación. IBP Bucaramanga. Academia.edu.

Capítulo VIII:

- Huffer, Alva G. (1992). Teología Sistemática. Centro de Recursos Ministeriales.

- Sproul, R.C. citado por Lawson, Steven J. (2021). Internamente Suficiente, La Aseidad de Dios. Evangelio Blog.

- RAE. (2014). Diccionario de la Lengua Española.

- Hodge, Charles. (1991). Teología Sistemática. CLIE España.

- Tozer, A.W. (1996). The Knowledge of the Holy.

- Thiessen, Henry C. (2006). Lectures in Systematic Theology. Eerdmans; Revised edition.

Capítulo IX:

- Sproul, R.C. citado por Lawson, Steven J. (2021). Internamente Suficiente, La Aseidad de Dios. Evangelio Blog.

- RAE. (2014). Diccionario de la Lengua Española.

- Hodge, Charles. (1991). Teología Sistemática. CLIE España.

- Berkhof, Louis. (1984). Systematic Theology. Grand Rapids, T.E.L.L.

- Tozer, A.W. (1996). The Knowledge of the Holy.

- Huffer, Alva G. (1992). Teología Sistemática. Centro de Recursos Ministeriales.

- Ig. Bautista GS. (2015). Los Atributos de

Dios.

- Vive la Biblia. (2024). Los Atributos de Dios.

- Confraternidad Latinoamericana de Iglesias Reformadas. (2010). Catecismo Menor.

- Confraternidad Latinoamericana de Iglesias Reformadas. (2010). Confesión de fe de Westminster.

- Reina Valera 1960 Biblia.

- MacArthur, John F. (2017). Teología Sistemática: Un Estudio Profundo de la Doctrina Bíblica.

- Erickson, Millard J. (2008). Colección Teológica Contemporánea.

Capítulo X:

- MacArthur, John F., Mayhue, Richard. (2017). Teología Sistemática: Un Estudio Profundo de la Doctrina Bíblica.

- -Grudem, Wayne. (S/F). https://waynegrudemsuteologiaydoctrina.blogspot.com/.

- -Gill. John. (2021). Exposition of the Bible.

- -Otto, Rudolf. (1958). Das Heilige. The Idea of the Holy.

- -Edwards, Jonathan. (Banner of Truth). Salmo 46:10 Estad Firmes y Sabed que Yo Soy Dios. Sermon.

- -Thompson, Lee. (1968). GP Doctrina 2: La Santísima Trinidad. Logoi Ministries.

- -Tozer, A.W. (1996). El Conocimiento del Dios Santo.

- -Berkhof, Louis. (S/F). Teología sistemática. Capítulo 8, "La Santa Trinidad".

- -Chafer, Lewis Sperry. (S/F). Teología Sistemática. Capítulo 5, "La Trinidad de Dios".

- -Lafrancesco, Gino. (2009). El Hijo de Dios en la Trinidad.

- -Barrett, Matthew Dr. (2021). Dios el Padre.

- -Stein, Robert H. (1996). "Fatherhood of God," Evangelical Dictionary of Biblical Theology.

- Packer, J. I. (1993). "Trinity," Concise Theology: A Guide to Historic Christian Beliefs. Carol Stream, IL: Tyndale.

- Fee, Gordon D. (1994). God's Empowering Presence: The Holy Spirit in the Letters of Paul. Peabody, MA: Hendrickson.

- Ferguson, Sinclair B. (1985). A Heart for God. Colorado Springs: NavPress.

- Grudem, Wayne. (1994). Systematic Theology: An Introduction to Biblical Doctrine. Grand Rapids, MI: Zondervan.

- United Pentecostal Church International. (S/F). "Oneness of God," http://www.upci.org/about.asp.

- Grenz, Stanley J., Guretzki, David, y Nording, Cherith Fee. (1999). "Councils," Pocket Dictionary of Theological Terms. InterVarsity.

- Park, E.A. citado en Augustus Hopkins Strong. (1907). Systematic Theology. Revell.

- Pierantoni, C., S. Agustín. (S/F). De Trinitate. Academia.edu.

- Keller, Timothy. (2008). The Reason for God: Belief in an Age of Skepticism. Penguin.

- Primeros Cristianos. (2020, Febrero 11). Documentos de información, Escritos de los Primeros Cristianos.

- Didaché. (BAC 65). Padres Apostólicos, Daniel Ruiz Bueno.

- Martirio de Policarpo. (S/F). XXII,3, Ibid. pág. 688.

- Ignacio de Antioquía. (S/F). Carta a los Efesios, Ibid. pág. 447.

- Ignacio de Antioquía. (S/F). Carta a los Efesios XVIII,2, Ibid. pág. 457.

- Ignacio de Antioquía. (S/F). Carta a los Romanos, Ibid. pág. 474.

- Arístides. (S/F). Apología XV,2 Padres Apologetas Griegos, Daniel Ruiz Bueno (BAC 116), pág. 130.

- Quasten, Johannes. (S/F). patología I. Corrección y adaptación por Carlos

Etchevarne. Holy Trinity Orthodox School.

- Ireneo de Lyon. (S/F). Contra las herejías I,10,1-2.

- Ireneo de Lyon. (S/F). Contra las herejías II,28,6,8.

- Ireneo de Lyon. (S/F). Contra las herejías III,19,2-3.

- Ireneo de Lyon. (S/F). Contra las herejías IV,20,3.

- San Ireneo. (S/F). Contra las herejías V,18,2.

- Clemente de Alejandría. (S/F). Exhortación a los griegos 1,7,1. Traducido de The Faith of the Early Fathers, Vol. I, William A. Jurgens, Pág. 176,177.

- San Ireneo. (S/F). Contra las herejías V,18,2.

- Clemente de Alejandría. (S/F). el Pedagogo, I,2. Traducido de New Advent Encyclopedia.

- Teófilo de Antioquia. (S/F). Ad Autolycum,

II,10,15,22.

- Patrología I, Johannes Quasten (BAC 206), pg. 236.

- Padres Apologetas Griegos, Daniel Ruiz Bueno (BAC 116), pág. 796,813.

- Justino Mártir. (S/F). Apología I, 13,3 Padres Apologetas Griegos, Daniel Ruiz Bueno (BAC 116), pág. 194.

- Gregorio de Taumaturgo. (S/F). Exposición de la fe. Tomado de Patrología I, Johannes Quasten (BAC 206), pág. 433.

- OpenAI. (2024, Febrero 8). Respuestas generadas por GPT-3.5. ChatGPT by OpenAI.

- Declaración de Chicago sobre la Infalibilidad Bíblica. (1978).

Amen.

Made in the USA
Columbia, SC
09 February 2025

53084785R00224